不能拒绝的
神圣使命

冯骥才
演讲集
(2001—2016)

冯骥才 著

中原出版传媒集团
大地传媒

大象出版社
·郑州·

图书在版编目(CIP)数据

不能拒绝的神圣使命：冯骥才演讲集：2001—2016 /
冯骥才著.—— 郑州：大象出版社，2017.9
ISBN 978-7-5347-9474-2

Ⅰ.①不… Ⅱ.①冯… Ⅲ.①演讲—中国—当代—选集②文化遗产—保护—中国 Ⅳ.①I267②K203

中国版本图书馆 CIP 数据核字(2017)第 196892 号

BUNENG JUJUE DE SHENSHENG SHIMING

不能拒绝的神圣使命

冯骥才演讲集(2001—2016)

冯骥才 著

策 划 人	李 辉 王刘纯
出 版 人	董中山
责任编辑	杨 兰
责任校对	钟 骄
装帧设计	北京图文天地制版印刷有限公司

出版发行	大象出版社(郑州市开元路16号 邮政编码450044)
	发行科 0371-63863551 总编室 0371-65597936
网　　址	www.daxiang.cn
印　　刷	北京汇林印务有限公司
经　　销	各地新华书店经销
开　　本	787mm×1092mm　1/16
印　　张	19
字　　数	263 千字
版　　次	2017 年 9 月第 1 版　2017 年 9 月第 1 次印刷
定　　价	38.00 元

若发现印、装质量问题，影响阅读，请与承印厂联系调换。
印厂地址　北京市大兴区黄村镇南六环磁各庄立交桥南200米(中轴路东侧)
邮政编码　102600　　　电话　010-61264834

说出来的思想

（自序）

自二十世纪末，我心甘情愿放下写小说的笔，投身于文化遗产的抢救，演讲就成了我重要的思想与行为的方式。从最初发动"中国民间文化遗产抢救工程"开始，从启动到推动，从非遗（非物质文化遗产）到古村落，从学界到社会，从对文化现实与困境不断深化的认知到每一项重大遗产的普查，全来自思考，以及对这些思考的传布。我的传布方式有两种：一种是用我原有的作家的笔，我不停地写下各种文化批评与文化思辨；一种则是站在讲台上演讲。演讲本来不是纯作家最喜欢的方式，作家喜欢躲在"台后"，用笔发言。手中的笔总比嘴巴深刻。因为文字是经过推敲的，语言难免缺乏缜密与严谨。但演讲可以现身说法、声情并茂、直接表达并与现场交流，它更适合我要做的事情。

我说过我要做"行动的知识分子"。我所做的事情——文化遗产的抢救，不仅需要我说我讲，需要呼吁乃至呼喊，更需要我用行动告诉人们我们应该做什么和怎样做。这样，我的演讲既有形而上的"思想"，也有与田野工作紧密相关的理论性的思考，而且近二十年来，它像一条线一直贯穿我为之奋斗的事业，我在全国各地乃至海外，所做的演讲何止一二百场。面对的人既有学界，也有社会各界乃至市民村民。因为在我们这个时代，文化抢救更需要唤起民众。为此，我的演讲，包含着我每一步思想的足迹。由于我所做的事，是与同道者共同所为，故而在这些"言论"中，自然可见我们一代文化界的知识分子为民族的文化命运而战的思想历程。

在这近二十年的演讲中，大致可分为三个阶段：2001—2006年是民间文化遗产抢救性普查的启动阶段；2007—2011年是民间文化遗产的记录与保护阶段；2012—2016年是"非遗后"和古村落抢救性全面普查开始的阶段。这些工作不但没有结束，而且问题与挑战仍不断摆到眼前。因此说，思想与行动不会终止。

在一个经济强势的社会中，在社会转型时代，文化遗产必然身处弱势。为弱势而工作一靠思想的力量，一靠奋力而为。演讲是让知识界先觉的思考转变为社会共识必不可少的方式。应该说，这种方式发生了效力，我的话没有白说。就像在空谷里呼喊，渐渐听到来自社会的回声。唯此，我特别珍视这近二十年来的演讲。幸有好友李辉先生知我助我，并得到一向有文化眼光的大象出版社的支持，使这近二十年说出的思想有了文本的存录。是为幸，是为谢，是为序。

冯骥才

2017年5月23日于西安

目 录

2001—2006 年

- 2 — 民间文化工作者的当代使命是抢救
- 6 — 不能拒绝的神圣使命
- 14 — 庄重的宣布
- 19 — 年画是民间艺术的龙头
- 30 — 内丘神码的田野普查
- 35 — 我们在艰难中举步
- 41 — 我们不怕艰难
- 43 — 全国剪纸大普查开始了
- 48 — 我们背上的压力太大了
- 52 — 让历史的辉煌照亮我们的今天与明天
- 56 — 面临的困难与怎么应对
- 65 — 如何整理普查成果
- 70 — 为人类守护住东方的文明
- 76 — 文化的克隆就是灵魂的下跪
- 82 — 保护好远古文明的活化石
- 84 — 民间自救
- 86 — 高擎不灭的火炬
- 93 — 傩文化的盛典

98	理论要支持田野
101	今天的矛头对准建筑师
105	古村落是中华文化的箱底
115	只有全民族关心了，我们的文化才有希望
120	古村落是我们最大的文化遗产
131	文化遗产日的意义
147	保护传承人就是保护非物质文化遗产

2007—2011 年

156	民间文化抢救和保护工作仍需努力
164	向传承人致敬
169	我们这个时代的文化使命
179	年画抢救和保护几个关键性的问题
190	担当起文化救灾的责任
193	传承羌族文化是我们的神圣职责
196	历史文化与文化产业
204	呼唤全民的文化自觉
207	收尾就是把好最后一关
213	在节日中享受我们的节日文化
217	为了中华文明的传承
220	让灿烂的口头文学永远相传下去
224	我们为中华文化做了一件事而尤感欣慰
231	中国当代生活中的文化传统
235	中国文化遗产保护现状

2012—2016 年

240 —— 传承人面临的新问题
244 —— 关于传统村落评定工作的几个关键性问题
249 —— 传统不仅代表过去，更应代表未来
252 —— 为唐卡文化留下一份文化档案
256 —— 行动起来，盘点我们文明的家园
261 —— 后沟村，有我们的文化乡愁
264 —— 十三年来，我们想了什么？
272 —— 知识分子与人民政协
277 —— 传承是非遗的生命
283 —— 传统村落何去何从

2001—2006 年

民间文化工作者的当代使命是抢救

——在"中国民俗学学科建设及人才培养"专题研讨会上的发言

很荣幸参加这个会，特别是很荣幸地跟我所尊敬的文化大家—季老（季羡林）、启功老、于光远先生坐在一起。今天北师大召开这个会，很有眼光。从更深远的意义来讲，从于光远先生所说的"重要性"这一点来讲，我觉得这个会似乎关乎—如果我们这个会开得好—它应该关乎中国民间文化的命运。我为什么要把它提到这么一个层面上来看？因为我认为中国民间文化情况不妙，也就是大家从事民俗学研究的大环境不妙，这个不妙的原因有几个方面：

第一，我们国家正在从农耕文明向工业文明转化。在这个转化的过程中，原来的文化要大量地失散和瓦解，整体地瓦解，乃至毁灭。前一年我跟香港凤凰电视台策划用电视采访方式对中国民居进行考察。现在已完成了，正在播出。栏目叫作《寻找远去的家园》，每天一集。这个摄制组由南方向北方，穿过南北诸省的古村落（中间还有一位驾驶航拍飞机的赵群力遇难了）。我没有时间跟摄制组跑，但是他们的信息不断地传给我，其中有一位拍摄"老房子"的摄影家李玉祥，这些地方他全跑过。曾经二十多岁的小伙子，现在已经四十岁了，也没结婚，背个相机，整天在中国这些古老的村落里穿行。他比较早地用文化的眼光、文化的视角来看中国的民居。他是一个先行的人。这次他重新再走这些古村落时，不断地跟我通电话，唏嘘不已，感慨万端，很多地方的民居都已经变成了水泥的、简易的、玻璃幕墙的小洋楼，一个个非常有韵味、有特色、历史深厚的村落和大片的民居正在成片地瓦解，或者已经消失。

第二，在中西文化冲突的时候，我们处于一种弱势文化状态，因为我们是一种弱势经济，我们自然有一种弱势的文化心理，就是我们缺少了一种文化的自尊心、文化的自信心。所以我刚开始时说，我们这个研讨会跟中国民间文化的命运在一起，如果从更深远意义上说，它跟中国文化的命运都有关系，因为中国民间文化是中国文化的一个重要部分，是民族精神的一个载体。但是在这种弱势文化的状态下，我们对自己的文化，尤其对民间文化会更加轻视，这是一个大问题。

第三，我们没有"文化保护法"。我们国家有《中华人民共和国文物保护法》，但是我们没有文化保护法。比如拿建筑来讲，经典性的、皇家的、宗教的建筑是属于文物保护的，而历史街区的民居则属于民间文化板块的东西，统统是在保护之外的，我们没有任何力量来保护这个正在消失的文化。尽管你看到了，也保护不了。我们在这样的一个状态下来研究自己的文化，能坐得住吗？能心安理得地静下心来吗？所以我最近到中国民协（中国民间文艺家协会）去工作时，跟我们的主席团和秘书长座谈了好多次，提出了一个想法，一个观点。我认为中国民协的工作，第一就是抢救。我认为抢救比研究重要。我不轻视研究，研究当然重要，但是抢救是我们时代特有的使命。因为我们对自己的民间文化

从来没有保护过。我们原来没有把它当作一个文化，现在当我们把它认作文化的时候，它已经在瓦解了，消失了。可是如果一旦它散失干净，我们就全没有了，我们的研究没有对象了，我们没有生态性质的东西了，我们看不见、感受不到了，而且它是一次性的，过往不复。那么我们这一代知识分子和文化学者，我们的学人，就有一个使命，一个义不容辞的使命，这就是抢救！因为我们的民间文化在每一分钟都有一批消失。最近我到山西考察，到山东、河北考察，看到问题的严重性。比如：白沟地区的民间泥玩具，我前两年去还有，这两年去一个也没有了。传承人没有了，民俗文化的很多传承人转眼就没有了。传承人一没，这文化就烟消云散了。听说云南纳西族的民间乐手这两年去世了好几位，剩下不多了。一些民间戏曲、民间艺术已经名存实亡。这几年消失得真是太快了！所以在这种情况下，我觉得我们的民俗专家和文化学者应该热血沸腾，应该义不容辞地下去，应该到第一线去，应该进行田野作业。我们中国民协连开了好几次会，准备搞一个"中国民间文化遗产抢救工程"，现在民间文学部分即"中国民间文学三套集成"已接近尾声了，再有差不多三年就可以大功告成了。但是我们还要大规模地搞中国民俗的抢救，还有民间艺术的抢救，这民间艺术大到民居，小到任何一个民间艺术品种，就像1960年法国马尔罗所做的"大到教堂，小到羹勺"的那样一次调查。这个调查，我想需要五至十年做完，而且是"一网打尽"的抢救。如果在我们手里漏掉了，等于先人创造的东西我们没有保住。至于我们的工作方式，当然很多：一个方式是用文字记录的方式，出书，像民间文学集成的方式；还有一个就是拍照的方式，然后出画册、图集，我们在整体上做了一个计划，《中国民俗图集》出100卷，《中国民间美术全集》准备出100—120集；另外一个就是用电视的方式，因为电视是一个动态的方式，记录民俗是最合适的，它可以把原生态的民俗事象记录下来，供后代研究。这个电视部分已经由山东电视台承接。刚刚我们在山东省搞一个研讨会，我跟电视台讲，你们拍的带子要多。你们的播出带如果是10分钟，我建议你们最起码要拍10个小时的毛片。对于民俗学者来讲，更重要的是毛片，我们要把大量的毛片留给后人作为研究的素材。我们这一代的任务、使命就是给后人的研究尽可能多地留下素材，否则后人研究没有材料，只能从书本到书本，因为后人无法再亲眼见到这些农耕时代的民间文化了。此外，我们现在的民间文化受了西方文化的注入之后，新的民间文化没有形成，很模糊、很混乱，充满着冲突，没有整体的、现代的、中国的民间文化。所以我最近准备在天津大学的研究院建立民俗学科，我的民俗学将从抢救开始。我的想法是，不再把田野调查作为民俗学的手段或是搜集材料的方式，而是反过来把民俗学的研究注入田野调查中，注入抢救之中，以研究指导抢救。抢救是第一位的。抢救是目的。我觉得这是我们这一代知识分子的责任。

我的天津大学文学艺术研究院，在建立民俗学科和培养民俗学的人才方面，很重要的要求：第一是文化责任感，也是文化良知，这是最重要的；第二个是文化情感，实际上也是民间情感；第三个是文化审美，也是民间审美。不懂得民间美，就很难有深刻又执着的民间情感与责任感。这就是说，要让我们新一代的民俗学者有强烈的文化责任感、有深挚的民间情感，另外要有很高层次的民间审美、文化审美。只有这样，我们才能够深入进去，我们的民俗学才更有活力，更有激情，更有成果。今天我们民协还带来了一份《抢救民间文化遗产呼吁书》，因为我们知道国内一些重要的学者今天都到会了，我们请大家在呼吁书上签个名。季老、启功老、于光远先生已经签上大名，感谢他们的支持。我想，这个事不是中国民协单独可以办好的，更不是一些个人的事，而是我们整个文化学界、民俗学界共同要做的一件国家级的、同时也是时代性的任务，我们希望大家一起努力。我们这一代人必须要做的一件事，就是把前辈创造的精华抢救下来，保存好，留给后人。

2001年11月23日于北京师范大学

不能拒绝的神圣使命

——在中国民间文化遗产抢救工程研讨会上的讲话

首先感谢从全国各地来北京参加会议的专家、学者，感谢民进中央（中国民主促进会中央委员会）、国家民委（国家民族事务委员会）、首都各媒体对我们这个会的支持。

我自去年初夏起始接受中国民协的工作。在这之前我已经担负六项工作，而且大都是主要的责任人，其中有四项又是全国性的，已经觉得不堪重负。但到了中国民协之后，我又自寻麻烦，把一个更艰巨、更沉重的事情压在背上——中国民间文化遗产的抢救工程。半年来，我和中国民协的几位负责同志奔波不已，一次又一次找了方方面面的人，倾诉想法、寻求援助，但总觉得知音者不多，支持者寥寥。那么今天我们为什么还如此坚决地开这个会？为什么还如此紧迫地要启动这件事情？这就涉及本次会议的主题。

在谈我们的抢救工程之前，首先必须重新认识我们的民间文化。长久以来我们对民间文化的认识有个误区。在这个误区中，我们对民间文化是轻视的。从高教委（中国高等教育委员会）把民俗学从二级学科降为三级学科，到我们中国文联（中国文学艺术界联合会），乃至各地方文联内部，在十二个协会排名的时候，民协总是被习惯性地排在最后一个。作家协会排第一，音协第二，美协第三，剧协第四，跟下去是舞协、书协、摄协、影协、视协、曲协、杂协，最后才是民间文艺家协会。我绝没有争座次那种无聊的意思。我只想请大家看到，长期以来民间文化被认为是下里巴人的、低层次的、可有可无的，不像小说、电影、美术、戏剧那么辉煌，没有那么多名人大腕，没有那么多杰作巨著，也没有那么多卖点。似乎民间艺术就是一些轻飘飘、不足相信的传说、村俗故事、逗人一乐的小笑话，以及剪纸、皮影、面人、荷包等这类东西，不能登大雅之堂。不能说谁故意贬低了民间艺术，更不是哪个人轻视民间艺术；也不是说中国文联非要把民协排在末尾不可。这是一种成见和偏见，久了就会变成一种习惯，习惯是无意中形成的，但无意比有意更可怕，不自觉是更深刻的自觉。如果追究它的历史成因，主要是我们一直没有摆脱封建士大夫对待下里巴人文化的轻视，至少在潜意识上没有摆脱，而且一直用雅俗对立的思维来对待民间艺术，即站在雅文化的立场居高临下地对待大众的、通俗的、民间的文化。同时，我们一直把民间文化视作"旧文化"，并且用新旧对立的思维，站在"新文化"的立场上来否定"旧文化"。还有一点我觉得是最重要的，就是我们一直没有用文化的眼光来看待民间文化，这是最要害的一条。

任何民族的文化传统实际上包含着两个方面，一方面是精英文化，或称典籍文化；另一方面就是民间文化。民间文化是广大群众自己创造的文化，是源头，是根基。从精神意义上说，它是一个民族情感和理想的载体，是大众愿望和审美的直接表现，是一种生活文化，是和生活融为一体的。同时它又是集体性的文化，一个地域共性的文化，所以它具有广阔的覆盖性。这个地域的范围最大是一个民族，所以一个民族的特征最直接地由它的民间文化表现出来。

在20世纪五六十年代，我们把民间文化看作劳动人民创造的，似乎重视了民间文化。但在那个时代，我们仍然没有从文化的角度来看待它，没有认识到文化价值这个层面上。因此对民间文化所蕴藏的能量，包括民族的亲和力和凝聚力，我们缺乏认识。比如春节，春节是我们民族最大的节日，从腊八开始到正月十五一共38天，世界上很少有一个民族有这么长的节日。由于它正处在岁月更迭的日子里，人们的理想愿望、精神情感、审美习惯，便被分外强烈和极致地表达着，它必然成了我们民族民间的文化盛典。进一步说，在春节之中，我们中国人所做的最伟大的创造就是"大年三十情结"。年的高潮就是这个大年三十，三十晚上过不好，这一年心里总有点疙疙瘩瘩。年文化心理是无形的，但它深深的铭刻在我们每个人的潜意识里，所以我们中国人每逢大年三十，即便在天南海北打工，也要赶回家过年；火车挤不上去了，就从窗户钻进去，也非要回家过这个年不可。从文化的角度看，这个巨大和无形的力量是什么？这就是中华民族的凝聚力。我们中华民族，生生不息五千年，合而分，分而合，始终是一个坚实的整体，这跟我们民间文化有深刻的关系。我们的民间文化是我们民族凝聚力的沃土，也是一个辽阔的磁场。民族的凝聚力在民间就是一种亲和力，它内含着共同的生活愿望、美好的人际关系、高尚的生活准则，以及优良的行为操守与道德传统。而民间文化的传承本身，也是一个传统教育的过程，所以说，真正意义上的民间文化传统就是民族精神的传统。

再进一步说，我认为我们这个民族是一个生活崇拜的民族。我们有很多伟大人物，其实，老百姓并不崇拜孟子、孔子、老庄和释迦牟尼，我们中国老百姓只崇拜生活本身。所以在春节，人们最希望的就是平时吃不上的东西过年时能吃到，穿不到的衣服过年时能穿上，享受不到的亲情与团圆过年时能享受到。一方面，通过努力实现一部分实际的愿望，使生活尽可能接近理想，把理想生活化；一方面，将理想主义的图画、话语、文字塞进生活，填满生活，使生活理想化。由于理想与生活混为一体，过年的意义便非比寻常，过年的境界也非比寻常，这是中国人对年的伟大创造。年文化——特别是此时表现出的民族情感、民族心理非常值得研究。但可悲的是我们自己把年淡化了，我们不吃团圆饭了，不放炮了，不拜年了。我们闹完电话拜年和传真拜年，再闹电子邮件拜年，自己把自己的文化涣散了，消解了，搞乱了。

还有一个很重要的问题就是大背景发生变化。随着现代化的迅疾发展，农耕文明正在迅速瓦解，农耕文明创建的文化自然也要瓦解。从经济发展角度上讲，农耕社会的瓦解是社会的进步和历史的必然；从文化发展角度上讲，遗产的价值和意义是无穷的，要保护好人类的这份珍贵的遗产。但是我们的现代化来得突然，缺乏文化准备，缺乏应对，也缺乏自我保护；再加上外来文化的冲击，乘驾着强势经济而来的外来文化是一种强势文化，必然会冲击我们；我们的文化作为弱势文化，必然要被外来文化冲散冲垮一部分，而首当其冲的就是民间文化。

前两个月我们民协开会时，我提出一个观点，即在人类全球化、国际化的时代，文化不会顺着走，相反会反过来走向本土化，向着本土化发展。也就是说，越是经济全球化时代，文化越是全球本土化。实际上日本、法国早就这样做了，在美国喊超级大国时，法国人说他们是文化超级大国，他们从精神上找到了自己的定位。当时担任文化部长的马尔罗在20世纪60年代搞的文化普查，直到现在法国人还记忆犹新。那一次，法国人将他们的文化来了一个彻底的大盘点，所谓"大到教堂，小到羹勺"，进行了全面的普查与登记。在那次文化普查之后，法国人还做了一件非常有眼光的事，就是确立法国文化遗产日。去年我在全国政协会议上提出这个提议，我认为中国也应该建立自己的遗产日，每年此日，全民纪念自己当地的文化遗产，以唤醒全民族的文化自觉，培养人民的文化情感。现在欧洲不少国家都有遗产日，看来世界上越是发达国家越清楚地认识到这一点。

在全球化时代，各国之间在经济上的优势是"三十年河东，三十年河西"，此消而彼长，谁也不会是永远的赢家；但从文化上讲，自己的本土文化是一张不变的王牌。这一点，我们讲了好几年了，不被人们注意，今年春节却忽然应验了，今年所应验的就是春节时铺天盖地的中国结和唐装（我更愿意叫华服）。最近我为《北京青年报》专门写了篇文章。我说，今年北京穿华服的人就有200万；中国结大家争相购之，南方很多城市闹得更凶，大量的中国结和华服畅销，救活了很多丝绸厂和工艺品厂。同时，电视节目主持人都开始抱拳行礼，不染着黄发喊"拜拜"了；很多饭店、酒店也竞相用老窗户、老门作为装饰。为什么？就因为去年一年我们融入世界的速度太快，我们进入WTO（世界贸易组织）、申奥成功、办了APEC（亚太经济合作组织）会议、足球出线，想了多少年、等了多少年的事，一下子全到了眼前。车子加速，太快太猛，就要抓住一些东西，抓住栏杆什么的。此时人们抓住了什么呢？抓住了文化，而且是民间文化。有趣的是，此时人们不会去抓李白的诗，也不会去抓《红楼梦》和《二十四史》，首先抓住的是一种文化符号，是被广大人民认同的，深深寄寓着人们文化情感的东西。这个东西在哪呢？在民间文化里！今年的民间文化为中华文化立了大功。由此看，我们毕竟是个文化大国，底子深厚，在快速融入世界的时候，表现出对文化的敏感，一下子抓住了自己的文化重心。可这是大众——大众心理的需求！并不是文化上的自觉！我们文化界的反应更迟钝，对自己民间文化的认识非常淡漠，没有能够从时代的大背景中去认识民间文化，更没有从自己浩如烟海的民间文化中推出任何符号来。今年春节时出现的唐装和中国结两个符号却是海外华人传过来的。唐装是海外侨胞穿的中式服装，那个服装实际不是唐代的，而是晚清到民初时的一种时装。为什么叫唐装？因为海外华人在海外，不甘被洋人的世界淹没，逢到节日便穿上这套服装，好标识自己。这个唐装和唐人街是一个概念，唐朝是中国举世闻名的盛世，中国人引以骄傲，所以叫唐人街，叫唐装。中国结原本是古代的"盘长"，是佛教的八宝之一，由于一根红绳缠绕不绝，无始无终，民间便视其为吉祥物，寄寓了延绵不断和无尽无休之意。外国人对这种变化莫测和富于神秘感的图案感到好奇，佩服中国人的心灵手巧，这便使得华人把它当作自己的一种标识，改名叫"中国结"。是唐装与中国结救了我们，如果没有唐装和中国结，我们在这快速融入世界而文化重心发生倾斜的时候，从哪里去寻找心理重心？从这点上正说明民间文化重要性有多大，能量有多大。

现在很清楚了，在全球化时代非常重要的一点，就是要重新认识本民族的民间文化。首先，民间文化不是一种文艺形式，而是民族文化传统中重要的一部分，是民族文化的二分之一。过去我们仅仅把它作为一种文艺形式，因此把它与舞蹈、戏曲、杂技、书法并列起来；实际上民间文化包括了民间舞蹈、民间杂技、民间戏曲、民间美术，甚至于还有民间书法。造成这种误解的原因，归根到底是由于人们长期以来没有从文化角度看待它。现在，当我们从文化角度来看民间文化时，一方面看出了精神价值与文化意义，特别是在时代转型期的重要作用；另一方面，我们惊讶地发现民间文化状况非常令人心忧，本来就是自生自灭的文化形态，正在迅速地瓦解、失散、消亡。一些民间文化去年还鲜活地存在，今年已是荡然无存。所以我说，每一分钟都有一批民间文化消亡。原因其一是农耕文明受到冲击，受到工业文明的冲击；其二是受外来文化冲击；其三是受商品化冲击，这些冲击都是一种历史的必然，无法改变，也不能改变。

但是，在工业化时代，农耕文化是应该进入博物馆，受到保护的文化。

可是我们的民间文化是没有保护法的。比如，对于民间文化中的民居保护问题我曾经写过不少的文章，但由于无法可依，古老而极有价值的民居仍在大批"死亡"。我们国家现有《中华人民共和国文物保护法》，但没有文化保护法。我们对文物的概念非常陈旧。在人类进入现代社会后，对文物的认识早已发生改变，但我们的文物观基本上还是前清时期的文物观念，我们的民间文化根本没有进入文物保护的范畴。现在很多国家的民间文化已经都是文物保护的对象了，我们的民间文化至今没有进入文物专家的视野，所以，民间文化面临着被破坏、践踏、篡改、偷窃。我们的民间文学被一些国家的出版商任意盗取，被日本人拿去编他们的卡通故事；还有所谓的"旅游文学"，实际上是一种伪民间文学，是商业化的文学，有些地方为开发旅游景点竟然请一些能写点东西的人去编"民间传说"。这样下去，再过20年我们原生态的民间文化遗产基本上就会失去了。

面对这个极特殊的时代，这个巨变性的转型期，我们民间文化工作者当代的使命就是抢救。抢救应当摆在一切工作的前边，也就是摆在研究的前边。现在，我把我们要做的这个"工程"跟各位学者谈谈，希望得到学者们的支持，希望得到分析、研究和论证。我们要对我们960万平方公里土地上的56个民族的民间文化做一次地毯式的考察，全部用时为10年。我们的口号是"一网打尽"。我们的对象是三部分，一个是民间文学，一个是民间艺术，一个是民俗。自20世纪80年代就启动的《中国民间文学集成》（即俗称的"三套集成"）是功德无量的事情，在周巍峙同志主持和大力而辛勤的推动下，我们民协为之奋斗8年，功绩显赫，不可估量。"三套集成"完成后，基本上把中国民间文学的普查做得差不多了，全书90卷，已出版63卷，还差27卷，我们计划在三四年时间里做完，全力以赴地做好，画个圆满句号，不留遗憾。下边便是我们要启动本项工程的内容，就是民俗和民间艺术这两大块。对于民间艺术，我们要普查、要记录、要收集、要出版，出版《中国民间美术全集》《中国民间美术图典》《中国民间美术地图集》《中国手艺人名录》和《中国民间美术资料库》；对于民俗，我们要以县为单位进行科学普查、记录、整理、出版，出版《中国民俗志》《中国民俗图典》，建立《中国民俗资料库》，为一些民间文化之乡挂牌，其中《中国民俗志》要出版县卷本，每县一卷，共2000卷。总的想法是这次一定要"一网打尽"，如果不"一网打尽"，现在遗漏了什么，后人手里就将没有什么。民间艺术绝对是一次性的，尽管现在有些是活态的，再过些年就不再是活态的了。民间文化一旦失去传承人，马上就会断绝。比如一些剪纸艺人，那些在陕西的古老的村落里剪纸的老太太们，再过十多年基本上就没有了，她们的剪纸也变成过去时态了。我们统统把她们看作是一种珍贵的文化遗产，把活态的也作为遗产，我们要抢救她们，我们的抢救工作要做到每一个才高艺湛的民间艺人的身上，对活态的要用电视记录下来。我们的手段有三个：一个是电视，一个是拍照，一个是文字记录。三维地来做。我们要动用一切科技含量较高的手段，使我们这次记录尽可能是全面的、多角度的、立体的、具体的、彻底的。我希望我们的学者、专家、民间文化工作者，能从时代的使命、人类的高度、文化的角度，以及后人的视角，来看待我们这次空前的中国民间文化的大盘点、大普查、大建设。我们的民间文化太博大、太深厚、太灿烂，任何个人都无法承担这一伟大又艰巨的使命，需要我们联合起来，深入下去，深入民间，深入生活，深入文化，深入时代。抢救民间文化是时代赋予我们的使命，我们对这个使命义不容辞，我们要担此文化的道义。抢救民间文化是符合民族和人民的根本利益的，文化利益也是人民根本利益之一，我们一定要让中国的民间文化在人类的未来大放光彩。

各位学者专家，我们的使命是非常神圣的，我们的工作是极其艰巨的，但成败的关键在我们身上，我们不要让后人小看了我们——这一代民间文化工作者！

2002 年 2 月 26—27 日于北京

庄重的宣布

——在中国民间文化遗产抢救工程新闻发布会上的讲话

首先，我代表中国民间文艺家协会庄重宣布，我国民间文化界志愿和激情承担的中国民间文化遗产抢救工程，今天正式启动。然而，就在此时，在全国各地，许许多多富于文化责任感的学者、专家和志愿者，已经迫不及待地深入到田野、到山坳、到民间，对那里宝贵的文化遗产进行抢救了。

我们身处一个巨大地、深刻地、急速地变革的时代。

这个时代的全球背景是经济的全球化。

在经济全球化的时代，各国各民族的本土文化都受到空前的、根本性的挑战。对于我们这个东方的文化大国，文明的古国，其感受就来得分外的强烈。

我们为之自豪的中华文化从来都是由两部分组成的。一部分是精英和典籍的文化，一部分是民间文化。两部分同等重要，相互不能代替。特别是民间文化，它是我们的人民用双手和心灵创造的。数千年来，积淀深厚，博大而灿烂，并且深深凝结着人民的生活情感与人间理想。如果说我们民族的精神思想的传统在精英和典籍的文化里，那么我们民族的情感与个性便由民间文化鲜明而直接地表现出来。所以我们说，民间文化是中华民族文化的一半。

但是，由于种种历史偏见，民间文化并没有处在与精英文化同等的位置上，甚至只把它当作一种可有可无的、初级的、自发性的文化现象来对待。所以，它们没有文字记载，没有登堂入室，大多只是凭借着口传心授这种相当脆弱的方式代代相传。可是一旦没有传承人，就如断线风筝，即刻消失，化为乌有。因而，民间文化的生存方式一直是自生自灭的。

这样，在工业化和全球化的今天，它必然遭受致命的冲击。

一方面是农耕时代正在渐渐消退。我们正处在由传统的农耕社会向现代的工业社会的转型期。这个社会转型必然带动着整个文明的转型。随着工业化和城市化的加速，原有的农耕文明架构下的一切文化形态和方式都在迅速瓦解与消亡。这是眼前正在发生的事情，当然也是全球各民族遇到的共同性的问题。社会转型的进步性无可置疑，但人类的文明遗产和历史财富不能丢掉。故此，最近几年联合国教科文组织特别强调对口头和非物质文化遗产的抢救和保护。

另一方面是全球化的冲击。风靡全球的商业性的强势的流行文化，正在猛烈地冲击世界各民族的文化——也包括我们民族的文化。在这种全球化的飓风中，首当其冲的便是处于消解过程的民间文化。

然而，民间文化遗产是我们的祖先数千年以来创造的极其丰富和宝贵的文化财富，是我们民族精神情感、道德传统、个性特征以及凝聚力与亲和力的载体，也是我们发展先进文化的精神资源与民族根基，以及综合国力中不可或缺的、坚实的精神内涵。可是，由于民间文化长期不被重视，也没有从文化上、从全球化的背景上来重新认识这个"中华民族文化的一半"，因而至今我们对于民间文化的整体状况认识不清，心无底数，我们甚至不知道如今这笔文明财富到底消失了多少！

如果我们到中华大地上跑一跑，就会看到我们的人民生活在自己的文化里。我们从刚刚度过的春节，感受到中国民俗的美好。当然，还会看到各地的民间艺术多么缤纷与迷人，人民多么智慧、多么心灵手巧、多么富于才华；同时我们也会看到民间文化面临着失传、中断，处于无奈的状态；眼看着许多珍贵的民间艺术濒临着曲终人散，人亡艺绝。每一分钟，我们的田野里、山坳里、深邃的民间里，都有一些民间文化及其遗产死去、消失，都有一些风情独异的古村落转眼间不复存在。它们失却得无声无息，好似烟消云散。

能够让自己的文化损失在我们这一代人的手中吗？能够叫后人完全不知道先人这些伟大的文明创造吗？不能！

为此，中国文化界愈来愈多的人把抢救民间文化遗产当作不能拒绝的神圣使命，当作是时代和历史放在我们肩上的必须承担的重任。

如果我们不动手去抢救，再过二十年，至少有一半民间文化会化为乌有。故此——

我们决定要对960万平方公里、56个民族的民间文化遗产进行一次全面的、彻底的、拉网式的普查与抢救。

我们计划用时十年。

我们的抢救工作主要有五个内容：普查、登记、分类、整理、出版。普查是第一位的。

我们的工作口号是：摸清家底，整理遗产，保护资源，光大精华。

我们的抢救采用具有科技含量的现代手段，包括文字、拍照、摄影相结合的三维的立体的普查方式，以及数字化和档案化的储存方式。

我们的工作对象是民俗、民间文学、民间艺术（以民间美术为主），形象地说，"大到古村落，小到荷包"，统统在我们的视野中。

鉴于我国民间文化历史悠久，覆盖辽阔，民族众多，地域多样，内容博大丰繁、灿烂多元，十里不同风，百里不同俗，而且历史上从来没有做过如此全面的普查，我们对这笔巨大的财富心无底数，现实情况又面临着民间文化迅速地失散与消亡。因而我们把"抢救"作为这一巨大的时代性工程的主题。我们十分认同刚刚修订并颁布的《中华人民共和国文物保护法》关于"抢救第一"的提法。如果不抢救，不摸清和厘清这笔文化遗产，我们就无从保护。或者只能保护已知的，无法保护未知的。

抢救是时代性的、必须的、紧迫的、十万火急的。所以我们说"一天也不能等"。

为此，过去的一年半，我们不断地拨打"120"，呼吁社会各界对濒

危的民间文化"紧急救助"。

应该说，我们不愧是个文化大国、文明古国。

有识之士遍天下。我们的呼吁得到广泛呼应。我们几乎天天都可以得到来自社会各界和全国各地的热切的反馈，来自天南地北的陌生者对自己民族母体文化的关爱之情，不断地激励着我们。

近一年来，我们开了多次专家论证会，制定各种可行性计划，为了使这次文化大普查严谨、规范、有序，具有很高的学术质量，我们深入到山东、山西、河北等地，进行试点性考察，制作了各种普查提纲、普查表格、普查范本。我们得到方方面面的热情援助。没有这些援助，今天中国民间文化遗产抢救工程很难启动。

当然，今天能够启动这一工程的最关键之处，还是因为得到中宣部、文化部、国家民委、中国文联的支持与鼓励。

这项文化工程，一方面获得了全国哲学社会科学规划领导小组的批准，列入国家社科基金特别委托项目，一方面又被并入文化部主导的中国民族民间文化保护工程。党和政府的有力支持，是我们这一巨型的文化工程进行下去的关键性的保证，因为国家量级的工程必须得到国家的支援。

党的十六大报告中，明确提出"扶持体现民族特色和国家水准的重大文化项目""扶持对重要文化遗产和优秀民间艺术的保护工作"，这更使我们倍受鼓舞。

同时，我们感到"盛世修典"这句老话的千真万确。只有在国富民强的今天，我们才可能举行如此浩大的文化工程。

我们又一次感到自己的任务之重大。

我们深知这是一项规模浩瀚、错综复杂、千头万绪的工作，一项持续性很强的、十分漫长的工作，一项必须付出辛苦而长期深入民间的田野性质的工作。

它更是一项纯奉献的工作！

然而中国民间文化界已经背起这个沉重的文化十字架，不会放下。我们下决心把这个工程一直推动到目的地，直到我们将这"中华文化的一半"——这笔巨大的遗产和文明财富整理有序、分门别类，使其清晰完整，而且让人们看得见、摸得着。到了那时，我们才会松一口气。

我们相信会有愈来愈多的知识界人士，尤其是年轻人，主动把这本普查手册放入背包，志愿加入到这一空前规模的文化行动中来。

我们相信各地各级政府以及各界人士，将会被我们感动，理解与赞同我们，视我们为知己，并伸出援助的手。

因为我们深信一个道理，只有全民族都关爱自己的文化，以自己的文化为荣和自豪，我们的文化才能在世界发扬光大。我们的文明传统才会真正传承下去而不中断，我们民族的精神才更加强大！

2003年2月18日于北京

年画是民间艺术的龙头

——在首届中国木版年画国际研讨会上的讲话

欢迎你们。

中国民协在朱仙镇召开的这次会能够吸引来这么多学者，有些学者还不远万里，来自大洋彼岸，为什么？我想是两个原因，也是年画的两个魅力；一个是它的艺术魅力，一个是它的文化魅力。我们讲艺术魅力，自然要讲年画造型的特点，它的色彩，它独特的语言，它的版味儿，等等。但是要讲文化魅力，就是很有意思的事了。我先把年画放在文化层面上，谈谈文化大背景下的一些问题。

首先说，当我们把一个事物视为一种文化，一定跟它有了一个距离。这距离，或者是空间性的，或者是时间性的。比如说，我们现在看"文革"，我们是站在另一个时间——至少有三十年的时间距离来看"文革"。于是我们看清了它非常独特的文化形态。再比如我们看上海的三十年代。我们与那个时代已经有七八十年的时间距离，自然就能看到上海滩特有的"十里洋场"的殖民性的文化形态。这就是时间的距离。还有一种空间的距离。比如一个外国人看中国的文化，他会觉得我们的文化很新奇，很异样，很独特。他们看得很鲜明，轮廓清晰，形象的特征十分明确。往往我们生活在这文化之中是没有这种感觉的。总的来说，当我们对一种文化形态产生了认识的时候，我们已经进入另外一个历史阶段——历史时间；或者站在了另一个空间——文化空间。从这个意义上说，我们现在看民间文化——我们把年画作为一种文化，也是因为我们站在另一个历史时间和文化空间来看的。

我先说历史时间。

农耕时代正在从我们身旁消失。现在，我们的一只脚还没有离开农耕时代，另一只脚已经踏入工业时代中。整个的人类历史上，实际只有两个文明的转型期。一个文明转型期就是从渔猎文明转型到农耕文明。这个时期大概是从龙山文化到河姆渡文化，离我们现在七千年到五千年的这个时期。但是在那个转型期，人类没有保护自己文化的自觉，所以渔猎文明基本上没有留下什么东西。最多也就是一些甲骨文，一些岩画上的十分简略的图像与符号。此外就再没有留下什么遗存了。

今天我们赶上另一个转型期，就是我们这一代人赶上了从农耕文明转型进入现代工业文明时期。原有的农耕文明架构下的文化都在迅速地瓦解、消失、涣散、泯灭。我们中国的情况又很例外，这种转型不是线性的、渐变的。而是从"文革"进入改革的。我们跟西方的现代化国家不一样，他们有一个线性的转化的过程。在这个过程中，知识分子是比较容易把这个文明的转变看清，并做出自己的反应。我们是突如其来的。所以，前些日子在中央美术学院举办的全国高等院校非物质文化遗产保护教学研讨会上，我说："我们现在农耕文明架构下的整个文化的瓦解与消亡，既是'正常死亡'也是'非正常死亡'。"从整个的社会进步来讲，它的死亡是正常的。原有的农耕文明必然要瓦解和消失。但是由于我们对原有的农耕文化心里没有底数，我们从来没有对自己的民间文化做过调查；而现在，不等我们反应过来，工业文明的浪潮就要把它们席卷而去，所以它又是一个"非正常死亡"。农耕文明正在烟消云散，大量的文化正在速死，死得缄默无声。所以我说，每一分钟我们的田野里、山坳里，都有大量的、迷人的、灿烂的民间文化无声无息地死去。

现在，再来说文化空间的问题。我们现在看民间文化已经不是站在农耕时代里看农耕文化，而是站在工业化和全球化时代来看农耕文化。这就涉及当代文化最重大的问题——全球化冲击。我们中国在近百年以来，国门洞开，中外文化碰撞，共有两次。一次是从清末民初直到"五四"前后的时代。那次打开大门的时候，我们面对着的西方文化是一个文化整体。在那个时代，我们对外部文化是有机会、有时间进行选择的，那一代的知识分子基本上是站在文化的前沿向我们的国人介绍西方文明的精华。他们所介绍的西方哲学，从苏格拉底到斯宾诺莎一直到马克思；他们对西方的文学介绍从莎士比亚、托尔斯泰到罗曼·罗兰。巴金、鲁迅、郭沫若翻译的西方作品，全是西方名著，全是西方文化的精华。那时的知识分子可以沉住气又很从容地做这些事情。但是这一次不行。这一次我们一打开国门，涌进来的是承载着商品经济的商业文化。它根本不管你的文化传统，也不管你官方的意识形态，什么都不管，呼啦一下子就进来了，所向披靡，大肆地冲击我们。因为他有两个载体，一个是电视，一个是报纸，都是强势的、霸权的媒体。从超级市场到麦当劳、好莱坞、NBA、旅游、歌星、影星、球星、时装，五光十色的名牌一下子一拥而入。因为这都是商业文化，是要卖钱的。它拒绝永恒，它必须是不断地花样翻新，不断地制造商机。所以商业文化一定是粗鄙化的、快餐式的、一过性的。我们没有准备。我们搞了半个世纪的计划经济，根本没有商业文化。原有的商业文化只是那种古老的、传统的通俗文化，带着一点点商业性而已。面对着这种外来的、强势的、现代的商业文化，我们无所措于手足。这种商业文化也可以叫作"流行文化"。近一二十年，以流行文化为主体的商业文明猛烈地冲击着我们，有时会感觉我们的文明要被冲散了。

我想，下边我们应该回过身来，看看自己的文明是以一个什么样的状态迎接这个外来冲击的。博大精深吗？不，我们是以一种粗糙的、松散的文化状态接受这一雷霆万钧的文化碰撞的！不要以为我们文化的粗鄙化来自改革开放，来自西化。可以讲，中国文化粗鄙化的过程至少有三百年的历史，始于满人入关。原来我们还挺得意，认为汉文化很厉害，中原文化很厉害，足可以把一切外来文明同化了，消化了。实际上同化从来都是双向的。你在同化我的同时，也被我同化了一部分。所以，当博大精深的汉文化同化满文化的同时，也被满文化这种积淀比较粗浅的马背文化稀释了。清朝的三百年基本上是一个逐渐被粗浅化的过程。到了1840年鸦片战争之后，一受到外来文化冲击，我们的文化就变得松散了。然后跟着就是五四运动。五四运动的进步性是不容置疑的，但是五四运动的文化倾向于把传统文化作为对立面的，把传统放在一个反面的位置。从那个时候中国的革命一直把传统文化作为反面的角色。到了20世纪50年代以后，就经常把传统文化作为革命的对象，不断地从传统文化里寻找"敌情"，一直到"文化大革命"。到了"文化大革命"的后期，我们中国人对传统文化的概念只剩下"批红楼""批水浒""批克己复礼"三句话。一个民族不管你原有的文化多么博大精深，关键要看你现在这一代人对自己的文化知道多少，还有多少文化的自豪感和自尊心，这是最重要的！到了改革开放一开国门，迎头撞来的就是"流行文化"。不要埋怨媒体天天折腾的都是一些流行的歌星、影星，都是奶声奶气，都是一惊一乍的作秀。媒体是企业，媒体要活，它必须有卖点。它必须不断制造刺激性，不断地制造意外，不断地造势和炒作。媒体本身就是制造商业文化的。我前些日子给《北京青年报》写了一篇文章《当代大众的文化菜单》，我说当今媒体给大众提供的主要是两道菜，一道菜是名人，一道菜是时尚。

媒体制造名人。历史上任何时期也没有现代媒体这么会制造名人。

媒体可以使一个人一夜之间名满天下。媒体每天追逐的就是名人。名人的各种各样的行踪、轶闻、结婚、离婚、再婚、婚外恋、出事、惹事、祸事等，全在媒体的视线里。为什么？因为它需要不断的卖点。为此，名人是现代媒体的主角，也是大众所关切的看点。

另外一个就是时尚。前些日子我在山东省跟青年学生谈话中说："你们可要小心时尚，时尚是一个商业陷阱。"不要以为现在忽然时兴什么黄头发、吊带裙、清汤挂面的发型，就认为那个东西是时尚，认为那个东西最个性、最时髦。当一群人都在追求那种"时尚"，也就无"个性"可言。因为"时尚"是为了让你跟它一样。时尚其实是泯灭个性的。它是现代商业制造出的最热销的商品，也是现代商业制造的一本万利的商机。

然而，在这种流行文化的冲击下，最严重的问题是造成了对自己固有的传统和文化失去一种自信心，一种自尊。而缺乏文化自尊心的民族才是危险的。不管将来富起来，富成什么样子。但在肥厚和充满脂肪的外表里边是一个精神的空洞。到那时，我们就会发现，使一个人富起来实际是容易的，要使一个人有文化是困难的。可是，现在要求经济快速发展。发展经济就要扩大内需，但是如果物质的欲望太高，就会物欲横流。这个时候一定会鄙视精神。至于这个问题严重的程度，不需要长篇议论。只要到街上去和偶然相遇的年轻人谈谈自己的民族，说说自己的文化，你从所得到的反应中就会强烈地感受到我们文化的问题了。

我上边所说的，就是我们这次会议的大背景，也就是我们提出"中国民间文化遗产抢救"的深层的根由。说到底，我们这样做是为了民族的精神。民族文化是民族精神的载体。所以当代的文化工作者有责任去抢救、保护、弘扬我们的民间文化——我把它叫作"中华民族文化的一半"。任何一个民族文化都有两部分。一半是它的精英的、典籍的文化，还有一半就是民间的文化。可是，我们对民间文化界一直是很轻视的，这就不用说了。我们现在应该怎么办？尤其是我们对民间文化的实际状况没有底数。即使在专家范围内，也是"你知道的我不一定知道，我知道的你不一定知道"。即使把我们各自知道的加在一起，依然远远不如我们不知道的。民间文化像野花一样开遍田野山川，我们对它却完全心里没数。但是这些漫山遍野的花儿正在凋谢与失散！民间文化的生命规律本来就是自生自灭的。它是口传心授的，如果没了传人，或者他的子女去到城里打工去了，就会立刻中断、断绝。就像风筝的线一断，我们的手里就什么也没有了。就像盲人阿炳一样，他有二百多支曲子，但现在记录下来的却只有几首，其他全部被阿炳带走了。因此，现在我们中国民间文艺家协会——我们中国的文化界、民俗学界、民间艺术界要做的一件事，就是"中国民间文化遗产抢救工程"。为此我们奋斗了一年。我们尽量向有关领导人讲清我们的想法，请求支持；也设法说服各界，请求帮助。另外我们在媒体上不断地呼吁，争取社会的更多知音。现在可以讲，这项工程最近得到中央的批准，而且列入国家社科基金特别委托项目。

那么我们要做什么事情呢？

我们要对我们960万平方公里土地上，包括汉族在内的56个民族，"大到古村落，小到荷包"的民间文化遗产进行为期十年的一次性的全面的抢救性普查。我们要做五个工作：普查、登记、分类、整理、出版。我们要争取在十年内把"中华民族文化的一半"整理清楚。在历史上，精英文化总是有人整理，且不说《永乐大典》和《二十四史》，就连唐诗、宋词都不断有人去梳理、校勘、注释。但是民间文化除去《诗经》和《汉乐府》，还有五四时期有人做了一些局部的、零星的采风工作之外，全方位的、系统的田野调查和文字整理工作在历史上从来没过。应该说，也只有像我们这样的国家，我们这样的组织，才能做这么巨大的事情。这是我们国家社会制度的优越性。

然而做起来一定是非常艰难的。可是如果我们现在不做，我们后人就会两手空空。根据现在的农耕文化消失的速度，十年之后，农耕文化的遗存至少要消失百分之五十。

我们要抢救的民间文化主要分三部分：一部分是民间文学。就是在田野里、地头上农民们口头传承的那些谚语、歌经、故事、传说。还有民间艺术和民俗，共三部分。我们中国民间文艺家协会在过去的十八年，经过艰苦卓绝的努力，现在可以讲——中国大地上的口传文学基本上已经被我们"打捞上来"了。这个工作接近完成。用时十八年，五万多人下去调查，搜集到几十亿字的民间文学，这是世界上没有的。如果我们对民间文学的抢救不是在十八年前，而是从今天开始，恐怕百分之七八十都没有了。这就是民间文化抢救的必要性与紧迫性。

所以说，我们的文化工作者的当代使命是抢救。抢救是超过一切的，抢救是要放在保护前边的。你底数都不清，就谈不到保护。抢救也是要放在研究前边的。没有第一手材料，研究就会陷入"无米之炊"的境地，所以说"抢救第一"。这也是最近人大常委会刚通过的《中华人民共和国文物保护法》中十六字里的第二句"抢救第一"。

再要谈的是，我们为什么要从年画下手。

这次我们跟河南省开封市朱仙镇合作的目的，是历史性地发动中国民间文化遗产抢救工程。这一次不完全是一个学术研讨，我们要在这个会上发动全国民间年画的抢救。我们不只是要把已知的东西整理出来，更重要的是要把底数不明的、现在时的年画状态搞清。现在的年画到底是什么状态——什么样的人文状态，什么样的生产状态，什么样的存活状态，要彻底搞清楚。还要把我们不知道的散落在民间的东西都挖掘和整理出来。我们之所以要从年画下手，主要原因就是年画是中国民间艺术的龙头，这是我的看法。我们中国的民间艺术成千上万种，但是年画是第一位的。

为什么说年画是第一位的？

首先是年画制作的规模最大。我们现在已经知道的全国重要的年画产地有二三十个。这些年画产地都是规模性地生产，年画制品覆盖全国。在农耕时代，过年时贴年画的风俗，遍及中国。所需年画的数量匪夷所思。年画跟个人制作的剪纸和刺绣不一样。它是作坊式的生产，而且在一些年画产地，这些作坊连成片，是具有规模的生产方式，这种方式和规模是其他任何民间艺术都不可比拟的。俄罗斯汉学家阿列克谢耶夫在1907年考察杨柳青时估计，当时杨柳青镇制作年画的作坊至少有两千家。其规模可谓浩瀚。

第二是年画的产量大。任何一个民间艺术在数量上也没法跟年画相比。这是因为年画与风俗密切相关。作为风俗用品，年画是必备的。比如腊月二十三中国各地有祭灶的民俗，《灶王图》就必不可少。大年三十要祭天地众神，《全神图》就必须事先贴在墙上。至于《门神》《财神》，也在必备的年画之中。甭说年画铺天盖地的年代，即使在当今年画衰败阶段，山东潍坊市杨家埠的年画产量还是每年一千多万张。

第三是年画的文化信息量最大。由于年画是年俗物品。在农耕时代，它是处在"除旧更新"这个特殊的时间里。在这个时间里，冬去春来，人们要送别过去的一年，迎来新日子、新生活。一边把不好的东西送走，一边把好的东西迎来。自然也就要把很多生活理想注入年文化中。同时通过年的艺术表达出来。所以年文化（包括年画）表现得最突出的一个特点是：生活的理想化和理想的生活化。平常吃不上好东西，穿不上好衣服，到了过年时把家里积蓄的钱全拿出来，也要吃好年夜饭，穿上新衣裳。让现实的生活尽可能地接近生活的理想，也把理想向现实拉近了一点。这是中国人的年的魅力的所在。当人们想把这种生活的盛情放在年画里时，就需要大量美好的形象，大量寓意的、谐音的、吉祥的图案与符号进入年画。在色彩上，由于年心理的特殊需要，必须是热情的、对比的，甚至是夸张的色彩，才能与年文化相称。

此外，年画所传递出来的另一个重要的文化信息就是地域性。民间艺术跟精英艺术一个重要的区别是：精英艺术之间的千差万别来自流派之间或者是艺术家个人之间的不同；而民间艺术之间的区别是地域与地域的审美区别，没有个人因素。民间艺人是不追求个性化的；而精英艺术家是自觉追求个性的。精英文化的价值就在这种自觉性上；民间文化的价值则在自发性上。这种自发的民间文化，跟原始文化有一个接近的地方——就是它们都具有初始性。这种初始的文化都象征和表现着生命本质的力量。民间艺术为什么蕴藏着极大的生命力和活力，就是因为它直接和自发地表现了生命的本质。

于是，这种繁纷多样的地域性就使得年画色彩纷呈。在这次的"全国年画大联展"上看得十分明显。比如朱仙镇年画，它的乡土味非常足。它跟杨柳青不一样，杨柳青紧挨着天津和北京，必然有城市化的一面，繁复、琐细、细腻和雅致。朱仙镇、武强和滩头没有城市化，所以有鲜明的朴拙和率真的乡土特点。但往细处看，乡土跟乡土也不一样，武强跟朱仙镇的乡土就不一样。朱仙镇究竟身处大宋汴京的地域，它的年画显得雍容、大气、敦厚。这就跟武强年画那种带着唢呐的高亢的尖音不一样。如果说武强年画中的人物纯朴，朱仙镇年画中的人物就是古朴。看来宋文化遗留下来的遗传因子还在朱仙镇年画的灵魂里。地域性就使我们的民间年画充满了丰富性，使得木版年画拥有着大量的、缤纷的地域文化信息。所以说年画是所有民间艺术的龙头，也是我们这次抢救工作把年画作为首要目标的原因之一。

第二个原因是我们对年画的总体情况比较清楚，比较好下手做。当"实用的年画"在向"文化的年画"的转化过程中，年画很幸运地被一些有文化眼光的人抓住了。正如上所述，有人从时间的层面上看到它文化的意义；有人是从空间的层面上看到它文化的意义。从空间层面上看到文化意义的，是俄国最早的一批年画的研究者。从科马罗夫到阿列克谢耶夫，再一直到当今的李福清。这批人是从异国——异文化的角度来看中国的年画。他们在看我们的年画时，不仅仅是单纯地从艺术美的角度来看，而且也是从文化角度来看了。文化角度包括文化心理、民俗特点、审美个性（共性式的特性）。实际他们是从异文化的空间视角，把我们的年画作为一种独特又迷人的文化形态来进行收集、整理和研究的。

从时间层面上看到年画意义的，也就是最早把年画作为文化来对待的是王树村、薄松年这一代人。在中华人民共和国刚刚成立的1950年，我国美术界就开始了民间年画的调查与收集。王树村和薄松年是这个时代产生的专家。20世纪50年代的中国年画正走向衰落。一种文化将要消亡和开始消亡的时候，是丢失得最快的时期。幸亏有这一代年画专家，他们在那个时期，先觉地开始了抢救中国民间年画的工作，使得我们一大批最重要的年画遗产保留了下来。无论是科马罗夫、阿列克谢耶夫，还是薄松年、王树村，他们都是从文化角度抢救了年画，使得这笔遗产的轮廓比较清楚，而且整理有序。尽管我们对年画的现状还要进行大普查，但总的来说比较好抢救，不像有些民间艺术或存或亡，乱无头绪，完全没有底数。应该说我们对年画比较有底数。

第三个原因就是我们有一个研究队伍。现在全国各个年画产地，都有一些研究人员。不管人数多少，都有一些年画的爱好者、保护年画的志愿者，而且还有一批收藏家，甚至一些学者也很注意当地年画的研究。这个队伍基础非常好。

这也是我们普查工作的骨干力量。

由于这三个原因。我们把民间艺术的龙头——年画，作为抢救工作的龙头与开端。

我们目前要做的工作，就是马上启动，成立专家委员会，召集相关工作会议，敲定整个"中国民间文化遗产抢救工程"大纲。这个大纲已经经过了几次研讨与论证。全面和正式的启动将在今年新年到明年春节之间。这期间民俗事项比较多，大家比较关心民俗。年画的抢救应该同时开始。我们整个抢救工作有三个优先。一个是"地区优先"。对一些地区抢救工作条件较好，队伍齐整，地方政府又积极支持的，就要列入第一批优先动手普查。还有一个是"项目优先"。项目是指跨地区的全国性的民间文化种类。当一个抢救项目的各种条件都已经具备了，比如年画，就可以优先开始。尤其年画是农闲和过年时的节令性的民俗文化。普查工作的最佳时间是在春节前的阶段。我想无论如何我们明年一年（2003年）要把中国年画的底基本摸清，然后收集、整理、出版。现在已经有好几家出版社准备出版这次抢救的木版年画全集。这次准备出版的画册，与过去的画册不一样。比如我们出版画册是抢救工程的成果，不是一般性的作品展示，而是对民间文化现存状态的记录与呈现。所以它首先应该是这个地区的地貌，然后是村落、人文、作坊、形态、生产流程、工具、材料以及民间艺人工作的画面，还有民俗，最后才把年画放进去。这种画册要有强烈的抢救色彩。年画集中的作品，绝大部分应表现21世纪初，即农耕文明消解中所抢救的遗存作品，而不是把各类画册司空见惯的东西全搬出来。当然，这次抢救的成果不只是一套画册，还有中国年画资料库、中国年画档案，包括数据库。我们要力争将中国年画的遗存"一网打尽"。当然，我们最终要跟所有年画的产地、专家联网，一切成果大家共享。只有共享，给大家提供更多的资源，我们的文化才可能发扬光大。此外，我们还有一个"优先"是"濒危优先"。那就是不惜代价去把马上要消失的民间文化遗产抢救下来。比如民间作坊，现在马上就要绝迹！

在这样的使命面前，我想，我们这些人再乘上一百倍、一千倍、一万倍来抢救中国现在濒危的、正在迅速消亡的民间文化，都是非常困难的事情。我们祖国太大了，我们的文化太灿烂了，太多样了。

所以，我们今天这个会又具有强烈的情感色彩，是在表达我们文化界对自己民族文化的一种情怀。希望大家团结起来，动手干起来。从广义的来讲，我们民间文化的事业，我们木版年画的事业是大有可为的。但是从狭义的角度来讲，我们不能只说不干，应该马上就干，不能再等一天！

我的话完了。谢谢。

2002年10月28日于河南开封

内丘神码的田野普查

——在关于内丘神码普查座谈会上的讲话

内丘的年画是无法取代的,它是非常独特的,有它独特的题材、功能、审美形式和价值,是其他的年画所没有的。比如说杨柳青年画、桃花坞年画,基本属于世俗的年画,由于挨着大城市比较近,受市井文化的影响,为了满足市民的需要,其欣赏趣味和内容的要求实际上都是为迎合市民而市民化的。原生态农耕文化背景下的具有纯粹农民气质的年画,在河北省有两处最有特点,一个是武强,一个是内丘,此外还有山东的杨家埠。杨家埠年画的农耕社会、农耕文明的特点非常强。而内丘年画更具其原始性,它甚至反映农耕社会人和自然的关系。内丘年画以神码为主,主要是人物,没有世俗故事,没有戏出,也没有娃娃这类的题材。它的神像基本都是自然神,还不是宗教的神,但是它也有一些佛教、道教、儒教的内容在里面,更多的是自然神。自然神是民间的一种想象与崇拜,你们说的"万物有灵"是对的,是人对自然的一种感知。

中国人是非常有意思的,他把自然界的一切东西都看作是有生命的,要跟这个有生命的事物对话。因为在古代自然对人有威胁,所以他要和自然形成一种亲和的关系,与自然融合为一体,心理上才有安全感,实际上就体现了所谓的"天人合一"的思想,是我们"天人合一"思想的源泉,来自于我们的母体文化。它反映了中华民族一些最本质的东西,一种很美好的精神实质,所以我今天看了很受感动。把织布机、道路、树……把一切东西都看作是有生命的。神只不过是一个感觉,实际是把万物看作有生命的、可以对话的、可以请求它帮助的,与它亲和,不与它对抗的。从人类文化学角度来看它有很高的价值,体现了我们中华民族最本质的一些东西。我认为内丘神码的精神价值和文化价值都非常高，不能只看作是一个神码，刷一张几分钱而已，不能这么看神码。民间文化有一个很大的特点，它是人们用双手和心灵创造的，是我们的祖父、老奶奶、老婆婆们做的，它直接表现人们的思想情感、生活愿望、精神理想，所以我觉得内丘年画的价值很高，这是我的第一个印象。

第二是它现在还处于活态。从它的生产到销售到市场，整个来讲还是处于一个活着的状态。有很多地方的年画都完结了，比如像天津杨柳青年画，当地人都不买了，从生活里撤出去了。但是在这里内丘神码还在应用，还在崇拜，还在制作，因为它是活态的，所以价值更高。我们现在的社会，正在从农耕文明转化为工业文明，它能保持原来农耕社会的比较完整的文化形态，令人惊讶。

第三是濒危。它的濒危主要体现两个方面，一个是人们虽然传承它，但是很多东西在传承过程中中断了。比如说对于神像里面的一些内容，人们虽然贴，但是更详细的内容已经不知道了，或者有的知道有的不知道，不像过去每个人都能说得很详尽，甚至还能讲出里边的故事与传说，现在多数人说不出来了。另外就是，比如人们在请神或送神时的仪式已经不那么严格了。尽管它还保持一个原生态，但是已经到了瓦解或消解期，所以这个时候的文化更应该保护，这是一个方面。另外一个方面，就是它在制作上已经出现机器印刷了，不是用原来那种木版印刷。现代工业的东西是无情的，要代替农耕文明的一切方式。历史这种取代的规律也是非常无情的，当然这种取代是社会进步的表现，因为机器印更漂亮、更有效率，但是作为先人创造的遗产还是应该把它完整地保护下来。因为到了一定的时候，人们就会认识这个手工的价值，手工有手工的价值，它是机器不能代替的。

从这几点说，这件事情有好做的一面，也有难做的一面。好做的一面是它现在保持活态，还是有迹可循的，可以顺藤摸瓜；难做的一面是过去从来没有人整理过，你们做的事具有凿空的意义，所以更希望你们抓住这个于今尚存的东西，迅速将它整理出来。

我上回给过你们一个提纲，提纲里实际上就是分这几部分：一部分是需要它的背景：历史、自然、人文的背景，这得用文字描述，这些提纲上都写了。要把内丘这地方历史的源流以及变迁讲清楚，还有这地方的人文特征、生活习俗、自然特征，比如说一半平原一半丘陵是这里的地理特点，都必须讲清楚。交通到底是闭塞的还是畅通的，在历史上有哪些比较大的变迁，都要有记述，当然不必太详细。过后会给你们寄来一个比较具体的材料，告诉你们每一部分需要多大的文字体量。另外需要这个地区的历史地图，两张——一张老的，一张现在的。一个地方的行政区划总在改变，老地图应该在方志上去找。再有，就是自然人文方面的照片，比如说刚才看过的戏台，需要拍照；哥哥姐姐庙是什么庙，跟当地人民的关系；还有包括村落、街道、风物、物产、人民生活的方式，这都需要用照片来表现出来的。特别重要的就是年俗，因为与年画关系直接。这是第一部分。

第二部分是年画部分。年画部分应该要有文字叙述，要搞清你们这地方年画的历史，对你们来说恐怕是比较难的事情，需要调查。尽量能够找到谁家里还能藏着的比较老的画样子、画本、画稿、老版。如果没有画样子，可以用老版刷印一下，将来印书的时候可以用。老版如有，必须拍照。

还有一个很重要的，就是这些山村古老的建筑。今天我在这个村里发现还有一些老房子，要把它拍下来，因为早年内丘的年画是贴在这种房子里的，还有老的院落和房间都需要拍一拍，这是一个。还有就是年画到底往哪贴，每个神码到底往哪贴。这是最重要的一部分，也就是我说的第三部分，就是贴年画的民俗，这部分十分重要。年画到底往哪贴，文字必须表述清楚了。第一往哪贴，第二那些贴的仪式要搞清楚。每种神码怎么请，怎么送，有没有歌谣，每一种神的名字及其职能要搞清楚，每一张画面里的故事也要搞清楚，每一种神到底有多少样式也要把它搞清楚。然后就是它跟民俗到底是什么关系，哪种神是要烧的，哪种神是不烧的，不烧的怎么办，这些都要搞清楚了。这是关于年画的民俗。还有一个是年画的分类。实际分类的方法是很多的，可以从印制的方式分类，比如有的是套版的，有的是单线的；有的可以从题材上分，有的从功能上分。这个分类你们做研究。此外还有与神码相关的故事、传说、歌谣要尽力搜集全。这是文字那部分。摄影与摄像还有一个重要工作是记录工艺流程，这也很重要。它的工艺过程到底有几个工序，比如说它的起稿，这个稿子是怎么来的。我看你们的神码大部分是先辈的稿子，也有一些是自己起的，自己创作的。包括起稿、刻、印这几个工序都要搞清楚，都得有文字与照片表现，有录像存录，动态性的内容必须要用录像机记录得清清楚楚，包括人们贴年画也得有录像。这是第三部分。

　　第四部分就是民间艺人的调查。民间艺人是必须有传承的。现在为了赚钱抄起来就干的传承人不能算数，起码是他父辈也干的，记录这样的人，要一个村一个村地拉网式地做，别着急。最近我带一个年画组，在杨柳青镇南边的36个村是一个村一个村地考察，记录艺人的口述史。比如我们今天去的魏家屯，魏家屯一共有多少人家，几个艺人，比如今天见到的那个魏进军，他家传了多少辈，留下多少块版，每年到底印多少张，销售方式是怎样的，必须得搞清楚。需要对最传统的、版最多的、印得比较好的艺人做深入调查，还要关注工艺流程与工具材料，比如刻版用几种工具，工具的名字，用什么材料，颜料是哪来的，有没有植物或矿物颜料，有没有其他的颜料。今天我问了问印神码的艺人，他说他的墨是用烟囱里那黑烟子跟水胶熬的，这很好，把它记下来。比方说他们怎么从烟囱里刮出黑的炭灰来，怎么和水胶，有哪些要求与要领，要详详细细地记录下来。

　　最后一个就是销售范围。到底是用什么方式销售的，是用批发的，还是自己背出去卖。有没有销售的歌，比如武强就有销售的歌，没有也没关系，有一定要记，没有不记。他用什么方式销售，销售的范围多大，必须用地图来表现。这里面一共有三种地图：第一个是本县新老地图。第二个是民间艺人的分布图。在内丘范围301个村里面，凡做神码的艺人都得标在地图上，哪个村几个，点几个点就行，标注好给我就行了，不用细管，我找地图出版社作图，他们会做得非常规范；还有一个就是销售范围图，就是说内丘神码销售的覆盖面有多大。地图就这三种。对艺人你要问他，是农闲时候做还是农忙时候做，现在一年印多少，销售的时候都是哪些人来买，各个时期的销售数量也要调查。

  现在要求你们几个方面：第一个你们现在做的工作是非常对的，先收集，这是非常对的。因为你们和别的地方不一样，别的地方没有你们这些问题，他们的年画以前大致整理过，比如武强。恐怕你们最先开始的工作就是收集，边收集边普查这些艺人，尤其收集要抢在前边，因为过了春节就不好收集了，过了春节它的活态期就过去了，你就没法做了。今天我是边想边说的，可能会有没说到的，回去我再给你们一个文字的东西，你们按照文字的东西再把它整理下来。另外我特别希望你们在调查的时候，尽可能发挥想象力，尽可能多问一点儿问题。比如，这些画工印画之前，他们需要不需要敬一敬自己行业的神？在北方有些地区他们敬吴道子，他们也有神。我们在杨柳青前两天拍了一段录像非常好，有一位老画工，每年到了腊月的时候都给先辈的无名画工烧纸，他说感谢先辈的画工给他留下这么多样子，他竟然有这样的虔诚之心，这就是我们调查时问出来的，马上抓紧做了记录。请你们赶紧抓住这个春节时机，下去干活，别怕跑破鞋底子，咱这事特别辛苦，可咱们都是心甘情愿做奉献的，咱不怕辛苦就是了。

2003年1月21日于河北内丘

我们在艰难中举步

——在中国民间文化遗产抢救工程工作会议开幕式上的讲话

我代表我们中国民协的主席团对诸位到会表示欢迎。

由于我们怀着对民间文化一种深挚的情怀，也带着对它目前处境的深深忧虑，还有对我们民间文化命运和前途不能推卸的责任，使今天的会议一开始就有一点庄严感。这是一次很务实的会。大家可能马上会感到会议的气氛跟以前有一点不一样。第一，我们没有请领导同志，因为这次是工作会议。我们不要会议的仪式，一切都接触到工作的实际。第二个，我们没请媒体。准备明天下午闭幕的时候请媒体，把这次会议的成果向媒体公布。我们想让这个会议实际、现实、务实，有血有肉，是地地道道的工作会。因为我们民间文化面临的情况确实十分紧迫。我认为，主要是因为二十年来，我们一直对全球化的到来认识不足。从 20 世纪 70 年代末到 80 年代初，我们的国门是自我打开的，老百姓对外面的文化好奇，有新鲜感。而外边冲进来的文化基本上是商业文化、流行文化。从知识分子到官方都来不及对外来的文化进行选择，一拥而入的是那种商业性的、一过性的、快餐式的、沙尘暴式的流行文化，弥漫了我们的整个生活，我们的年青的一代缺失了对自己民族文化的那种光荣感、尊严感。所以，这情况令我们忧虑。再说民间文化，它与典籍文化不同，它是一代一代口传心授的，是婆领媳做的，这样的一种文化传承的方式非常脆弱，它是自生自灭的。同时我们又面临着人类一个巨大的、几千年没有过的这么一次文明转型期——就是由农耕文明向工业文明转变。农耕文明的消失，必然带来对原有文化的瓦解。这个转型当然是人类社会的一种进步。但是人类创造的文明不能因此中断。因为文化需要积累，文明需要传承。所以，世界包括我们中国在这几年都非常重视"口头和非物质的文化遗产"。这个名词好像最近在报纸上也见到了。在前些日子的新闻发布会上我说，我们的文化实际分为两部分，一半是精英、典籍的文化，一半是民间的文化。我还做了一个比方，我说精英的文化是父亲的文化，我们民族的精神思想是父亲给的；民间文化是母亲的、母体的文化，我们的乳汁、血液、情感、特征、凝聚力是母亲给的。乌丙安老师说的一句话非常好："父亲也是父亲的母亲生的。"我们的李白、屈原也是《诗经》孕育出来的。但是在历史上我们对民间文化从来没有重视过，我们的家底不清。所以我们的民间文化在现代化的冲击中，在工业化的冲击中，在农村城镇化、城市工业化的这种现代化的猛烈冲击中，每一分钟都有一批珍贵的民间文化在消亡。而我们的民间文化又是多元的、灿烂的。因为我们的历史太长，我们文化的板块太多。我们最早的板块可以说是战国时期的板块，齐、楚、秦、韩、燕、赵、魏。现在仍然有。比如说，我们齐鲁文化的雄强、高亢，燕赵文化的悲壮，吴越文化的委婉、清新、柔和，楚文化的神秘、沉雄，这种文化的感觉现在仍然还有。另外，因为历史的不同，又形成不同的地域文化。比如，近百年我们的几个大城市，北京、上海、天津，就是完全不同的三种文化。北京的文化就是政治精英文化，上海的文化是商业文化，天津的文化是市井文化。所以北京出郭沫若、茅盾、齐白石、梅兰芳；上海出周璇；天津出马三立、骆玉笙。这是完全不同的文化。我们的文化是多元的，这是我们未来中国文化的一种"伟大的资本"，也是我们发展先进文化的一个重要资源。所以，我们需要对它进行抢救。

　　一年多来我们将工作实实在在地铺开了。横向联合了一些相关单位，比如和西苑出版社、山东电视台等展开各种合作。每一个项目实施之前，都邀请专家一次又一次地论证，制定计划，制定标准，制定方法。重大项目先做采样调查。同时，在报刊等媒体上不断发声、呼吁、张扬我们的思考与观点。经过这一年半的努力，我们的抢救工程已列入了两项非常重要的国家项目。一个是列入了国家社科基金特别委托项目；一个是进入了文化部的中国民族民间文化保护工程，这个工程刚刚确立。它一旦纳入了国家的工程，就纳入了国家的视野，纳入了国家的工作，因此讲我们整个工作已经上了轨道。

然而，使我们更欣喜的是，我们下边的积极性比上边的积极性大；我们下面的动作比上面的动作要快。我们不断地接到了很多地方民协还有地方的组织寄来的他们的各式各样的工作部署，拟定了大纲，甚至还制定了普查手册。这使我们非常感动，我想这是因为下面的同志接触的实际情况比较多，耳闻目睹了我们民间文化目前的处境与困境。前天，一位民间美术工作者来信说，他在陕西普查时看到了一位民间剪花娘子，叫库淑兰，她和丈夫俩人都八十多岁了，生活孤苦无助，腿和腰都不好了，要在地上爬，但还在剪纸，剪纸非常优美灿烂，可以用"伟大"二字形容，但没人帮助她，等于站在死亡线上。我打电话给这位普查工作者，问他需要不需要我们赞助。他说只希望我跟当地的政府讲讲话。我说，好的，这件事我来负责。小小的事例说明下面的情况已经是非常紧迫。所以说我们抢救民间文化遗产一天也不能等。我们根本就来不及等，全部的脑子都在这上面。所以，当我看到大家这么积极快速地送来工作大纲、普查手册、普查纲要，我感受到大家心里的这种崇高的文化情怀。

另外一个就是各界的反应，横向的反应。中国摄影家协会、民俗摄影家协会，都找到了中国民协，找到了我们。民俗摄影家协会的沈澈同志说他的二万四千名摄影家都想加入我们这次抢救工作。因为我们这次抢救是文字、摄影、摄像，立体的、三维的记录。这是很苦的事。他说，他们二万四千名摄影家全部进来。摄协的于健那天晚上与我们谈到半夜。他说，中国摄影家协会四万人加入我们的抢救大军。没有这样的抢救队伍，无法把我们这个波澜壮阔、多元灿烂、渗透到大地里的文化精华记录下来。我在这次与文联主席团座谈的时候，刘兰芳同志也跟我讲，曲协想跟我们做一下结合。还有中国杂技家协会的副主席阿迪利——"高空王子"，他被我们这个抢救工程感动了。他主动提出来他要在一路上为我们募捐，而且他马上要付之于行动，要到很多省去做极限运动。我感到了什么呢？我感到了两件事情。一个就是我们的抢救，我们所做的这些事情，社会是有很强反应的，我们的抢救在社会在民间有了呼应，有了回馈。再一个是我们的民间文化抢救是我们整个中华民族文化的抢救，是多民族文化的抢救。所以，维吾尔族的弟兄也要义不容辞地参加进来。我觉得浑身都充满力量。所以，我今天特别希望大家给我们的"高空王子"阿迪利，给我们民间的英雄一个掌声。

由于我们各方面的努力，原本民间文化是一种弱音，到了今年春节的时候，渐渐地强起来了。但是它强也没有强过流行文化，也没有强过任贤齐、周润发，也没有强过他们。所以，我们面对的抢救的任务仍然是非常艰巨的。为什么？因为我们的公众，我们的年青一代心灵中民间文化的成分没有流行文化多。连我们的节日现在都在慢慢地被西洋的一些节日所代替。一个民族的节日是一个民族生活中非常重要的精神核心。如果这个核心时空挤满了外来的面孔，那么我们的文明就慢慢地被偷换出去了。

可是我们面临的要抢救的任务，第一是濒危的，第二是非常博大的，第三是千头万绪的。想到这里，我心里一急，觉得头发都有点变色了。这么大一个文化，我们从哪儿开始做？所以，我们在人民大会堂召开启动普查工作的新闻发布会之前，迎头要再开一个会，就是工作会。我们工作会议主要解决的是什么问题？主要是五个问题。第一个问题就是我们要在普查工作开始的时候，迅速地建立一个联络网。就是我们要迅速地成为一个整体。因为我们的工作方式主要是通过民协，民协是纵向系统，横向系统是联络社会各界。我们要团结一切可以团结的力量——单位和人。但是我们纵向系统必须要通过中国民协，因为这是我们的组织系统。这个系统，我们有上万人，平常是一个松散的社会团体和专业团体，但现在我们要迅速地成为一个联系非常紧密的、办事效率非常高的、互相联系非常通畅而且非常有效的一个整体。

　　第二个问题，就是确定大家认同的一个实施方案。这个方案我们已经制定好了。一会儿向云驹要代表中国民协给大家讲一下我们这个方案。

　　第三个问题，我们要统一认识，统一标准，统一方法，统一目的。标准要统一。如果标准不统一，下面上来东西就不一致，不规范。我们与以往工作最大的不同是，以前是逐层往上报的，而我们现在是逐层向下贯彻和普及，这是最大的不同。逐层往上报的方式，是一种官僚主义的方式。因为报上来的东西很可能有水分，没有经过专家鉴定，有可能是应付你一下就报上来的，那不行。我们这一次是普查的方式，是一贯到底的、拉网式的、地毯式的、刮地皮式的普查。所以，我们标准必须统一，方法必须统一。我们讲了是用文字、摄影、录像三种方式，而不像传统的只是文字记录，我们是全记录。因为摄影记录是一个静态的形象记录，摄像记录是动态的、有声的记录，这是一种三维的、立体的记录。

　　第四个问题，就是我们这次会议要产生首批开展普查的省市和优先进行的项目。因为省市之间的情况不一样。有些省市都已经准备得差不多了。现在国家拨给我们的经费还没有到位，可是有的省市很积极、很着急。昨天我见到了新疆维吾尔自治区政府的秘书长，谈的时候，我非常感动，政府很有决心要做这件事情。政府说，不仅是抢救，还要抢先。他讲的一些情况我过去不知道：新疆有八个民族，有些是跨国界的，有些文化资源，如果我们不做抢救的话，不抢先的话，我们还将会遇到国家文化安全问题。所以，有的政府很自觉，力度也大。我们这一次要公布的首批省市都是这样的。还有一些项目是全国性的项目，内涵比较丰富，资源比较雄厚，而且我们对这些项目的现状与专家队伍比较清楚，而且它也濒危，我们就拿起来先做。这次会议上要定下来的这类项目大概有七八个。这是我们马上就可以做的。有的项目都已经有了具体的提纲，甚至有的项目已经开始动手做了。我们的同志这种十万火急的精神真是了不得。

第五个问题，我们主席团已经做了分工，岗位责任制。我自己就分了两个省，一个项目。我不仅全局的事情要做，我还愿意承担两个省和一个重点项目的工作。我们的很多专家也都跟我们说要自己负责一个项目。在这次会议上，我们都要确定下来，要解决这些问题。

刚才我说了五个问题。第一个是建立我们的联络系统。这个系统包括联络方式。第二个就是确定实施方案。第三个就是统一标准、统一认识、统一目的、统一方法。第四个就是产生第一批开展普查的省市和优先项目。第五个就是主席团分工。这就是我们要做的五件事。

在这次会议上，我非常希望听到大家的意见，特别是大家有什么困难，应该在会上讲一下，越直接越好，这样我们将来解决问题的目标就明确了。我们有什么问题就直接讲，或者是认为中国民协应该怎么做，也请直接讲。我们关键是要通过这个会很快地成为一个群体。一个在全球化时代自觉地坚守我们的民族传统的能战能胜的队伍，一个在同一个目标前我们互相挽起手来，紧密团结，坚持不懈，一干就是十年的那么一个群体。而且我们一定要在这个会议上把我们的思想转化为行动，而且要让行动开花结果，不管困难有多大，不管怎么千辛万苦，我们一定要让明天能够很完满地回答我们今天所有的疑问，我们也会让我们一代又一代的年轻人永远为我们灿烂的文化感到自尊和光荣。

2003 年 3 月 25 日于北京

我们不怕艰难

——在中国民间文化遗产抢救工程工作会议闭幕式上的讲话

这两天大家很紧张，没有休息。我们很少开这样的会，没有请任何领导，而且开幕式和这两天也没有请记者，只有今天下午我们请了一些主流媒体和记者。因为我们要向他们公布我们第一批开展普查工作的省市和一些优先启动的项目，还要公布我们工程的标志。

这是一个真正的工作的会议。大家一同思考、相互交流，另外也提了很多意见，包括批评意见。批评意见非常重要，因为世界上最有价值的意见就是批评意见。大家的想法丰富了我们的想法，理清了我们的一些思路，也给了我们一些很好的办法，同时也增加了我们的紧迫感。这些天与各省市的一些代表同志谈话，听他们讲到当地的一些民间文化的情况，的确这些情况比我们想象的、知道的要糟糕得多、紧迫得多。

我们现在要做的事情，虽然过去做过一些，但这么大规模的事情没有做过，没有经验，而且前人也没有经验，前人也没有做过这么大规模的一件事情。所以，这件事情肯定是需要想象力，需要创造力的。因此我就想到我们民协的工作，我们民协的工作从来也没有像现在这么有活力。为什么？因为我们的事情非常具有时代感。过去我们总觉得民间文化跟我们的时代距离很遥远，现在我们才感觉到民间文化是我们的时代核心的一部分。以前我们总说民间文化是一种过时的文化，现在我们才知道它是当代文化建设中不可缺少的、重要的组成部分和重要的资源。

在这样的一个认识背景下，我们既感到我们的工作充满了挑战，也感到我们的工作充满了快乐。我们确实有很艰难、很艰苦的事情，很费劲的事情，但是这件事情又是充满发现的。应该说，我们现在要做的事

情是只有所获，没有所失，不做才是有所失。为此，尽管我们非常重视这件事情的结果，但更重视这件事情的过程。我们还要看到，我们这个计划要做十年的文化工程是我们中国文化界重大的文化行动。它表现了我们对自己母体文化的关爱，对我们民族文化的情怀，它会慢慢地产生一个巨大的感召力。这才是我们最需要的。只有我们的民族，我们的年青一代热爱我们自己的民族文化、我们的民族的传承，我们的文明的传承才有希望。所以，我们很重视它的过程。当我们重视它过程的时候，我们就不太害怕它的艰难了。同时，我觉得我们现在的民俗学、文化学将改变学风，我们将离开文案走向我们的田野，我们将从呼吁的知识分子变成行动的知识分子。我们将从一种"无机"的知识分子成为一种"有机"的知识分子。我们从这个会之后，闭上嘴巴走向田野。今天我们这个会我很看重。当代的民间文化史上，它会是一个重要的记忆。

今天的会马上就要结束了，我觉得还没有来得及跟很多同志说话呢。有的话题刚刚开个头，就被别的同志的谈话打断了。我想今后我们有的是机会，这个工程已经把我们凝结在一起。各位代表今天就要返回自己的家乡了，我相信也希望各位的脚一踏上你们家乡的土地，抢救的工作就像时下春天的风一样在你们那块大地上展开。最后，我代表中国民协主席团的全体成员，向各个省市的政府、宣传部、文联、民协的各位负责同志，向各位专家，各位同志表示祝福，祝你们事业顺利，身体结实，天天有福，一路平安。

2003年3月26日于北京

全国剪纸大普查开始了

——在中国民间文化遗产抢救工程剪纸专项工作会议开幕式上的讲话

今天我们很高兴。我们在中国著名文化之乡、文化宝地——河北省蔚县召开剪纸抢救的专项工作会议。我们一行前天还在山东召开山东地区的年画普查和抢救工作,昨天又风风火火地赶到蔚县来参加今天的会。不仅是我们一行,我们中国民协五位副主席也分别从全国各地赶来,他们都是著名的文化学者、民俗专家。我今天在会场上才发现我们德高望重的一些老前辈,还有我们各省民协、文联的负责同志,一些专家都到会了,群贤毕至,齐聚在河北的蔚县,这标志着中国历史上第一次的全国性的剪纸大普查开始了。

我们国家是一个剪纸的大国。剪纸是我们国家所有的民间艺术中最

广泛、最普遍的艺术表现形式。可以讲,我们所有的村庄,甚至有些省的、地区的一个一个的小村庄,老百姓都会剪纸,很多少数民族他们都有如花似锦、妙趣横生的剪纸艺术。我们的中国老百姓很了不起。他们使用身边生活用的剪子、一小块纸,随手就把一个个栩栩如生的、神气活现的、玲珑剔透的艺术形象创造出来了。一方面我们的民族的确是一个富于才情的、才华横溢的民族,我们的人民是才华横溢的、心灵手巧的人民;另一方面,又可以体现我们人民对于他们生活的深情,对于他们生活的热爱、挚爱。而且我们中国的文化是一种多元的文化,各地的剪纸风格都特别不一样。

我记得我前天在山东的一个会议上讲过,世界的民间艺术没有像我们中国这样,我们中国的民间艺术最早的板块是战国时期留下的,最近的板块是民国时期的。我举个例子,比如北京、上海、天津这三个城市,北京的文化是政治精英文化,所以北京出郭沫若、茅盾,在戏剧上出梅兰芳;上海是一个商业文化的城市,所以上海出周璇、张爱玲;天津是市井文化的城市,所以天津出马三立、骆玉笙,这就是最近的文化的一种区别。最早的文化的区别是什么?就是河北是燕赵之地,是燕赵文化,还有齐鲁文化、吴越文化、楚文化,直到现在这样的板块文化依然是活的,仍然在我们大地上的民间文化里表现出来了。它不在精英文化里表现出来,不在典籍文化里保存着,而是在民间的文化里保存着。而且非常有意思的是,这些文化汇总起来是一个很巨大的文化遗产,很宝贵的遗产。

一个民族的文化有两部分:一部分就是精英、典籍文化,我管它叫父亲的文化,我们思想的传统、我们精神的传统主要在我们的父亲文化里;还有一个文化,就是民间文化,我管它叫母亲的文化,我们民族的特征、民族的情感、民族的文化血肉是在我们活生生的母亲文化里。乌丙安教授那天听我讲了一句话,他又加了一句话,更精彩。他说:"父亲也是父亲的母亲生的。"但是我们自己宝贵的母体文化在当前的全球化时代里受到了巨大的冲击。近百年来,我们中国的文化受外来的文化冲击共有两次。一次冲击是清末到五四时期。那时候我们中国的老百姓对外来的文化没有期待感，所以外来文化进来的时候，中国的知识分子比较容易站在我们自己文化的前沿对外来的文化进行选择。所以那时候，郭沫若介绍的是歌德，巴金介绍的是普希金、屠格涅夫，鲁迅介绍的是果戈理的作品，刘海粟介绍的是西方的优秀的美术大师，从希腊、罗马的艺术一直到近代的艺术，都是西方近代文化的精华。但是这次不一样了。这次我们一打开国门，就无法选择。外来文化涌入的并不是精英的文化，而是流行文化。从麦当劳到超级市场、NBA、球星、影星、歌星、时尚、时装……他们所向披靡地、一过性地、沙尘暴式地、快餐式地弥漫在我们中国。我们几乎都找不到自己文化的绿洲。但是一个民族不能没有深刻的思考，不能没有高尚的追求，不能没有自己的传统、自己的精神，不能不对自己的文化、自己的民族有一种尊严、一种光荣感。这也就是为什么我们要抢救和整理我们民族文化的根由。所以，这是时代赋予我们的巨大的使命。

另外我们的农耕文明又赶上转型期，这又是一个特别奇怪的偶然。因为人类的文明转型无非就是两个转型：一个是从渔猎文明到农耕文明的转型，那个时代的转型，因为人类没有自我文化的保护意识，所以，那个时代的渔猎文明我们现在基本不知道；但是现在，我们脚下、身边又摆着另外一种转型，这个转型是从农耕文明向工业文明的转型。在这个转型的情况下，农耕文明架构下的文化都要松动、瓦解、消亡，这是历史的必然。从客观上讲，这又是历史进步的表现。但是并不能因为这样，我们就放弃了、抛掉了人类五千年在文明上的创造和积累，我们的文化传统、精神传统、情感传统在我们的传统文化中。所以，这又是我们现在要急于抢救和保护我们民族的民间的母体文化的根由。因为这个根由，所以我们理直气壮，我们执着，我们锲而不舍，我们也不能拒绝。

因此，我们从今年的春天开始在全国开展了民间文化抢救工程，但是紧跟着来的非典给我们制造了很多困难。因为我们很多的会议，很多的大的活动，必须要展开。但是我们很多活动是公共性的，因为非典，大伙都戴着口罩，不能到处跑，给我们带来了很多的障碍。但是"非典压不住，秋风吹又生"，所以，我们今天又在蔚县齐聚一堂。而且令我们欢欣鼓舞的是我们现在整个民间文化遗产抢救和保护工作的想法越来越成为社会广泛的共识。可以讲，我们现在民间文化的抢救已经成为一个燎原之势，最近几个月发展非常快。河南、江苏已经召开了全省的会议，山西的工作也是在如火如荼地开展中，内蒙古自治区，包括河北郑一民主席他们设计将在蔚县这个民间文化遗产抢救工程的会议上套上一个河北的会议。那么我的理解，就是他们所设计的蔚县这个民间文化遗产抢救会议实际上也是吹响了燕赵大地挖掘、抢救、保护和弘扬自己母体文化的号角。正因为这样，我们要把这个会议放在河北开。

但是，我们还要讲一讲我们为什么要放在河北蔚县开这个会。第一，蔚县是我们著名的剪纸之乡。蔚县的剪纸可以讲是独绝于天下的。我们中国的剪纸在各个县都有，百花争艳。但是蔚县的剪纸是非常独特的一种。蔚县的剪纸是我们中国民族文化中五彩缤纷的一个代表。特别是蔚县的戏剧脸谱剪纸应该说是中国民间文化的自豪。因为历史的悠久，蔚县剪纸的艺术和人民生活中节日的习俗、婚丧嫁娶、去病消灾，以至从头到脚的装饰完全地融为一体。它是人们生活中的一个非常美丽、非常灿烂的内容。所以，我们要把全国剪纸抢救工作放在这样一个美丽的剪纸的民间文化之乡来启动。

第二，蔚县的剪纸是活态的。蔚县有九十六个村庄还都在搞剪纸，有的村庄一年四季都在剪纸。每一年要出三百万套，创汇能达到三千万元左右，这是非常惊人的。因为我们民间文化现在是三种情况：一种是已经死去的、过去的、画上句号的，现在的民间年画一半已经是如此，已经画上句号了，是过去式的，只剩下遗物、遗产了；第二种是濒危的；第三种是活态的。剪纸能够保持这样的活态，的确是一个奇迹。所以，我们把抢救的工作放在这儿，目的就是要跟剪纸将来的保护和发展联系起来。

第三，我这次来特别感受到，河北省的省委、省政府，我们张家口的市委、市政府，蔚县的县委、县政府和蔚县的人民有一个深远的文化眼光。他们对自己的文化有一种光荣感，有一种自尊。这个东西是我特别希望看到的。我在很多地方，有的时候感到很茫然，感受不到这些东西。但是，我在这个地方感受到了。所以他们给我们所有到会的同志这样一个盛情的礼遇，我们的民间文化在当前的流行文化像沙尘暴一样的冲击下，还能够得到这样的礼遇是非常罕见的。所以，我们把我们的民间文化的抢救放在这儿，我们是放心的。我想，我们整个的工作一定会获得成功。

我们今天要做的是剪纸专项的抢救，它是我们中国民间文化遗产抢救中的重要的一项。我们所谓的中国民间文化遗产的抢救是对我们中国所有的民间文化，包括我们的民俗、民间艺术，进行一个地毯式的，为期十年的彻底的清理和普查。我们要做的是把我们的家底彻底搞清，要做到心底有数。所以，我们今天要在这儿开会，就是想把全国剪纸抢救的中心放在蔚县。我们要争取用三年左右的时间把剪纸这个巨大的民间文化遗产整理有序，要把它完整地保护起来、发扬起来，还要完整地留给后人。因为我们每一代人都有一个神圣的使命，就是把前一代的创造完整地保护好，然后恭恭敬敬地交给我们的下一代，这就是文化的传承。我想，今天我们剪纸的普查从无到有地开始，我相信三年以后，一个句号一定会圆满地在这里画出来。但是句号并不一定意味着结束，句号后边是开始。从我们整个的民族文化的事业来讲，我们的句号后边一定是一个健康的、自尊的、风光无限的开始。因此我还要代表中国民协、代表我们中国文化界感谢河北省、张家口市和蔚县的政府，感谢一切为今天的会议付出辛苦劳动的同志们，感谢到会来关心我们母体文化的我们所有的同志——包括媒体的同志，我相信大家对我们文化的关怀绝对不会徒劳的，你们的心血一定会在这里开花结果。

讲完了。谢谢。

2003 年 8 月 26 日于河北蔚县

我们背上的压力太大了

——在中国民间文化遗产抢救工程剪纸专项工作会议闭幕式上的讲话

老郑给我出了一个难题,让我致闭幕词。如果我现在说闭幕,觉得有点困难。现在有一点恋恋不舍的感觉。说闭幕好像有点残忍。但是,一个会如果开出这么一种感觉来,也是非常不容易的。我觉得一方面来自燕赵的情义,一方面来自蔚县的人们。

首先,感谢蔚县主人们给我们安排的这些参观考察的项目,大家都非常兴奋,因为这次我们的目光绝不仅仅把焦点放在剪纸上。我们的目光更宽广,是在整个历史人文上。因为我们这次对剪纸的考察,不仅仅是一次美术观察、一次艺术的行动,还是一次从人类文化学的角度,对中华民族五千年农耕社会的每一项文化创造进行的一个重新地审视和总结。为此,无论是王老赏的故居,还是蔚县剪纸厂,无论是释迦寺和玉皇阁,还是一个个的古村落,还有带有民间崇拜意味的拜登山和豪情万丈的打树花,我们都获得一种强烈的感受,感受到蔚县这块土地上文化积淀的深厚,那种透过历史的迷雾,令人震撼的冲击力。但是,同时我们也真有点惭愧,我们的历史文化被我们遗忘得太久了。它们在一个被遗忘的角落里边,有点可怜兮兮,有点无助,甚至有一点绝望。那些非常古老的、底蕴深厚的、记忆着无穷故事的古堡、古建筑随时可能在风雨飘摇中倒塌,可能是一瞬间的。我们谁也没有力量让这些地方重现历史的光辉。但是我们感到,从几代人甚至十几代人手中旁落的文化责任落在我们这一代人的脊梁上。所以,我们一方面痛惜我们现在的这种状况,同时也更坚定了我们抢救和保护民族历史文化的决心。

我们不是历史的守旧者。可能执有一种非文化观点的人会认为，我们是历史的守旧者，而我们恰恰是这个时代的文化卫士。在全球化冲击的时候，我们站在文化前沿来拯救我们的历史文化，来充实我们的积淀，让我们的历史的光辉照亮我们的今天。我们是最前卫的人。因为我们感受到了这个历史的使命落在我们这一代人的身上。如果我们不做，后代人就无法再做了。历史一旦失去就无法再生。所以，我想，从这一点来讲，我们这次会议开得非常好，各地的代表都很有决心、计划、想法。虽然没有时间让大家坐下来做更充分的交流，但大家都感受到了，中国历史上空前的第一次剪纸抢救应该从现在开始了。开始的地方是在河北蔚县。我们中国民间剪纸抢救中心就放在河北蔚县，我们中国剪纸就在蔚县安家。

这个任务并不小，我觉得我们抢救中心任务主要是两点：一是组织、推动、协调全国剪纸的抢救。这个要放在蔚县。二是三年内完成《中国民间剪纸集成》和中国民间剪纸的信息库。我们要在河北蔚县来完成。但是，我们不会说撒手不管了，扔给杨书记，这是不可能的。我们中国民协要下很大的力量，调动各方面的力量，但是时间很短，三年的时间。

中国的剪纸是我们中国民间艺术中最广泛、最普遍的一种。从我们炎热的南国到寒冷的北方和内蒙古大草原，从大西北、新疆大漠一直到我们的东海之滨，我们的剪纸真是异彩纷呈，千姿百态。我们有数不尽的民间艺术大师。前两天我还看了内蒙古自治区的一位一百多岁的老太太的剪纸，依然那么神采飞扬，但是，他们没有蔚县的剪纸那么幸运。因为蔚县的剪纸是生机勃勃的。但很多地方的剪纸都是濒危的。比如陕北那位一边唱歌一边剪纸的剪纸娘子库淑兰，前不久还有人带信给我，说冯骥才你无论如何都要到陕北去一趟，帮助她一下，没有人照顾她。这位剪纸大师，她是被国际关注的。我看过一两篇西方的学者写她的研究的文章，但是她现在的生活没人帮助。她有的时候是在地下爬着走，但是她只要爬到床上去，唱起歌来，就能剪出天真烂漫的、充满了浪漫想象的剪纸。我们的祖国那么大，我们四处的民间文化的状况都不是特别理想。所以，我们的任务是特别繁重的。

这两天我坐车走在高速路上的时候，尤其昨天晚上下大雨回来的时候，我想到我们明天的、未来的民间文化的抢救和保护都像我们这几天的路程一样有泥、有风雨，而且我们的道路是崎岖的、漫长的、艰涩的。我必须有这种准备。我从来没有对这个工作乐观过。我们必须把重重的负担压在我们身上，而且我们还要把我们前几代人对文化的无知给予历史补偿。我们背上的压力太大了，但是反过身来讲，我们有比这更强大的东西，就是文化责任感。我们现在不是讲广大人民群众的根本利益吗？广大人民群众的根本利益不仅仅有经济的利益，还有他们文化的利益。我们相信我们的力量可以战胜我们现在的一切困难，而且这个责任感现在也非常鲜明地落在蔚县同志们的身上。这不仅仅是对蔚县剪纸文化、老街、老屋的热爱，更关键的是，他们对这片土地负有责任，对未来负有责任。我特别欣赏"承担"二字，这两个字不仅是一种承诺，也是一种付出，巨大的付出。它是神圣的。我觉得还要感谢郑一民同志，一民同志这次在中国的文化界来了个很漂亮的"打树花"，让我们真是吃了一惊，这

个会开得很精彩，这跟一民同志和河北民协的同志的工作是分不开的。我们同时还要感谢蔚县各界的同志，他们为了我们这个会把所有的力量都调动起来了。

从今天开始我们全国的剪纸、民间文化界，在蔚县来讲应该是一家人了。蔚县承担了这么大的一个使命，它为全国的剪纸工作服务，我们也要为蔚县出力，包括我也应该为蔚县出力。方方面面，我们能使到的劲，我们都要使，我们都要把蔚县看作一个我们大家共有的、非常美好的文化家园。我们一定要常到我们的家园来。我们祝愿我们家乡的未来美好、光明、辉煌。我们也相信蔚县的历史文化会在蔚县人民未来的生活中放出它们的光彩。

最后我宣布中国民间文化遗产抢救工程剪纸专项工作会议胜利闭幕。谢谢。

2003 年 8 月 28 日于河北蔚县

让历史的辉煌照亮我们的今天与明天

——在中国民族民间文化保护工程试点工作会议上的讲话

国家现在开展的这项工作是一项全新的工作。为什么说这一次是全新的？首先是背景。我们处在一个特殊的、全新的时代，就是全球化的时代。

今天我们从全球化背景上来认识民族民间文化抢救和保护的重要性。

近百年来，中西文化的碰撞有两次，一次是从清末到"五四"，西方列强以船坚炮利打开中国的大门，也带来了他们的文化。那时我们对这个闯入者的文化没有任何期待感，因此中国的知识界比较容易站在自己民族文化的前沿，对外来的文化进行选择。所以，我们看到，鲁迅、郭沫若、巴金等学贯中西的有识之士都是明确地选择西方文化的经典，并主动地"拿"进来。这就是鲁迅先生说"拿来主义"。但是，这一次不一样了，改革的大门一打开，外来文化便一拥而入，长驱直入，进来最多的是流行性的商业文化。从超级市场到 NBA，从好莱坞到各式各样的明星与时尚，像沙尘暴一样席卷而来。这种一过性的、快餐式的、粗鄙化的文化猛烈地冲击着我们，也迷惑着我们——因为这是商业文化，商业文化的本质是要迎合与刺激人们的购买心理。而从 20 世纪 80 年代以来涌进来的西方商业文化大多又是经过港台化的。当时有一句歌词"外边的世界很精彩"，它体现了流行文化已经"征服"了我们的年青的一代。人们对我们民族自己的文化缺乏自尊、自信和光荣感。令人忧虑重重。

现在是商品经济社会，必须扩大内需，扩大内需就是要刺激人们的购买力。刺激人们的购买力就是刺激人们对物质的拥有欲，这是个物化的过程。在物欲过强的社会里，是容易轻视精神价值的。所以我认为，两个文明都要抓、两手都要硬的重要性就体现在这里，以人为本的重要性也体现在这里。

当我们回到自己文化的原点上进一步思考时就会发现，我们的文明正面临转型。其实人类历史上的文明转型只有两次：第一次是七千年到五千前，由渔猎文明向农耕文明的转型，那时人们还不知道怎样保护自己的文化，所以人类对远古渔猎文明的记忆寥寥；另一次转型就是当今时代正在发生的转型，也就是从农耕文明转向工业文明。工业化、现代化、城镇化都在冲击着我们的固有的文化。

我们对这个冲击不是没有反应的。举例说，前年我国与世界迅速地融接，如成功地进入世贸组织、举办了APEC会议、申奥成功、足球也有幸进入了世界杯……那年春节的时候，社会上没有人引导却悄然开始流行起两种东西来：一是唐装，一是中国结。在我们迅速融入世界的时候，在心理上不自觉地去抓自己的文化重心，去抓那种能够标示自己文化的符号。但是我们应该思考一下，为什么这个文化符号不在唐诗宋词、

四书五经那些精英文化里，而是在民间文化里？因为，民间文化是我们民族性格和民族情感的直接载体。所以，我们必须从全球化的背景下来认识自己的文化，来认识这一国家工程的深远和深刻的意义，绝不仅仅是为了维持某个地方的文化特色和旅游资源，而是为了民族的情感和精神传衍，为了加强民族的凝聚力。

中国的民族民间文化博大精深。我国有56个民族，960万平方公里土地，文化灿烂而多元，战国以来形成的齐、楚、赵、魏一些文化板块，至今还在极富特色地活着。比如齐鲁文化、楚文化、燕赵文化，更别提广大乡间"十里不同风，百里不同俗"的民间文化了。因而我们的任务就变得十分复杂而艰巨。

我们必须认识到这个工程的特点：

一、庞博性。民间文化是指民间的一切生活文化与精神文化，它几乎无所不包。这里有个问题——过去我们对民间文化不是从文化人类学上来认识的，仅仅是把它看作一种特色文化，因此，我们对民间文化的关注方式一直是"点状"的，这样就很难在整体上来看出它的文化特性。由于这种思维习惯，如今我们对民居的保护最多也只是一种"点式"的保护。其实，一个城市或地方的特色主要表现在成片的历史街区上，比如北京的四合院与胡同、江南水乡和古村落。因为历史街区的文化意义，不只是一片建筑，更积淀着一种独特的人文，以及大量的历史记忆，但至今我们对这些民间文化基本上还是一无所知。怎么办？那么紧接着的一个问题就是艰巨性。

二、艰巨性。最近我跑了几个省，都是在最下边、最基层的地区，一个县一个县地跑。我发现问题实在是十分艰巨。一些被确定为重点文物保护单位的古村落，都扔在那里没人管，更别提那些我们从未光顾的地方。那些山村和水寨，都蕴藏着大量优秀文化。但随着人们生活方式的急速改变，拆老宅子建小洋楼、年轻人进城打工，传承人中断，人亡艺绝。只要往下跑，仔细考察，便会发现到问题的紧迫性！因此我们只有先抢救，尽快弄清家底，一天也不能再等。不普查，根本谈不上保护。否则我们只能做做表面文章，"保护"一下那些早已知道的，但我们对自己的民间文化，不知道的远比知道的多，而这些没弄清家底的，才是我们首先要做的，尽快要做的。

三、系统性。面对如此庞博又复杂的工作对象，工程的时间跨度又很长。我们必须要始终坚持系统性。那么首先就要统一规划、统一目的、统一标准、统一方法、统一格式，否则我们很难搞清我们的家底。这里要说明，普查要强调统一性，保护要提倡创造性。现在的保护方法和模式还非常有限，需要尝试和创造。这中间还要不断地交流和讨论，不断总结经验，研究方法，推动工程。

在试点工作中，普查也是第一位的。不能是由上而下的收集情况，而是要由下而上的汇集普查结果。

普查、分类、鉴定和整理都要靠专家。因为只有专家才知道什么是有价值的什么是没价值的、是原生态的还是已经被改造或造假的，怎样的分类和用什么方法才能保护到位，这样才不至于把民间文化保护变成一种旅游景点与纪念品的营造。

与系统性相关的概念是科学性、严谨性、学术性，还有真实性。

同志们，这是一个全新的问题，一个充满创造和奉献的工作。我们过去谁也没做过，但我相信一定能做好。一方面，国家文化部的领导有信心和决心，另一方面，我们大家都有一份强烈的文化责任感。这件事只能我们这代人做，这是时代赋予我们这一代人崇高的、不能拒绝的使命。

我们的使命，就是把先人创造的文化精华保护好，交给后人。让历史的辉煌照亮我们的今天与明天。

2003 年 10 月 27 日于贵州

面临的困难与怎么应对

——在中国民间文化遗产抢救工程全国木版年画中期推进会开幕式上的讲话

我们中国的年画工作者在我们的年画之乡——潍坊,开一个全国性的、很重要的会议。我首先代表中国民间文艺家协会民间文化抢救工程工作委员会对潍坊市委和区委的领导,对潍坊的人民,对讲义气的山东人表示衷心的、真心的感谢。

今天我们会议的主题是年画普查,会议的目的是推进普查。

我们整个工作过半,进行速度很快。有的地方已经完成了,比如河南的朱仙镇。夏秘书长说,这次已经把稿子带来了。还有我们一些地区,比如杨家埠、武强,都已经接近完成。这使我们整个的年画抢救工作带有一种收割的意味。

我知道大家不容易,田野工作更不易。去年上半年非典,非典之后我们在河北省蔚县召开了关于全国剪纸抢救中心成立的会议,我在会议上说了一句话,我说"非典压不住,秋风吹又生"。这几个月,我跑了六七个省,基本上都跑到县这个层面上,一个县一个县地跑,甚至往村庄里跑。我知道田野工作的辛苦,知道同志们的不容易。

我们整个年画的普查工作是从前年年底开始的。先是在河南的朱仙镇开了一个非常好的头。那时朱仙镇搞了一个国际的年画节,借着这个年画节开了首届中国木版年画国际学术研讨会,在会上我们启动了木版年画的全国性抢救。从这之后,我们年画工作一口气没停,一步没停,而且步步加紧。一月份在天津召开了中国木版年画的工作会议,之后就来了非典,非典刚过,就在山东召开了地区性的木版年画的启动会。此后,又在河北省郑一民那儿搞了一个武强年画古版的抢救，直到今天。十几个年画产地都成立了抢救小组，今天下午会议上各地的代表都会把他们目前的情况跟大家进行交流。

前一阶段我们是撒网，现在我们是拉网。今天一看出席会议的几部分人就知道了——我们把专家委员会的成员都请来了。因为我们要将普查上来的东西整理、分类、编制档案，也就是大型的图文集成。我们年画抢救的成果要用三种方式把它表现出来：一种是用图文集成的方式表现，一种是用数据信息的方式表现，一种是用博物馆的方式表现。武强现在有一个年画博物馆。最近我在贵州开会，文化部的中国民族民间文化保护工程领导小组召开的。会上定下来，武强年画博物馆的试点国家要支持。随着我们年画抢救完成以后，各个地方都要相继建立年画博物馆，我想国家都应支持。

我的一个观点就是专家主要负责抢救，政府主要负责保护，因为抢救的学术性很强、专业性很强。比如我们抢救的年画，这个年画到底是什么时代的，它的价值如何，它是不是有代表性，是不是精品，它是在哪个层次上的，是老版旧印还是古版新印，是原汁原味的木版年画还是旅游开发品，这些都得由专家鉴定，所以我们的普查是专业性很强的工作。因为我们是留给后人的。但是保护必须是国家的、政府的行为，国家才有这个力量——经济的、行政的力量去保护。

我刚才说了我们抢救的成果要用三个方面把它体现出来：第一是出版一套档案化的图文集成，第二是搞一个中国木版年画的信息库，第三是建博物馆。这样我们才形成一个完整的、可靠的、深层的保护体系。

那么，今天我们要做什么？这个会要做什么？我们要做第一个方面，就是编纂和出版中国木版年画的图文集成。

今天的会一方面是对于那些力度还不太大的、步子稍微慢一点的年画产地推动一下，对那些已经接近完成的地区，我们要开始"收割"。专家的力量应该介入进去，更大力度地介入进去。同时，要整理、分类、编辑、出版。这是我们开会的目的。

所以，我们今天来的第一部分人是专家委员会的。大家也看到了，我们把薄老（薄松年）请来了，也请来了李福清，李福清是俄罗斯文学院的院士，我的好朋友。我最早认识他的时候，他翻译我的小说，那个时候我的很多小说是他翻译到俄罗斯去的，后来我很奇怪我们搞文学也在一起，搞文化也在一起。他能够用中文写关于三国演义、关于关公、关于中国古代神话和木版年画的著作和论文。最近他刚刚获得了我们的一个国家级别的大奖——中国语言文化奖，这个大奖世界上只有六名汉学家获得过。还有重要的一点，他是著名汉学家阿列克谢耶夫的学生，我们都知道在我们自己还没有把年画作为一种文化的时候，俄罗斯的汉学家已经率先把中国的木版年画作为一种重要的民间文化，在19世纪末就开始广泛搜集了，历史上第一个中国木版年画的展览是20世纪初在圣彼得堡展出的，1910年。李福清先生一直想做中国之外的世界各地收藏的中国木版年画的总目，他几乎都是自费，奔波于世界各地。

第二个就是我们请来了出版社的杨社长。杨社长是我们中国民协很好的朋友，也是我们中国民间文化遗产抢救工程的最早的发起人之一，这些年来对我们中国民间文化遗产的抢救倾注了很大的激情，对中国民协的工作给予了很大支持。他知道我们为了这个事情着急，撞破了头，上上下下求了无数的人，到处想办法、搞资金，他主动伸过手来相援。

第三个就是我们潍坊，我们的小梅区长为这件事情跑到了天津去，带着她的班子跟我研究，她想把木版年画抢救这件事由杨家埠承担起来。当然我们不会全放在杨家埠，把整个担子压在他们肩上，但是我觉得他们真是表现了一种山东人的拔刀相助、梁山好汉的精神，该出手时就出手。所以，我建议大家以热烈的掌声感谢他们。

此外，我们今天还请来了十二个产地的同志，连图文集成的平面设计师也请来了。因为有两个工作细节必须做好：第一，整个中国民间文化遗产抢救工程要有一个形象设计，要有标志。比如说，到底我们用什么颜色，用什么样的字头，我们应该有一个整体的设计，任何一个大的事物都需要统一、标准化、系统化必须做好；第二，《中国木版年画集成》需要有一个高水平的装帧、版式和形态设计，因为我们要留给后人，一定要出高水平的、高品位的、高质量的设计方案，我觉得这个高质量的设计方案必须有高手设计。我们努力把今天这个会开成一个务实又有成效的会。

一年以来中国民间文化遗产抢救从总的来看，刚才云驹也讲了它是两面的。一面来讲我觉得形式是喜人的，一个就是一年大力的工作推动，在媒体上加劲表达了我们的看法，在国家的各种各样的会议上表述了我们的观点，不断地呼吁，这一切都是文化行为。我觉得我们的文化行为比某些克隆西方现代派的行为艺术伟大得多，我们感动了国人，所以现在媒体注意到了渐渐热起来的民间文化。前两天敬一丹还带了一个组找我，说她们新闻中心准备专门搞一个长时间的、一年的系列节目，宣传民间文化；还有另外一个组来找我说，他们想搞民间的手艺。我前三四天接到了一个消息，说台湾媒体的一个访问团有几十人，有台湾《联合报》，还有好多电视台要来北京找我，介绍一下我们中国民间文化遗产抢救的情况，这当然也跟前一段时间白庚胜、向云驹他们到台湾做了很精彩的报告有关。我们的动静非常大，最关键来讲，我们得到了一个广泛的认同、广泛的回应。国家成立了一个中国民族民间文化保护工程国家中心，而且我们现在所做的中国民间文化遗产抢救工作也纳入了国家的保护工程，我们正在向国家申请经费，国家肯定要给我们支持的。还有就是各个地方政府，包括我们潍坊市政府的支持，这在各地都表现出来了，很多地方的政府都给予了支持。

另外一个就是中国第一部民族民间文化遗产的保护法现在正在加紧地论证与制定。最近我接触人大常委会的同志，他们已经两次把草稿给了我们，征求意见。保护法一旦出台，我们的民间文化遗产就有了法律的保护，这是太重要的一件事情了。

再过些天，由北京大学、中央美术学院、清华大学和中央民族大学联合发起的青年文化遗产日活动于一月一号在北京举行，一年一度，今年正式开始。我们的青年开始关心大地母亲的民间文化，这才是我们文化真正的希望。我们一直认为一个民族自我的文化光荣感是这个民族的凝聚力。

另外一点，我们整个民间文化工作又激活了我们的学术，现在民间文化的学术研讨和各式各样的学术研究空前活跃，形势非常好。在一年以前或者一年半、两年以前，我们做这些事情需要说服别人，讲清道理，但有时怎么讲人家也不理解，还是做不成。现在反着来了，逆流开始变为顺流了，这个顺流反而我们躲不开了，它推动着你，你不做也是不可能的，这是我讲事情的一个方面，好的一面，可喜的一面。

但是事情还有另外一个方面，就是我们民间文化仍然是在困境里面，困境非常明显，现代化、全球化、工业化、城镇化的速度太快了。今年夏天我跑了六七个省，看到大批的古村落非常优美，文化极其深厚，风情各异，但这些古村落基本上是无人守望，放在那儿等死。我到福建四堡，那里是古代雕版——建阳版印刷之乡，现在仅剩下一个小村庄，那个小村庄有一百多个书坊印书的，所有的建筑都是老的，原汁原味，风格独异，而且是前店后厂，人还可以在里面居住，每个院子里都放着一个当年贮存墨汁的雕花大缸，但是现在臭气冲天，基本上没有人管，所有雕花的石盆里堆的全是煤或者烂白菜。建阳版在这个地方本来蕴藏非常丰厚，现在有一个非常小的展览馆，我说你们完整的版，比如《三字经》《百家姓》还有多少？他们说冯先生你不是外人，我跟你说实话，现在只有一套。我说怎么会是一套？他们说全被古董贩子掏走了，已经十年了，全搞光了。但是我在泉州、厦门，在这些地方的古玩店里都可以看到，到处都是整套的版，拿塑料绳捆着，非常便宜，几百块钱就可以买一套。我们的古老文化就应该沦落成这样吗？

我们的城市大量的历史街区还在被推土机推着，包括我住的天津，最近天津海河改造，前两天国土资源部请我去给全国的国土局局长讲一次文化保护课，那天我管国土局局长们叫土地爷，我说，我跟土地爷们说一说，别以为只有土地才能卖钱，土地上面的东西往往要比土地贵得多，我举一个例子——天安门占多少亩地？天安门只占了五十亩地，你说是天安门底下五十亩地值钱还是天安门值钱？不要为了卖土地毁掉土地上更宝贵的东西。我觉得我们的城市正是某些官员们表现政绩的一种资本，所以我们的城市正在大量地被毁坏。实际上我们国家的文化保护并不比西方慢，西方对一个城市历史街区的保护实际上就是两个宪章，一个是20世纪50年代的《威尼斯宪章》，那时候对城镇提出最早的保护法就是民居聚居地的保护法；真正对历史街区保护的概念是由1987年的《华盛顿宪章》提出的。可是我们国家在1986年第2次国家文物保护法修订的版本中，就已经提出对历史街区的保护。实际我们国家这些方面的觉悟并不慢，但是现代化冲击速度太快了。

我们的民间文化在大量地消亡，大量的民间艺人面临着艺绝人亡，没有继承人。很多的民族语言和文字转瞬即逝，从1999年到2001年，在全东南地区就有6个苗寨不再说苗族语言了，已经说汉语了。他们没法不说汉语，全东南地区33个民族，他们有1300个民族节日，可是他们有30万年轻人在江浙一带打工。到过年回来吃团圆饭的时候，他们带回来的是王菲、谢霆锋、任贤齐的这些光盘。他们开开电视，那些光鲜的时装叫他们看着眼馋，当然不穿民族服装了，那个古老的民族对他们没有魅力了，在他们心中瓦解和被瓦解了。

当然从另外一个角度来讲也是历史的进步，这是历史的一个必然。因为我们这个时代就是农耕文明向现代文明的转型期，这也是正常的历史发展过程。这个现象在世界任何国家都是正常的，但是不能因为它是正常的、进步性的、历史发展的必然规律，我们就把先人给我们留下的历史传承中断。随着大量民间文化的泯灭，带来的是深层的精神传承的中断，那种独特美的夭折、个性的丧失，还有传统精神乃至于整个东方文明的涣散，这是我们所关切的。

　　由于很少人理解我们，很少人关心文化的意义，我们的经费出现困难。前不久，王志在《面对面》节目采访我。他问我最重要的问题是什么。我说，我在媒体上呼吁两年了，现在我还没有见到一个富人跟我说这个事我支持，世界上支持民间文化的相当一部分来自企业，是有眼光的企业。看来我们的民营企业还在初级阶段，民营企业花两三千万支持皇马，最近支持选美用了五个亿，但是没有人救我们的文化。那是怎样的企业文化，那种深层的、高品格的、精神性的企业文化不存在，仅仅是一种浮躁的、作秀的，另外也含着经济意图的企业文化。这期《面对面》节目播出以后，我又收到一些信，接到一些电话。有些电话很可笑，说老冯我看出来你的困难了，我现在下岗了，我干脆就到你那干活吧。这样的电话接了不止一个。我还收过一封信告诉我，他现在写的小说一直没有出版，干脆用咱俩的名字合着出版，稿费对半分，你那一半用在民间文化抢救。我们国民的精神真落到这个地步了吗？

　　回到这个工作意义的本身来看，这些现象正源于我们传统的丢失、道德伦理的丢失。实际这些东西的传承都在我们的民间文化里面，所以我们要坚持我们的民间文化，我们要巩固我们的精神家园，我们要保住精神传承的载体，最深刻的意义恐怕就是在这里。我们民间年画的工作，抢救的工作，包括我们出版画集的工作是在这样的大背景下做的，所以现在来讲，我们实际上是把民间年画作为我们整个民间文化遗产抢救的龙头来做的。到了21世纪，我们对自己的文化抢救进行总的盘点时就会发现，我们做成的第一件事就是木版年画。我们为什么选择了年画，刚才云驹讲了很多，主要是因为年画是一笔太大的文化遗产。现在我们的剪纸也正在申请联合国发起的世界文化遗产，可以跟大家说我们有计划，等到我们把年画集成都做完了以后，也要申请世界文化遗产。文化遗产申请不是很容易的，一个国家两年才能报一个，但是我认为年画比剪纸更为重要，它的信息量、文化的意义，它的民俗内涵、艺术水准、不同地域的风格流派都要大于剪纸，所以我们这次拿年画打头。

这次我们要做成这集成的内容、结构与形式，到明天闭幕的时候我要和大家再讲一次。这里先要讲明，它跟以往各产地出一本本年画集绝不一样。集成有自己很多的特点。第一点，它是总结性的，是对中国近千年年画史的一次全面的总结。第二点，它是个整体，是完整的，一个小产地也不能疏漏。第三点，它是记录性的，是普查的成果，必须反映我们的普查。这次普查要求绝不只是收集年画，还要调查每一个产地的自然地貌、历史环境、村落形态、年画习俗、工艺流程、工具材料、画法画诀、传承谱系、题材体裁、销售区域，以及相关的民间故事与传说。应该说，这不只是艺术调查，更是文化调查。第四点，它是全信息的。所谓全信息，也跟以往的画册不一样，这一本画册拿出来，它不仅仅是一本书、一本画册、一本文字带图的画册，不是那么一个东西。我们要用视觉人类学的方式，要用图片、光盘和文字三位一体地表现出来。说白了，我们要使这样的集成，具有该产地年画档案的性质。到了21世纪中国传统形式的农耕社会快结束的时代，它就是今天年画与艺人生存状态的原真的记录。

这样的一本集成可以讲从来没有出过。而我们中国民间文化遗产的所有普查都要这么做，包括我们的民间文学。民间文学这次我们做县卷本，初步的计划已经做完了，明年年初就开始启动。民间文学的县卷本做到什么地步，也要录音、拍照、录像。对于产生民间文学的县、乡、村的自然风貌、历史环境、村落生活都要有记录。另外得有一张光盘，当地人在他们自己的自然和人文的环境里，用当地的语言语音来讲他们的故事，这样我们留给后人的信息才是最多的、最全面的信息。

所以我们必须把现在的高科技手段引进民间文化抢救，而且这一套东西将来全部要反映到我们的信息库里。前两天我参加了文化部的专家委员会会议，提了一个观点，信息库以后共享，我们主张文化信息共享。这件事情中国民协抢救办也在做策划。所以我想说我们这次所要做的是前人没有做过的，是历史上第一步，我们在方式方法和手段上一定要多想一想，在技术质量上一定追求一流，因为我们是留给后人的，要让后人知道我们21世纪传统型农耕社会到了最后终结期的时候，到底是什么样的状况与形态，要把它呈现出来。

今天的会议是很重要的会，是中期推动的会，速度慢的马上要跟上去。普查做得差不多的，这次要进入编辑阶段，专家要介入进来，编辑也要介入进来，出版社要介入进来，平面设计也要介入进来，这样才能使我们的工作迅速地往前推动。我也希望下午各个省的代表在谈自己的工作时，一方面介绍自己的情况，另外一方面有什么困难有什么经验，也可以表达出来相互交流，另外怎么开好这个会也可以提。虽然时间只有两天，但是我们要充分利用、精打细算这两天的时间，把这个会议开好。最后，我们还是要谢谢潍坊给我们的支持，祝咱们的会议获得成功。

谢谢！

2003年12月25日于山东潍坊寒亭区

如何整理普查成果

——在中国民间文化遗产抢救工程全国木版年画中期推进会闭幕式上的讲话

我们开了一个很实在的会,一个阶段性的推动会。这个阶段性的推动会是指什么意思?昨天开幕的时候我说,这次开会有一种收割的意味,尽管我们一些产地的工作还有些滞后,但是我们整个木版年画的大普查一半以上的工作已经进入了"收割"阶段。昨天晚饭后的会议上又有六个产地提出在明年的上半年可以交稿完成,就是把"齐、清、定"的稿子交给专家委员会和编辑委员会。这比我预期的要快了一些,说明了大家一年的辛苦,也表现了这一年来抢救普查工作的成果,显示了我们民间文化界对抢救工程内在的、深层意义的充分理解,反映了我们文化界的思想视野和高度。

从组织上说,年画普查的三个全国性委员会已经成立,包括工作委员会、专家委员会、编辑委员会。

我们的工作委员会设在中国民协抢救办,现在主要的职能是四项:第一项是宏观把握,对全局、对各产地的宏观把握;第二项是推动,在工作过程中推动进度;第三项是协调,一个是协调进度,一个是协调同步性,我们总不能因为这种那种原因甩着一两个产地不动;第四个就是组织,包括我们组织各种各样相关的工作性或学术性会议。这是我们工作委员会要做的四件事。

我们的专家委员会要做什么事?专家委员会要做的工作也是四项:第一项是指导,年画普查涉及历史学、文化学、民俗学、美术学,专业性强,所以专家的指导是第一位的。第二项是加工,必要的加工。你拿上来的东西，除去有误，还有单薄、庞杂、缺乏逻辑、不够明确等问题，都需要加工，纠错与加工的事就得专家来做。第三项是鉴定，包括真伪的鉴定、年代的鉴定，还有优劣与水平的鉴定，这个画水准到底有多高，专家看一眼就清楚，所以要请专家确定，水平不够的一定要撤去。还有最后一项是决定，这个画集最后能不能出版，最后要由专家委员会集体签字，所有的专家都要签字，然后才能出版。我是专家委员会的主任，我一个人签字不行，其他几个主管都签字才能出版，这样我们才能保证这个东西对得起后人。因为我们是历史上第一部中国木版年画的全集，是要留给后人的，我们要对它负责任。所以我说专家委员会的责任是四项，一个是指导，一个是加工，一个是鉴定，一个是决定，决定它能不能出版。如果专家们看了这个东西认为它的质量欠缺、分量不够或者它写作上有失水准，那就不能出版。我们出的这个画册的水准是国家级的、专业的，一定不能是业余的。我们看《中国美术全集》六十卷，那些绪论、论文，包括专家们写的每件作品的说明文都非常有水准，有学术功力，语言又非常到位，只有这样水平的东西放在画册里，才能跟我们伟大的民间艺术、灿烂的文化遗产相匹配，因此我们的专家必须要对这个画册最终出版的质量负责，有决定权。

　　那么编辑委员会的责任呢？第一个是组稿，由编辑到产地组织稿件。凡拿上来或交到编委会的稿子，所有部分的材料都必须是齐全的、齐备的，没有含糊的、模棱两可的，必须是确凿的，这样的东西才能交上来。产地编辑委员会要签字。拿上来还不算数，得要总编辑委员会审定，总编辑委员会如果认为这个东西不行、不合格，提完意见要拿回去修改和补充。所以我对目前编辑委员会强调——要介入到调查过程，我希望专家的手伸得再长一点，稿子还没有完时，专家已经介入了，别等菜都做熟了、炒完了搁在桌上了，一看不行再改。有的时候成形了，不好改了，最好在还没有成形的时候或者是将要成形的时候，专家和总编委会的力量要介入进去。当然有可能编辑介入了，专家介入了，最后拿上的东西还不符合要求，还要改动，这是一个正常的过程。记得当年我最早写长篇小说《义和拳》的时候，三十多岁，那是五十五万字，我可是写了四遍二百多万字，一遍一遍被编辑和主编否定，拿回来重写。这是一个很必然的过程。昨天我说希望有几个月折腾的过程，大家要有这样的准备。编辑和专家的手要伸到普查，直到最后整理的过程，这样就会保证后来的工作顺利。当地方编委会确定稿件并交给了中国民协总编辑委员会之后，那么地方编辑委员会的工作就初步完成了。总编委会接下来的工作，首先是组织专家委员会审定、鉴定、评定这个稿件。比如说文字没有问题，照片合不合标准、行不行，专家说了算，这是第二个方面。第三个工作就是编辑的业务工作，比如说他要跟负责书籍设计的美编联系工作，跟出版与印刷部门联系，当然还有正常的编辑处理，包括校对等这一系列的工作。

就现在来讲，两个委员会目前阶段中最重要的还是专家委员会。专家一是要保证工作的学术性、严谨性，也就是它的严格性；二是要保证它的准确性，准确性也就是真实性，还有科学性；另外一个非常重要的就是它的专业性，还有一致性。一套全国各地年画的图文集不能一集一个样，为此，我们提出五个统一：统一目标，统一标准，统一规范，统一方法，统一写法。

还要再强调的是保证质量，文字和图片的质量。如果质量不行，一经返工，麻烦就大了。文字的质量是非常重要的，必须是由非常高的写作水准的人来写作。这个希望各地注意，怎样聘请高手、写家来写？这高手不是能写材料的，甚至不一定是作家，作家能写很好的诗歌散文，不见得能写年画档案。我的意见是，一个搞年画的专家，配上一两个写作能力比较强的人。还有一方面就是图片的质量。这两天樊宇强调了图片的质量、录像的质量。大家都看了杨家埠做的录像光盘，水平一流，非常好，我希望各地都能以这个为范本。

还有，我们这次画册很不同的一点，过去只有画——年画，这次主要是展现产地的年画文化。我们采用人类学的方式和视觉的方式，形象直观地记录，还是动态地记录。一位中国艺术研究院的音乐专家对我讲，十套集成音乐卷，记乐谱的方式绝对是不合理的。复原之后不知道是什么样的，也不能说白做，有一定意义，但是它不能恢复原来的样子，可能最后跟敦煌的乐谱差不多，恢复过来非常困难。我想主要是因为20世纪80年代搞十套集成的时候没有电视录像。但如今，有了录音、录像，就不成问题，现场直接录不就成了？我们一定用好它。

还有一个原则，凡是没有普查到位、到家的，不能出版；凡是文字、图片质量不到位的，不能出版；录像质量不到位的，也不能出版。一句非常简单的话，因为我们是留给后人的，必须对后人负责，我们只有真到了位，才能真实地、准确地反映该产地年画所能达到的历史高度，才能反映它的历史魅力。

好了，我们已经把实际的东西都落实了。在此，我们非常感谢潍坊的同志为这次会议付出的巨大努力，这次会议是潍坊包下来的，而且潍坊、杨家埠还出了很大一笔资金帮助启动年画遗产出版。我们木版年画全集的出版，需要很大的费用。让我们对潍坊的同志表示真诚的谢意。

时间的速度真是很快，一会儿我们就要散会了，希望大家回去以后无论如何要把工作抓紧落实，我说的抓紧不仅是速度的抓紧，也是质量的抓紧。我们当然信任大家能够如期把工作完成，希望在明年这个时候，我们在北京好好地庆祝我们第一批年画集的出版。杨社长说了不仅要做一套非常漂亮的书，还准备做精装版的。王庚飞说精装版的盒就是用年画木版的版做盒，无论如何要做好。

我们这次年画大普查是整个民间文化遗产抢救的一部分，我们既有远大的理想，又"野心勃勃"。我跟好几个学者说，希望将来我们能有自己的年画学。我们还想普查完成后，能够申请年画进入世界文化遗产，我一直认为年画有丰富多彩的活态，远远比剪纸更有资格进入世界文化遗产，这需要我们大家共同努力。我昨天给《人民日报》写了篇文章，说我们现在做的这个事情——不是我们选择了这件事情，是这件事情选择了我们这一代人，这就是历史使命。因为这个事情只有我们这代人才能做，下一代人不能做，凡是时代的使命都是历史的使命，但是我想我们肯定能做好，一定要做好，我们也必须把它做好。

我的话完了，希望大家一路平安，我们有机会或者找机会再见。

2003 年 12 月 25 日于山东潍坊寒亭区

为人类守护住东方的文明

——在中国民间文化遗产抢救工程中期推进会暨中国民协
2004年工作会议开幕式上的讲话

一年前,在人民大会堂,我们中国文化界庄严地宣布:中国民间文化遗产抢救工程和普查工作开始。今年,为了把我们的工作提速、提劲,也提早进入春天,移师江南,我们把会场挪到了风和景明、花红草绿的杭州。

一年以来,我们的民间文化出现了一个很可喜的局面。两年前我们的民间文化基本上还是沉默无声的。然而这两年它发声了,因为我们的声音越来越强,我们在电视荧幕上、平面媒体的版面上也越来越多。民间文化已经进入到我们国家领导层所关注的范围,进入到政府与国家的战略性思考中。我们文化人心里喊出一个声音之后,最热切盼望的是能够得到回应。现在回应不仅在政府,在上边,回应来自四面八方。比如说我收到的读者来信,一年以来每个月都有三百封,现在一般都是四五百封。这四五百封信里面,起码有三百封是关于民间文化问题的。有呼救的,有谈自己的感受,更多的是主动要加入的。现在,我们民间文化界的学术研究也空前地活跃。但是我们的学术队伍是非常薄弱的,人力单薄。我们的年画抢救把薄松年先生请来了,但像薄老这样的专家中国有几个?比如研究杨柳青年画的专家,中年以下的专家几乎没有。我在天津搞杨柳青年画抢救没有专家,要到北京去找王树村先生和薄松年先生。可是也就找着这两位学者,别的没有了。其他年画产地呢?比如说凤翔、杨家埠、平阳、东昌府,更没有专家。我们很多民间文化遗产没有相应的专家,这是一个非常大的问题。

一年以来,包括我们今年电视春节晚会上民俗的内容特别多。为什么民俗特别多？一方面是我们民间文化界这一年努力的结果，呼喊与弘扬的结果，这是我们工作的一种成效。这是好事。

但是我们也应该看到我们下一代，特别是城市青年人已经不会过春节了。我们会过圣诞节，我们会过情人节，但我们不会过春节，我们不知道春节应该干什么，只有听任商家引导我们去过黄金周。我们现在已经把春节变成了商家的一种商机了，甚至把国庆节也变成了一种商机，也变成了黄金周。我们的文化被抽空了，没有文化内涵甚至没有文化记忆了。可是没有文化记忆的结果，就是文明的中断。正是为此，这两年我们的呼吁有这么多的反应，政府有关部门和有眼光的领导人也开始关注我们的呼吁。为什么？因为我们提出的这个问题超出了民间文化的本身。它不仅仅是拯救一些濒危的、快要消亡的、我们珍爱的民间文化，更重要的是在全球化、经济一体化的时代，在外来文化沙尘暴似的冲击下，一个民族精神传承的问题。前两年，我在日本神户"中、日、韩构筑21世纪亚洲研讨会"上作了一个讲话。我说，我们现在运用的是西方文明的成果，而东方人独特的宇宙观、天体观、生命观，包括审美观被丢弃一边，慢慢遗忘了。人类变得不健全了，作为东方学者有一个责任，就是守护住我们东方的文明，我们是为人类做的这件事情。2000年我在法国与巴黎市的规划局局长谈话。我很想听巴黎到底是怎么规划的，我们原定谈四十分钟，结果谈了一个小时。告别时我说太对不起，主要因为我在为中国的城市着急，占了你那么长时间。他跟我讲了一句话使我很感动。他说，你着急是应该的，中国一些城市的历史遗存虽然不是人类共有的，但都是人类共享的。我们保护优秀的中国文化，同时也是保护人类文化的精华。

我想，我们民间文化界这种先觉的、前瞻性的思考，用现在的一句话说就是扣住了我们时代的脉搏，所以，我们才引起了全社会的敏感与关切。我觉得这是一个方面。

另一方面，就是这一切都离不开大家的辛苦和努力。我知道这个努

力是什么滋味。没有红头文件,出师无名。没有经费,一分钱也没有。而且,我们又处在这么一个市场化的时代。当今的社会在拼命地利用消费拉动经济、拼命刺激人们的消费。刺激人们的消费就是刺激人们对物质的占有欲。处在一个物欲膨胀的时代里边,你能调动多少人去为精神奉献?我觉得大家都很艰苦。但是,正是我们这些愿意为我们民族文化事业奉献的人的努力感动了世人,所以我们民间的声音才越来越大。

我们今年的工作怎么做?大家有一点必须特别明确:尽管我们出现了一个可喜的局面,但现在民间文化的整个处境丝毫不容乐观。去年下半年,我跑了七个省。我也没有钱,我昨天还跟李牧同志讲,到一个一个县乡里边,看到许多民间文化、许多村落马上就要灭绝了,只有去求那个县长、镇长去帮忙,但他们也帮不上忙,也不知怎么帮忙,如果他根本不想帮,你就更没办法了。现在,我们的城市、我们的历史文化遗存还是处在被推土机推碾的过程中。就在此刻我们开会的过程中,我相信,还有几千平方米、几万平方米的城市遗存被推土机毁灭着。我们的古村落转眼之间就会消失。我们现在处于经济的全球化、现代化，乡镇的城市化，生活的物质化时期。我临来的时候还有重庆一个报纸的记者跟我讲，冯先生，无论如何，你替我呼吁一下，重庆市几个很重要的历史遗存正要被拆掉。我听了无可奈何。昨天，刚刚帮着《河北日报》呼吁山海关的保护，因为山海关要花十八亿改造成七个功能区——旅游区、名人展示区……另外，我们的民间文化是靠口头传承下来的，这些传承者，他们不完全是艺绝人亡，而是人去艺亡。大量的民工到城里打工，他没有传承人。怎么办？我认为，迫不及待的仍然是抢救！抢救！抢救！用我们国家文物法里说的话，就是保护为主，抢救第一。所以，我们今年是非常较劲的一年。去年，我们有十五个省开始了普查，今年还要增加十一个。我也非常高兴香港、澳门、台湾的一些学者参加这个会，愿意加入我们这项工作。前两个月看到《中国民俗大典·澳门卷》出版，这表明香港、澳门、台湾确实都有一些有文化眼光和文化责任感的学者。用一句俗话讲，就是英雄所见略同。我非常希望我们一起来做这样的事情。

　　我们今年的工作主要是三条：

　　第一条，根据我们去年工作的整个情况，突出重点，项目化。在我们原来的项目里摘出几个重要的来做。项目一共是五个："中国民间故事全书""中国民俗志""中国民间美术图录"要做，还是以普查为主；另外两个专项是年画和剪纸，这两个我们做得相当好了。年画，我们现在已经做完超过二分之一的普查工作，基本搞完了，范本也基本差不多了。我昨天看见杨家埠的马志强同志，我们交换了意见。

　　第二条，我们要做范本。因为我们是边普查、边"收割"。这个做法必须有一个范本，这个范本必须有统一结构、统一标准、统一程序。这样，我们最后完成的东西才是一个完整的东西。今天，看到《中国民间故事全书·云南大理卷》已经做出来了，可以作为范本来讨论。将来我们的民间文学是一县一卷，我们这次与"三套集成"有一点不同。不同是什么？就是以县为单位。我们的"三套集成"是省卷本，省卷本是比较写意的，是一种选本的性质，而这次我们一定要把民间文化的血肉拿到手，不能光是一个"精选"。卷本前面要有一些照片。我们这次普查所使用的手段，是视觉人类学记录的一种手段，文字的与录音的、照相的、摄像的要结合起来，照相是静态视觉，摄像是动态视觉。要有自然地貌、历史环境、人文生活的照片，最后还得有一个光盘。这个光盘是用当地的方言来讲当地的民间故事。

第三条，总体的协调。这是民协总会的工作，无论如何要把协调工作做好。一个是各地民协之间的协调、各地民协和政府的协调。我们希望各地民协的同志要努力去做，我们也要准备下到各地，帮助你们跟地方政府协调。希望你们的民间文化保护工程应当同北京的保护工程一样，是文化厅、文联、民协这些组织相结合，成立一个民间文化遗产抢救和保护的办公室，别两层皮。张旭同志是文化部的负责同志，他是站在政府的立场来讲这个工程的。我就没这个顾虑，为什么？一方面我既是这个政府工程里边被邀请的人员，另外一方面我又是民协的负责人。我是把这两个工程放到一起的。在我的心里，我们国家的文化是一个整体。我觉得刚才张旭司长讲得非常清楚，政府有自己的职能，我们有我们的责任，我觉得丝毫没有什么冲突的地方，没有什么不可协调、不能协调的地方。从中国民族民间文化保护工程的角度来讲，这是一个国家的事业，是一个国家的考虑。它是把抢救、保护综合到一起了。那么，从民协、从我们现在做的这个抢救工程看是以抢救为主的。所以，按照孙家正同志那个观点，就是分工明确。我上回在文化部的一个会议上讲过，我说恐怕抢救基本上应该是专家为主，因为只有专家才知道哪个东西有价值，哪个东西没有价值，哪个东西是为了旅游新编造出来的，哪个是原汁原味的。这个只有专家知道。所以我们还是要努力去做抢救，政府应该多作保护的事情。前些日子家正部长讲了一句话，很多报纸都登出来了。这次同家正部长见面，我也提了："你说的这句话非常好、非常对，这就是'保护工程主要由政府来做'。政府有这个职责，也有这个力量。"

同时，专家也要投入政府的保护工作，帮助政府来鉴别哪些东西是值得保护的、是必须保护的、是首要保护的。

我觉得，我们民协的同志一方面要做好我们项目内的工作，另一方面要积极投入地方各级政府的民间文化保护工程，帮助政府做好民间文化保护这方面的工作。这里可能还有一些具体的问题：比如工程才刚刚启动，有好多需要协调的事情。比如说红头文件，我同文化部的周和平副部长已经提出了，需要中国文联与文化部共同发一个文件，周部长也同意了。但是，我们还没有具体来操作这个事。这个文件是要发的，以便下边把各方面工作统筹起来、协调起来；比如经费问题，从国家的角度来讲，"两会"期间财政部的同志请我过去谈了一下。他说了一句话我非常感动，他说尽管国家不是非常有钱来做这件事，但是不能等我们有钱想做这件事时再做，那样许多要抢救的东西已经没了。财政部有这样的眼光，我听了以后也是非常感动的。今年财政部给整个国家工程两千万的启动费，财政部还讲，这还不是真正的项目费。我想起了一件事，白庚胜同志前些日子到瑞典去，在瑞典科学院讲了一下文化部的工程和我们民协做的这件事。一个非常有名的学者说了一句话，他说这个事情只有中国能做，其他任何国家都做不了。

我们现在要做的事情是非常伟大的事情，是一件非常美好的事情，也是一件艰巨的事情，更是一个前人没有做过的事情。所以，需要我们努力，更需要我们创造性的努力。我想，我们的前边是我们的先人，他们经常回过头来看我们，看我们怎么对待他们留下来的这些遗产、这些财富、这些文明；我们的后人也在我们的背后盯着我们，他们也在看我们如何对待文明、如何传承文明。我们的回答是什么？只能是：不负前人，为了后人。

我的话讲完了，谢谢。

2004 年 3 月 26 日于浙江杭州

文化的克隆就是灵魂的下跪

——在中国民间文化遗产抢救工程中期推进会暨中国民协2004年工作会议闭幕式上的讲话

"两会"期间,记者对我轮番轰炸。"两会"结束的那天下午,白岩松非要拉我去《新闻会客厅》做一个"两会"的现场直播。本来我不想去,那时候已经筋疲力尽了。夜里两三点钟,记者还会给你打电话,搞得我人困马乏。今天又很累。

说实话,咱们都是自己人,彼此本不应道辛苦。实际上,每一件事,每一个细节都非常艰苦。近日,我们主席团几个人做了一下分工,年画呢,由我主抓;剪纸呢,由郑一民主席主抓;民间故事全书,由白庚胜主抓;民俗这块呢,整个牵头由向云驹牵头。但是,实际上还要请乌丙安老师、刘魁立老师、刘铁梁副主席等这几位。目前还处于做计划阶段。

年画也是一分钱经费没有。一年下来年画开了四五个会在推动,现在完成了三分之一,我们要先把范本《中国木版年画集成·杨家埠卷》做出来,要找出版社。我自己有一个朋友,是西苑出版社的社长,跟我的私人关系很好,他很热心,愿意出经费。而且,杨家埠那儿愿意出这部书印刷的钱。当时我们都研究好了,大家到杨家埠来开会,整个会议经费都是出版社出,这才把这个会组织起来,也是千辛万苦。会开得大家非常激昂,西苑出版社的杨社长也没有问题,我们把这部书相关的编委、编辑,整个程序也都确定了,我们还把薄松年老师请过去,所有的细节都敲好了。散会后我们坐汽车回来,我要先在天津下高速,在高速路上和杨社长他们分手,分别时还抱了抱杨社长。我说我特别感激你,你太理解我了,给了我那么大支持。杨社长说,甭说了,这套书无论如何也要出好。我们俩就分手了，我也很高兴，当天晚上回到天津睡了一个特别好的觉。我回去那天是星期五，星期六隔了一天，星期日我接到一个别的朋友的传真，杨社长被调到另外一个单位去了。非常意外！连他自己都不知道。我也没敢给他打电话。到了星期一再给他打电话，他告诉我，证实有这件事。前边的事全部泡汤，什么经费、出版，一切都没了！那天晚上我写了一篇日记，我说这是上帝折磨我，我觉得这里面曲折真是非常之多！

　　这两天听大家讲的各种困难，我都能理解，因为我也在具体地操作着。我平常不这么具体操作事情，因为我是作家，操作很简单，就是拿着笔写作。但是，我也没想到做这种事，真是千辛万苦。真应该这样千辛万苦吗？我非常理解大家的这个想法，可是到了我们面对着各种事情缠绕不已的时候，又不能忘了我们还有一种责任、一种信念，是这种责任和信念促使我们做这件事情。当我们被各种事缠绕久了，可能就会忘了当初为什么要做这件事情。就像卡夫卡忽然要问"我是谁"一样，人有的时候要反过身来问一个最基本的问题，最根本的问题。我是谁？我为什么活着？我为谁活着？我怎么活着？人不能不想这个问题。我们要回过身再思考一下，我们为什么要做民间文化抢救？在去年刚刚启动这件事的时候，这原本是一个很令人激昂的话题。

　　谈到这个话题，我立即会想到昨天离开杭州时那种可怕的景象。所有的建筑全是小洋楼，吴越文化的那种迷人的粉墙乌瓦不复存在。这种小洋楼所有的顶子上就是两种东西，一个是类似中东地区建筑的一串金球，不知道这是谁想出来的，还有一个就是一个个小型的埃菲尔铁塔，每个房顶上都有一个"埃菲尔铁塔"。我们为什么这样如此倾心地克隆和模仿别人？这是自我精神的丧失，一种灵魂的下跪！我们已然不是站在五千年文化的高度上来面对世界、面对未来了。所以我今天上午讲话的时候说，我们当今的中国文化遇到的一个最大的挑战就是传承的挑战。

　　过去我们谈到世界上的几种古老的文明，如埃及文明、拉丁美洲的玛雅文明，还有西亚的文明、苏美尔和巴比伦的文明，包括印度文明都中断了。我们中国人好像特别得意，我们的文明没有中断，世界上唯有我们中国的文明没有中断。可是今天，我们的很多文明记忆已经消失了，消失就是中断。比如节日，除去大年三十晚上的年夜饭，我们已经基本上没有自己的节日了。这是特别可怕的事情。我们搞民俗的知道，民族的节日是一个民族精神生活的盛典，是文化传承的主要载体、主要方式。但问题更严重的是，我们看我们文化的问题，但人们并不知道，不知道就更可怕。他们住在埃菲尔铁塔那样的房顶的房子里面，美滋滋的。我觉得这个时候特别需要我们知识分子的一种先觉。

在一次文艺界座谈会上，我跟中央领导同志讲，希望能够体会到知识分子的特性与价值。知识分子最重要的本质是独立的立场。他不必是顺向的，因为知识分子提供的一种最有价值的东西就是思辨。知识分子一定要坚守这个立场，这个立场不是个人主义，而是知识立场。知识分子信奉知识，因为他认为知识就是真理，知识立场就是真理立场，他要坚守真理立场，所以我前些日子为阮仪三先生《护城纪实》写了一篇文章，我很佩服阮仪三，他经常跟当地的官员打架，因为官员们一味地开发，把城市搞得乱七八糟。他不拍官员的马屁，明知不对也叫好，这不是知识分子。知识分子要坚守的就是他的知识立场。为什么呢？因为他们坚信知识是符合客观规律和长远利益的，是正确的。另外一方面，我觉得知识分子的价值就在于他的前瞻性。所以说，为什么需要工作一段时间，再回到原点上，回味我们的初衷，寻找我们做这件事情原发的动力，寻找这件事情的科学准则，也寻找我们最初的激情。如果不那样，我们慢慢就陷到事物里，就会厌倦了。

是的，如果我们不干，我们也一样活着。可是十年、十五年、二十年后，我们很多的文化没有了，连记载都没有，空空如也，我们后代就得不到这些十分美好和宝贵的东西了。我们五千年的文明由此一点点变得空洞起来。而我们是懂得这些东西的价值的，我们能袖手旁观吗？所以我们还要回到我们原来的立场上来，回到我们原来的价值观上，重新来判断我们做的事情，这是特别必要的。

我不是说我们大家没有做到，我觉得我们大家做到了，做得很好，但我说我们有必要回到我们的原点再思考、再判断，就会更明确、更自信、更充实。我有一次在北京开主席团会议，总结我们民协工作时讲了几句，实际我没有讲透这句话，就是为什么我们民协去年变得很热，我们的民间文化变得很热？就是因为我们找到了这个时代最重要的脉搏跳动的点。如果在十年以前，我们说这句话没有人理我们。可正是因为我们的文化受伤太深，人们一旦有了自觉，就会加倍地关切，也就特别关切我们的观点，我们的工作。

今天在一个会议上跟习近平同志聊了聊，他讲得很有意思。他说，浙江这个地方，地很少，也没什么资源，但是浙江人的经济活力非常强，包括温州，刚改革开放便把经济闹起来的就是温州。现在在世界各地的中国餐馆里面都有温州人。他讲了好些吴越文化，就是浙江这个地方的文化。许嘉璐插问了一句，为什么浙江这个地方文化重心是在浙东地区，而不是在杭州？习近平同志说，因为杭州这个地方太享乐了，所以杭州反而发展不起来，浙东地区比较贫苦，所以那地方发展起来了。他讲了很多地方文化跟地方经济发展的深层次的关系，非常值得我们思考。

受了他的启发我讲了一个我的观点，一个地域的文化只有进入了地域人的集体心理，它才是不可逆的，这就是荣格所说的集体无意识。它进入那个心理了，它就不可逆了。就像我们大年三十晚上不在老家，非得给老家爹妈打个电话拜个年不行。平常为什么不这么想？这就是一个文化心理，是中国人共同的文化心理，也就是年俗的力量。地域人的心理也这样，进入了心理的层面，就是不可逆的，是最深刻的文化。所以我就想，我们有时候回到原点上不断地思考，深入认识，它能给我们一个更大的好处，会使我们的工作更理性、更清醒、更明确，也更自信。这个话题不再多说了，我的意思基本上已经说明白了。

时下，在我们的工作全面铺开时，我想强调我们搞抢救，不是零零碎碎搞一些东西。我用了一句话形容，就是要整理出一个民间的"四库全书"，把中华民族的民间文化全面整理一下，整体地整理出来。我们民间的"四库全书"都包括什么呢？它包括三个方面，一个是民俗，一个是民间文学，一个是民间艺术。当然，我们整个项目要在文化部的民族民间文化保护工程的总体要求下进行。对这个整体是经过认真的学术思考的，连考察和整理的规范、体例、标准和方法都是一致的或规定好的。比如体例，民俗调查是以县为单位，民间文学也是以县为单位，民间美术不同——以项目（种类）划分。这个很明确。再比如手段，我们必须是文字的，加上视觉人类学的方式，平面视觉的和动态视觉的都要有。这才是我们这代人要做的事情。"三套集成"是20世纪80年代的那一代人做的事情，做得很好，但没有录像，可是80年代不可能采用录像。所以我们这次调查是一次全面的调查，手段一新的调查。

当然，我们中国民间文艺家协会要做的事情也是可变的，不是不可变的，可能在整个国家保护工程协调过程中有某一个单位说，这个你们别做了，我们来做这个，那么我们也可能就分给他们做。国家有一句话，就是"政府主导，社会参与，分工实施，形成合力"。为了中华民族的文化，我们愿意和政府、和任何部门成为合力。

跟大家说句真心话，去年一年我从来没有那种感受，我真是到处求爷爷告奶奶。我这个性格，说句实话很孤傲，我不管什么样的场合，不管谁在场，我该讲什么就讲什么。但这回我都是低眉折腰，我觉得真是太艰难了。我没想到我们做这件事情这么难，但经过我们一年的努力，现在局面好像活动开了。我们跟上面文化部门的关系基本上也理清了。应该出哪个门，入哪个门，这次我算明白了，不会在里面没头苍蝇一样乱闯、乱转了。另外，财政部门我们基本说清楚了。

其实，我们做的、我们扛着的不是自己的事，不是个人的事，不是哪个地方民协的事，也不是中国民协的事。我们扛的是民族的事，是对我们民族文化命运的责任，对于中华民族的精神命运的责任。为的是我们的文化传承不断，为的是我们的后代的传承有所凭借、有所依傍。这不是我们个人的事情，所以我觉得我们这些同志真是不容易！

我们一年才聚会一次，一年来我到处乱跑，有的同志见到了，有时候还能见好几面，尤其去年我主要抓年画，各年画产地的同志，见得比较多。我们搞艺术的人，都是比较感情用事；我是搞文学的，更重感情。我觉得，跟大家碰面、开会，真是有一种特殊的亲切感。因为——说句实话，我们都是志愿者，我们不是为了一个差事走到一块来的，我们是为了一种愿望，一种理想，才走到一起的。我们聚在一起谈谈自己的各种想法、思考、心得，也一起发发牢骚，释放一些心理上的压力，但是，事情我们还要做。因为我们对社会公众讲了，我们在十年中要把我们的工程完成，我们身上肩负的东西肯定很重很重。

但是，我们真是太怕我们的文化丢失了，我们太爱我们的文化了，所以我们要承担它。我们不管能够承担多少，是否能承担得下来，但有一点是不能打折扣的，就是我们不能放弃，也不能逃脱。

我们大家聚到了一起开会。这几天，大家互相发了不少牢骚。我也跟大伙发了一些牢骚。我在别的会不讲这些话。你们看我跟媒体从来不讲这些话，我只用媒体扩大我们民间文化抢救的声音，我们还得像一个汉子，挺着腰板。

很高兴咱们又见了一个面，希望下一次见面的时候，我们真的少一点牢骚，更多一点收获，更多一点支持，更多一点关心。谢谢大家能够在这个会上提出那么多好的意见和好的想法。

我的话讲完了，谢谢大家。

2004年3月28日于浙江杭州

保护好远古文明的活化石

——在第七届国际萨满文化学术研讨会上的讲话

中国民间文艺家协会有幸在美丽和充满活力的北方名城长春市，与尊贵的长春市人民政府共同参与国际萨满学会举办的国际萨满文化学术研讨会。在这里，我谨代表中国民间文艺家协会，向前来与会的各国专家学者和国内各地的同道同人表示热烈的欢迎。

中国民间文艺家协会是中国从事民间文学、艺术、文化的搜集、调查、整理、研究、保护的专家性团体。半个多世纪以来，我们这个协会已经聚集了一大批中国顶级的学者、教授、研究员，创造出一系列重大的学术成果。进入21世纪，面对所向披靡的全球化和现代化大潮，我们协会启动了"中国民间文化遗产抢救工程"，计划用十年时间对中华大地960万平方公里、56个民族的民间文化进行地毯式考察，随之登记、分类、整理、出版，并建立各种形式的信息库与数据库，以使我们缤纷而博大的文化得以保存，使数千年传承下来的文明遗产受到保护。中国文化界深知在全球化时代，守住人类文明的差异性、多样性和丰富性是我们的历史使命。在这项工程中，对萨满文化的抢救、普查、整理、研究是重点。

萨满文化是民间文化遗产中的一种独特而迷人的形态。它作为人类文明初始和蒙昧的晨光，曾经闪耀在许多国家和地区，但使人惊讶的是，它在中国北方的众多民族中依然有着广泛的、大量的活态遗存。萨满的价值在于它体现着原始的母系社会的一种精神形态。在现代科技诞生之前，它是人与大自然对话、使之和谐共存的一种神奇的方式。同时，它又是人全部的精神世界——理想、愿望、追求与信念，这些都能从依然存在的萨满文化、神话传说、音乐、舞蹈、美术中直接地感受到。当许多原始文化都成为无生命的残骸时，萨满文化却是一条活着的文化恐龙。它历经千万年历史风雨而至今鲜活地存在着。它本身就是一个文化奇迹。为此，我们把它作为难得的学术宝藏，作为接听历史，叩问远古，探索人类文明纯正的源头的对象。我想，这一定是我们本次会议最主要的目的。

对于萨满文化的研究，经历了逐步开拓与深入的过程，现在最重要的是两件事：一件是民族学与人类学的兴起与介入，使萨满研究的空间得到无限的开拓，使原始文化的研究更具有现实的意义；另一件是国际萨满学会的成立，通过开展广泛的合作与交流，各国的研究更具人类学的意义。如果各位同意我这个看法，我不仅会感到高兴，更会因此期待本次会议的成果和成功，洗耳恭听大家精彩的发言。本次会议除了学术交流，东道主长春市人民政府精心为我们安排了许多内容，有文艺演出，有萨满传人的传统祭祀展示，有独特的博物馆文化文物展等，相信大家会有所收获。吉林省在我国萨满文化研究中有一支很有实力的学者队伍，并且取得了很好的学术业绩，这次会议能够在这里如愿召开，离不开他们的努力，为此，我要特别向长春市委、市文联领导和有关部门的同志表示衷心的感谢！

预祝本次学术会议取得圆满成功！

谢谢！

2004 年 8 月 22 日于吉林长春

民间自救

——在冯骥才公益画展（北京展）开幕式上的讲话

当前，我们是在极度缺乏经费的情况下承担着一个时代的使命——民间文化的抢救。我想如果再过五十年、一百年，我们后代在我们这个地球上看不到多少我们先辈传承给我们的文化，看不到多少文化遗存的时候，他们怨怪我们的时候，他们会说，如果他们要是我们这代人，他们会怎么做。但是历史是一次性的，我们不做，他们就一无所有。我们将愧对他们。所以，在这个全球化的时代，我们深深地感到我们中华文明的传承遇到了空前的挑战。

怎么办？我经常感到一种尴尬。因为我作为这个工作的总的倡导者、发动者，我没有力量做。我感到尴尬。我觉得我把学者们逼上了绝路。我在苦苦思索中想到了一个问题：因为我们是为思想活着的人，再大的困难也不能使我们放弃我们的思想。现在只有选一种办法，就是"民间自救"。一方面，我们希望各级政府、各个地方的领导给我们支持；另一方面，要把广大的民众对我们文化的爱心调动起来，来救助我们自己的文化。因此，才有了我最近十个月来的工作。我天天夜里绘画，因而才有今天的展览，才有今天的阵势。使我特别感动的是，这些文化界举足轻重的人物站在这里像大山一样地支持我。我在天津短短一天多的展览，工作人员已经告诉我说，冯先生你已经不用太着急了，你的目标已经达到了，你的义卖已经突破百万了。我不认为这是我的画卖了一百万，我觉得这一百万是帮助我们民间文化的工作者，帮助我们那些在田野中为我们中华民族文化传承默默工作的人。所以我要感谢他们。在这之中，有一个非常出色的人就是赵文瑄。赵文瑄是我的好朋友，他是台湾的演员，大家比我熟悉他。他有大家不知道的另外一面，就是他有深远的眼光，有很好的文化品位，有非常深远的文化思考。所以，我们多少年来一直视彼此为知己。今天他宣布要把他的一百万片酬捐出来。这使我非常感动，还使我由此认识到海峡两岸的中国人共同拥有一个文化的根。爱护、弘扬和保护这个根是我们共同的责任。我还非常希望海峡两岸的年轻人都应该像文瑄这样帮帮我们自己的文化。我谢谢文瑄！

最后，我想说，为什么选择中国现代文学馆办这次画展。最近一段时间里已经有十几个艺术馆要给我办这个画展。我为什么要选择它？就因为这个文学馆是巴金先生当年创建的，是巴老捐助的。我觉得我这个展览也是一种捐助。我找到了一种联系。我感觉到我在这个展览馆里有一种神圣感，有一种光荣感。我触到我们前辈的一种精神。我这个展览从另外一个意义上讲，它又不是一个完全的画展，而是我在追随我们前辈的路途过程中所走的一步。所以，我非常感谢我们中国作家协会、我们的现代文学馆给我的理解与支持。

话讲完了，谢谢。

2004 年 11 月 20 日于北京

高擎不灭的火炬

——在中国民间文化遗产抢救工程首批成果出版暨中国民间文化杰出传承人调查认定和命名项目发布会上的讲话

两年以前，也就是 2003 年的春天，我们在人民大会堂启动了中国民间文化遗产抢救工程。从那时开始，中国民间文化界就开始了一个非常特殊的、艰辛的、精神性的文化历程。两年后，我们又回到了原点，我们到底要做什么？我想有两方面内容：一是对我们两年来的工作做一次回顾和总结。我们既要梳理和反省，也要对未来的工作做一下展望，给我们的明天加一把劲，加一点速度。当我们回到原点的时候，实际上已经跟两年前不同了。首先，这里陈列着一大批成果，这个成果是确实的。在这两年里，中国所有的省份都不同程度地、用不同方式开展了田野抢救。一些具有普查意义的、重点的项目正在深入开展，木版年画就是其中之一；而有些项目已经完成过半了，我们的第一批"庄稼"就从今天开始"收割"。从 2005 年上半年开始，我们会很快地看到更多的收获，包括一批木版年画、民间故事全书的一部分范本、剪纸的范本、中国民俗志的范本都要出版。中国文联周巍峙主席领导我们做的"三套集成"正在继续加紧工作。原来我们定有一条原则：凡是"三套集成"没有完成的省份，我们暂不大力推动中国民间文化遗产抢救工程。因为我们的事业是衔接着的，没有老一代前辈的努力，就没有我们的今天。所以我在昨天的会上提到，抢救不是从我们开始的，严格地讲，是从《诗经》开始的，《诗经》就是一次民歌的抢救。我曾经说过，周巍峙主席在 25 年前领导的"三套集成"事业对于中国民间文化遗产的抢救是带有先觉性、前瞻性和凿空式的，我们现在做的工作是继续沿着这个事业往下走，所以必须把前面的工作做好。我们的这些成果是硬邦邦的。比如木版年画这本书，就是我们的专家直接进入田野进行科学的、系统的普查所得出的成果，它既是第一手的、鲜活的，在学术意义上又是非常严格和规范化的，甚至是带有创造性的；它既带有美术学的角度、绘画的角度，也有我们民俗学的、文化学的、人类学的多种角度的融合；它所采用的方式除了文字，还有视觉的方式，静态和动态视觉的方式，即摄影和摄像的方式。在这套年画集里不仅有大量的照片、文字，还附有普查的第一手的光盘影像资料。这次普查的收获不仅规模空前，内涵也是全方位的。比如杨家埠，他们把当地从16世纪至今的几百个画店和几百名艺人全部整理好，形成一个巨大的"传承谱系"的表格，单从这点就可以看出我们的专家、当地的文化工作者花费了多大的心血。我们两年前就说过，我们的工作一定要严格地、科学地去做。而我们今天也是这么做的，因为这是对中华文化的一次总结，我们不能辜负前人，也要对得起后人。

　　两年来，我们的工作是非常艰苦的，经费极其短缺。大家老说我们没有红头文件，这也是我们过去的一种老旧的习惯，好像没有红头文件这事就办不成了。当然，从另一方面说，到了地方没有红头文件真不好办事。有的地方可以讲基本没有经费，我们省民协一年的经费也就在1万块钱左右，最多也超不过2万。在这样一种状况下，我们能够把我们的事情做到这个地步也是匪夷所思的。怎么能做到这样一个地步？我带了一个东西，特别说明问题。这是中国民间文化遗产抢救工程在四川绵竹调查时，一批摄影和摄像工作者组成的一个志愿小组。这个志愿小组没有经费，掏自己的钱去做，但是他们做得非常好，对绵竹有很大的帮助，当然绵竹当地也帮助了他们。这个志愿小组在出发之前写了一个声明，我给大家念一遍："中国民间文化遗产抢救工程四川绵竹木版年画调查活动志愿者声明：参加四川绵竹木版年画调查活动的人员有樊宇、陈小润、贾兴国、谭博、孙哲五位志愿者，以上五位志愿者志愿为中国民间文化遗产的抢救出一份力，尽一份责。在调查过程中，难免会出现一些人力不可抗拒的危险和由于自己的原因而造成的伤害，鉴于此次活动是一次民间自发的志愿者的志愿活动，如发生危险、伤害，后果自负。"我真的为我们的文化人、为我们的这支队伍感到骄傲！现在是商品经济时代，是一个物欲的时代、物质化的时代，有时我们觉得好像已经没有这样的人，没有这样的支持者了。不对！有这样的人，有这样的志愿者。这样的一支队伍，这样一种纯精神的、纯奉献的品质是我们事业的巨大支撑。

两年以前，我们的事业一开始曾陷入一个怪圈，就是一切都得等着经费、等着红头文件，好像没有经费我们就没法做这件事情了。但是我们转了一圈很快出来了。凭什么出来了？凭一种责任心，一种紧迫感。到后来，我们慢慢走出了一条我们这样一个民间团体抢救和保护民间文化遗产的路子。可以想象，在这两年里，我们基本上是用民间的方式来抢救和承担着我们自认为是一个国家和民族的使命。我们不再等待任何经费，而是用行动来争取支持，我们争取哪样的支持？主要是争取两个支持，一个是争取地方的支持，而且主要是争取县一级政府的支持。因为通过这两年的考察发现，我们的民间文化的保护工作主要是在县一级政府。这也特别像 1832 年雨果在写《向拆房者宣战》那篇文章的时候，他也说当时法国的历史建筑是在县一级政府的手里管，因此我们就跟县一级政府结合，争取县一级政府的帮助。我们很多文化工作者下到了县一级，和县一级政府的官员充分讲出我们的想法，于是我们得到了很多县一级政府的支持，这也是最实际的支持。木版年画之所以做到了这一地步，全是县一级政府支持的结果。所以我们确定县一级政府的抢救是中国民间文化遗产抢救的基础。我们主要的工作对象就是各县级行政区。去年 9 月底在山西榆次的第六届中国民间艺术节上，我们搞了一个全国县长论坛，我当时跟在场的 100 多位县长讲，我们整个中华民族 960 万平方公里土地上的民间文化就分布在全国 2800 多个县的县长的身上，你们其中如果哪一位县长对民间文化没有兴趣，那中华文化的二千八百分之一就危险了。如果我们跟县长的关系越来越密切，而且他们愿意跟我们合作下去，这条路子就走通了。县一级是跟老百姓的文化接触得最直接、最密切的。我们跟县一级政府的结合，使我们直接触到了文化本身。这是第一个支持。第二个就是来自民间的支持。民间文化，也就是老百姓的文化，这个文化的传承还得是老百姓的传承。老百姓不关爱我们的文化，我们的文化仍然不能传承，只是我们政府关心、使劲，它也传承不了；只是我们的专家使劲，也传承不了。只有老百姓热爱，它才能得到真正的传承。所以，我们无论如何也要想办法，要说服和启发我们的老百姓认识和热爱文化。我们终极的目标就是要让我们的人民热爱我们的文化。在这样一个全球化和外来文明激烈冲击、激荡的时代，我们的人民没有忘记我们的根，守住了民族的精神，这就是我们终极的目标。去年10月份，我们提出了一个概念——民间自救，就是以民间的文化责任和情怀，以民间的力量来帮助自己的文化。这两年来，包括我在去年11月份成立民间文化基金会，都是出于这样一个理念。现在这种局面正在逐步打开。我们的援助者来自四面八方，就出版社而言，包括中华书局在内的很多很多出版社，几乎包了我们目前想出的很多种书，包括"民间故事全书"。我觉得这是很难有人承担的，因为我们最终想出的县卷本是2800卷，加起来8亿字，那是多大的一个费用。我觉得我们越往下走，越是全球化时代来得剧烈、来得彻底的时候，我们那种文化自卫的民族精神反而更要加强。我们的支持者和关心我们的人，也一定会越来越多，道路也一定会越来越宽广。所以不仅是出版社的支持，还有各式各样的企事业单位、国内外的一些基金会、学校、大学生，这种支持者、志愿者也是越来越多。

我们今天在这里开会还有第二项内容，就是要展开一个全新的民间文化杰出传承人的调查、认定和命名的项目。这个项目是中宣部批准的，也是我们在两年的考察过程中发现的一个问题。实际上，中华民族的文化很濒危，这些濒危几乎触目皆是。我们如果走出人民大会堂在东四、西四转一转，北京的特色还有多少？历史文化的遗存还有多少？历史的记忆还有多少？但最濒危的还不是这个，我们考察后总结是两个方面：

一个是少数民族的文化，一个是传承人的濒危，这两个是最危险的。少数民族文化和汉文化不一样。汉文化还有巨大的精英文化的支持，当然这其中民间文化也非常重要，但它终究有精英文化在支持。汉文字博大精深，而很多少数民族是没有文字记录的，有的少数民族文化基本上全是民间文化，一旦没有民间文化，它就什么都没有了。它不像汉族文化，还有齐白石、梅兰芳，还有李白、《二十四史》。所以我们说，少数民族文化的意义是超文化的，少数民族的文化是他们那个民族的安身立命之本。但是，随着全球化的加剧、经济的发展、老少边穷地区的脱贫，少数民族有些村寨发生了极大的改变，他们不穿自己的服装了，甚至也不用自己的语言了。他们的年轻人背井离乡，去富裕地区打工、赚钱，当然这都是好事，都是社会进步的表现。但是，他们远离了他们的传统，他们的大歌、史诗已经不是对他们的孩子唱了，而是对游客唱了，他们跟自己的文化渐渐远离。一个民族，当它生活的文化渐渐变为一种历史文化的时候，也就是我们所说的文明转型的时候，最危险的是缺少文化的自觉，没有把自己原来的文化看作是一种文化，一种财富。我们讲，历史不仅是站在现在看过去，还有站在明天看现在，这才是一个通透的历史观。他们不会站在明天看现在，所以少数民族文化的濒危状况是非常严重的。我们要帮助他们。

还有一个就是传承人的文化。我们的民间文化正如刚才青岛泰之先生所讲的，是口头与非物质的文化，是千丝万缕地传承下来的。它是靠传承人薪火相传，然后不断地发扬光大，在历史上明明灭灭。如果传承人死了，后继无人了，它也就断绝了。但新的线索又出来了，它是一个动态的、充满变数的过程。现代化的冲击是横着冲击过来的，它是毁灭性的。我们的民族文化是一代一代地传承的，杰出的传承人是民间文化的精英。如果这种民间精英减少了，文化实际也稀薄了，它的含金量也减少了，这也就是我们现在跑遍好多农村觉得文化淡薄的原因。不知大家有没有感觉，你到好多少数民族地区，以及某些汉族地区，会觉得文化淡薄了，为什么淡薄了？传承人少了，不知不觉地少了。因为你根本不知道这文化是由谁传承？怎么传承？所以传承人是一个重点。当初在中宣部汇报了我们这个想法后，中宣部领导十天之内就批下来了。我们很感谢中宣部领导同志对我们的支持，感谢中国文联给予我们的支持，也感谢文化部、财政部给予我们的支持。文化部实际上跟我们是一家。我也是中国民族民间文化保护工程领导小组的成员，还是专家委员会的主任，我们跟政府一起在做这项工作。有一次，我从报纸上看到家正部长讲了一句话，我赞成。他说，政府的主要责任是保护，因为民间根本没有力量保护。但是我们可以提供专家的鉴定，提供各种信息，把专家的普查整理成果提供给政府。人民团体要积极地跟政府配合，要协调好，要用一个和谐的整体观来对待我们中华民族文化遗产的抢救和保护工作，这是我们共同的使命。这个使命不是我们要承担起来的，它本来就压在我们的身上。使命实际就是一种压力，你有使命感，就感受得到这种压力。常常看到媒体说到我，冯骥才怎么怎么样。媒体是一个商品经济的媒体，它有很多招牌菜，它的招牌菜无非就两样，一个是名人，一个是时尚，它喜欢把一个人拿来说说。实际上，如果媒体说我多了，我感到很惭愧。因为这确实不是一个人能做的事情，我绝对没有那么大的力量。我首先感到骄傲的是我们中国民协这个队伍，我们整个民协的队伍加起来是5万人，几千名学者。这5万人是非常卓越的。他们承担着巨大的时代使命，他们没有计较过个人的收入，没有考虑过个人怎么赚一点钱，他们甚至于掏自己的腰包做这件事情。

我们都知道，每一代人都在文化上有一个使命，就是把前人创造的文化保护好，弘扬好，然后完完整整地交给我们的后人。我们真是不把我们今天的成果太当一回事，为什么呢？因为我们的使命要比我们的成果大得多，濒危的速度远远要比我们抢救的速度快得多，我觉得我们做的微乎其微，我们对不起我们祖先的文化。所以在这本书将要出版的前三天，中华书局的同志给我们打电话说做了一个扉页，扉页的背面需要印两句话。我忽然想起《红楼梦》里贾宝玉和薛宝钗戴的玉和锁上的两句话，薛宝钗的锁上是"不离不弃，芳龄永继"，就是不要离开它，不要抛弃它，芳龄永远是继续的；贾宝玉的是"莫失莫忘，仙寿恒昌"，就是不要失掉它，不要忘掉它，它的运气、寿命是永远的，我觉得特别适合这本书。我就改了两个字，"不离不弃，此艺永继"，就是这个艺术是永远要继承的；"莫失莫忘，其运恒昌"，我们民族文化的命运是应该恒昌的。我最后想说，我们每一代人都是文明的传承者，我们文化工作者应该是文明的自觉传承者。我们手里边拿着的是中华民族的火炬，我们不能把这个火炬放下，永远不能，我们更不能让它在我们手里灭掉。

谢谢！

2005 年 3 月 21 日于北京

傩文化的盛典

——在中国江西国际傩文化学术研讨会上的讲话

很高兴今天下午在这个会议上和大家相聚。实际上世界上最好的一种相聚，就是为一种迷人的文化大家相聚到一起。今天上午我在会场上注意到了上千张雨伞和雨帽下，闪烁着的一些惊奇的、兴奋的目光。我们的傩文化很迷人，但是傩文化不仅仅是迷人，它还有非常宽广又深刻的认识价值和研究价值，所以我们今天下午举办了这个学术研讨会。

傩文化是我们民间的文化世界中一个重量级的领域。因为它包含了我们古代的信仰、传说、神话、各种各样民间的艺术形式，它几乎包含了我们各类民间文化的全部。它来自于远古，而且至今还能活在中国大地上，也活在一些国家的大地上。我们从傩文化中可以直接触摸到远古先人一种灵魂性的文化或文化的灵魂。而在它流变的过程中，又受到各种文化的地域化。所以它是灿烂的，活生生的，古老且依然存在的。

面对这样的一个文化，我们应该给予它一个怎样的"学术"？我们的学界在这些年里致力于把傩文化学术化。我认为我们学界应该明确而自觉地建立傩学了。到底怎么建立傩学，应当是这次会议"启动"的一个话题。

这样的一个研讨会，又有傩文化复活性的表现，又是研讨会，感觉似乎很好，但是坦率地讲，我的心里有点悲观。我的悲观是什么？不是说我们搞这个活动的悲观，要是这样的悲观，我们这活动就不搞了。我的悲观来自于两个方面。一是我们面临着全球化的时代，社会发展的速度从来没有这么快过。如果有一个城市我们两三年没去，再到那个城市

可能会迷路。我们现代化的速度飞快,大量的历史文化飞速地消逝了。这是背景。二是傩文化。我已经注意到有些地方的傩文化,开始进入了市场,开始商业化了。为了旅游,改变了我们的文化。它不再是民间原有的那种傩文化。它变成了一个光怪陆离的、被神秘化的一个外壳。从形式到内容正在被肆意地添加,审美上也被庸俗化地改造了。比如说山西的布老虎。五年前的时候,山西从事民间文化研究的同志跟我讲,山西的布老虎有几百种。那时看山西的布老虎,我真的感到非常震撼。那是带有活化石味道的、非常原始的民间的布老虎。有的布老虎后背是一个蝴蝶,有的是肚子下边带着很大的生殖器的雄性布老虎。但是我去年到山西看一个博览会,所有的布老虎全穿上亮片的衣服了,像歌星,一问,原来带亮片的好卖。布老虎商业化了。我们的傩将来是不是也会这样?商业化是一个不可抵挡的趋势。所以在今天的学术讨论会上,我想提出我的一个想法。我呼吁我们的学者,暂时放弃一点书斋里的研究,先到田野里普查。因为我们研究的对象,那种原生态的傩现在越来越难找了。

我们首先要完成的时代的使命，是为我们后一代的人多留下一些这样本真的遗存，为我们后代的傩的研究者多留下一点舞台。如果我们今天再不对我们大地上的傩文化进行抢救性的普查和存录，那么可能再过十年、二十年，我们的后一代就会两手空空，面对一片空白。所以我们第一个任务是要进行普查。对傩文化进行科学的、原生态的、真实的记录。我说的普查跟调查是两个不同的含义。调查可能是个人的行为，是个人为了一种个人化的学术研究进行田野的作业和田野的考察。我说的普查是整体性地、计划性地、地毯式地、不留死角地、全面地来把它记录下来，就是把我们中华大地上现在还存在的傩文化全部记录下来。

我们中国民间文艺家协会所做的中国民间文化遗产抢救工程，今年以来把我们抢救的重点做了一个重新的认定。到底哪方面是重点，是我们必须要抢先抢救的？我们基本确定了三点：第一点是少数民族的文化，第二点是传承人，第三点是活化石。我们之所以要把少数民族文化设为第一点，就是因为我国从今年开始，要加快少数民族地区的经济建设。少数民族的文化是最脆弱的，因为它本身力量就小，同时又不断地受到汉文化的冲击。少数民族的存在就在它的文化上，一旦它的文化消逝了，这个民族也就消亡了。第二点是传承人，民间的文化跟精英的文化一个最大的不同，就是精英文化是可以著录的，能够著录的文化的传承是可靠的。但是民间文化的传承是口传心授，靠着千千万万的传承线索一代一代地往下传。每条线都很脆弱，只要一个传承人没有后代了，这条线索就没有了。所以今年我们把对中华民族的杰出的、卓越的传承人的普查和认定列入我们的项目。这个项目国家给了支持。第三个重点就是活化石。比如傩文化，还有萨满文化。从中，可以直接触摸到我们祖先的灵魂。我们对于各类民间文化，比如民间故事，古民居，民间音乐、美术和手艺，我们都要做也都在做，但是这几个重点我们要抓住不放，这是我们不能失去的东西。而傩是在这三个重点里面都拥有的。它既有少数民族的东西，又是靠传承人来传承的，还是活化石，它特别重要。我们的旅游化正是把它活化石的这个成分给毁掉了，传承人正在变为专职的演出人员，它内在的成分正在被抽空。所以我说我们面临的问题是严重的。

在今天这个会议上，我想，我们中国文联、中国民协和江西省政府合作举办的这次傩文化艺术节，我们一方面要弘扬它，同时我们要研究它。我们不要让它在旅游化、商业市场化的过程中消失。同时我们当务之急要做的是普查。我们需要政府的支持，因为这个工作的面积太大，专业的人手又不多，怎么办？

我认为，应该把人力集中起来，建立一个专门的傩文化保护的组织。因为江西的傩文化之乡很多，这个保护性组织先应该在江西的各个傩文化之乡建立联络，进行文化介入。否则，两个情况很快就会出现。第一个是那些文物贩子，一看见傩文化现在闹起来了，热起来了，要升值了，明天就到乡里去买服装、面具。在前七八年的时候，我在北京潘家园的一个店里面看见几百个傩面具，都是非常古老的。如果他们一看我们的傩文化要升值了，跟着就一拥而入地进村了。就像武强木版年画一样，稍有点消息让古董贩子知道了，大批古董贩子在你还没抢救之前已经进村了。所以我们现在必须要把工作做到乡里。另外一个，是旅游开发。只有乡里把旅游和保护的问题解决好了，我们才是真正地保护了傩文化的原生态。最怕就是在它的原生地变味了、变质了，这是最可怕的问题。我觉得乡、县一级如果有条件，应该有那一级的博物馆和博物史，这并不难。我去年访问阿尔卑斯山地区，每个村庄都有村庄的博物馆，都有非常精细的历史文化保护，这不难做，只要用心，就能做好。我希望江西省能够接受我们的建议。

还有一条，就是请注意保护古村落。因为江西现在仍保留着大量的古村落，在中国应该讲是尖端的。完全能与山西及安徽、浙江、江西三省交界地区的一些古村落比拼。因为我们中国的历史文化、民间文化保护最好的地区，一个就是老少边穷地区，因为这些地区开发力度还不太大；还有一个就是多省交界的地区，因为行政干预少一些，自然形态就保护得好一些。但可悲的是，我们的民间文化不是自觉保护下来的，它是自然保留下来的，被遗忘在一边的。如果一个民族的文化因为忘了而保留下来，这是可悲的事情。只能说明我们没有文化。所以我想在这个会议用一种沉重又庄重的声音，呼吁我们傩文化的学者：一方面我们团结起来，互相支持，共同把我们真正的傩文化保护起来，通过研究，让我们真正地、深刻地拥有它。另外一方面，我们跟政府合作，动手去做我们的普查工作。我也特别希望深谋远虑的、高瞻远瞩的江西省的政府与社会各界，能够在我们中国傩文化的抢救和保护上，承担起更大的使命，能够在全国树立起一面文化保护的旗帜，让全国佩服我们的江西人，也让我们这个辉煌的、迷人的、历史的花朵在未来结果，让历史的光在未来闪耀！

　　谢谢。

2005 年 6 月 12 日于江西南昌

理论要支持田野

——在民间美术分类研讨会上的讲话

首先要表明，这不是一般意义的学术会议。在我国，关于民间美术分类的专门的研讨似乎从来没有进行过，那么今天为什么要拿来研讨？说到这里，我们就必须面对当今民间文化的学术现实——

近两年，民间文化学界一个重要的动向是重燃对田野的激情。书店里，展示各种田野调查成果的出版物层出不穷；在获得全国性的民间文化"山花奖"的理论著作中，优秀的田野调查的作品也日见其多。这表明愈来愈多的文化学者投入了这场旨在摸清文化家底的普查运动，从书斋走入田野，去拥抱那些濒危的文化生命。然而，在这样令人鼓舞的文化形势下，却存在着诸多令人忧虑的问题。

首先是专业研究队伍十分薄弱，不少民间文化领域根本没有从事研究的专业人员。许许多多民间文化事项——不论是独特的民俗还是卓越迷人的民间艺术，都还是学术的空白，甚至从来没有进入研究者的视野。比如古民居这样博大的民间遗产，直到今天还只是为建筑学家们所关注，而没有民俗学家和人类学者的涉入。它们是我们的盲点和盲区。因此在现代化狂潮中，大批古民居、古村落和城市的历史街区被推土机推去，我们却浑然不觉。进而言之，在很多民间文化门类中，至今没有公认和通用的分类法。这一现象最严重的门类是民间美术。

由于我国幅员辽阔，自然条件不同，民族众多，长期历史形成的文化板块错综复杂，民间美术缤纷多样，不可胜数。然而民间美术的分类却一直模糊不清，乱无头绪。长期以来，学者们或依从习惯，或自行其是，对于这个基础性的问题只有不多的几位学者做过专门研究，但没有得到深入研讨和普遍认可，这就极大地限制了对于千头万绪的民间美术全面和总体的把握与认识。而长期以来，民间美术的研究置身于美术研究和民俗学研究夹缝中。民俗学主要对象是民俗与民间文学，对民间美术关注甚微；而美术界一直把民间美术放在主流之外。民间美术研究处境尴尬，人员很少，力量薄弱，无法建立起严谨的理论体系。这样，当我们用以应对当前普查所得来的中华大地上极其丰富和浩瀚的美术现象时，必然捉襟见肘，力不能支。换句话说，当我们把从田野普查之所获搜集起来时，却没有一个统一的、标准的分类法来进行整理，最终只能还是各行其是，其成果必然就会参差不齐，缭乱无序。这就是最近我们要进行一系列民间文化分类研究的缘故。

应该说，田野普查，是民间文化本身的要求，或者说是逼迫我们用理论支持它。如果理论总是远离对象，如果最后都不能回到对象本身，甚至不能解释对象，这种理论就只是一种书斋的奢侈而已。

当前，民间文化的研究正在活跃起来，这是数十年来未有的景象。究其原因，乃是全球化时代的一种必然。面对全球化的霸权，各民族的文化全都身陷危难；全球化的本质是消解人类文化的多样性，而各民族自身的精神传承依靠的正是自己独有的文化。因此，一旦人们对此觉悟，产生自觉，民族、民间文化就必然成为全社会的文化焦点。中国究竟是一个文明古国和文化大国，在全球化席卷而来时，并没有需要太长时间就深切地关注自己文明的传承及保护等一系列重大的问题了。

但我们必须清楚，民间文化是在它危亡之时受到关切的。所以，我们首要的工作是抢救和保护，工作的前提是普查。普查包括摸清家底的调查和分类化的整理。其实这些工作都是学术性很强的工作。故而我们的学术研究和学术理论首先是支持田野的调查工作。没有可靠的、坚实的理论和学术的支持，田野成果便会良莠不分、年代不明、价值不辨，并全部混杂一起。民间文化与精英文化的一个很大的不同是，精英文化历来一直有鉴别和著录，分门别类，井然有序，而民间文化至今仍是落英满地。我们普查的最终目的是使这"中华民族文化的一半"的民间文化像精英文化那样被整理出来。如果没有理论和学术为后盾，最终一定是杂乱无章，事与愿违。

为此，民间文化理论的当代需要，是实效性、应用性和工具性的。不管我们心中的理论大餐如何精美，现在最需要的是收割庄稼的镰刀。其实这些最现实的工具理论，比如分类法，也是学术建设的基础与根本。反过来说，如果我们连这样的理论也无法提供，能说我们有着很高超的理论能力吗？

于是，今天我们将诸位学者请来进行研讨。诸位都是民间文化和民间美术研究的大家。在分类方面各有卓见。我们并不指望一次研讨会就能用理论将这样一个极其复杂的问题解决。因此，展开各自的见解，交换观点，归纳思路，启动思辨是这次研讨的目的。我相信，一种规范的、标准的、通用的分类法会由此渐渐诞生。

正在进行的民间文化的抢救与保护及其田野调查，向我们的理论研究发出呼唤，提出挑战，也激发着理论的活力。应该说，今天是民间文化事业获得发展的千载难逢的良机。而理论发展的最佳途径则是深入田野实践，发现问题，研究问题，解决问题。从田野中所获得的不仅是做文章的由头，而是融入它脉搏跳动着的生命。让我们在理论研究与田野调查的互动中，促使普查与研究的双丰收，推动民间文化事业的整体发展。

2005 年 8 月 14 日于天津

今天的矛头对准建筑师

——在"新江南"古村落研讨会上的讲话

今天来批评城市文化，我的矛头要指向一个新角色——建筑师。建筑师是决定城市文化及其命运的重要角色，甚至是主角之一。

必须承认，我们的600多个城市有一些已经基本失去了个性，文脉模糊，记忆依稀，历史遗存支离破碎，文化符号混乱。一方面是拆得很惨；一方面是建得很糟。光怪陆离、平庸的建筑充塞着我们的城市。我们不能光说政府官员，不能光说开发商，我们的建筑师也有责任。

关于文化的粗鄙化，实际上从300年前满人入关就开始了。一直有种说法，认为中原强大的汉文化把满文化同化了。可是我们仔细看一下明代的家具那种简约、飘逸、大气，到了清初就已经不复存在了。那种源自汉唐的高贵又厚重的汉文化逐步被马背上的满文化稀释了。

及至清末，中国第一次面临西方文化的涌入。那一次我们的文化古老又顽强，所以能够比较从容地选择外来文化的经典。

但到了五四运动时期，我们开始喜欢上了颠覆，喜欢黑马，喜欢文化的自残。

然后就是战乱。虽然有不少学贯中西的大家，却很难沉下心来研究自己的文化。

1949年后，一次次政治运动都是从文化开始的。

进入"文革"，我们的文化被彻底扫除，批红楼，批水浒，批克己复礼。改革开放后，外来文化再次涌入。这次的外来文化和五四时期不同，外来的一过性的、粗鄙化的商业文化如同沙尘暴一般席卷着中国人的精神，经历了"文革"洗礼的中国社会扛不住这么强烈的文化冲击，只能顺从和模仿。何况我们需要市场经济。市场经济需要依靠消费拉动。要扩大消费，就必须刺激人们物质的拥有欲，煽动人们的欲望。

这种状况很容易和我们长期漠视精神文化的社会融为一体。我们就是在这样的背景下开始"城市改造"的。

"改造"这词儿过去害了许多人，现在害了许多城市。近二十年，中国城市的改造实际是一场翻天覆地的"再造"。记得，不久前一群开发商在一座滨海城市开"高峰论坛"。他们提出的广告是"有多少城市可以重来"。重来？口气多大。而我们的城市真的全都"重来"了。城市的历史遗存几乎被扫荡一空，然后在这一无所有的土地上随心所欲地盖起了新房子。这在世界上是少有的。只有那些经历过毁灭性灾难的城市，比如华沙、杜塞尔多夫才有过这种情况。当然，这也是一些人发财的大好机会。发财欲又推动改造狂。经过20年改造的中国城市很多都是没有历史也没有个性的新城，这是不可思议的！任何城市的发展都是线性的，一步步不断积累的过程。就像生命的过程，有它的诞生，有婴儿期和成长期，有命运的坎坷、苦难、屈辱与光荣。城市是一种生命。一代代人创造着、充实着城市生命；他们离开之后，便把这一切全都默默地记在这个城市博大的肌体里。城市中无处没有历史的手纹。但现在已然无迹可寻。城市，除了使用的价值、享受的价值，还有历史见证的价值、记忆的价值、研究的价值、审美和欣赏的价值，当然也有旅游的价值。它是一种综合的价值，像生命的价值。生命是尊贵的，城市也是有尊严的，不能任人宰割。但是，我们说这些话时已经晚了，因为城市已然个性尽失。从"改造"中残剩下来的可怜巴巴、支离破碎的一点历史街区中，我们无法再感受到城市的个性与厚重。更糟糕的是新建的城区千人一面，缺乏精神，粗浅平庸，都是城市间相互抄袭的结果。抄袭，无论对于开发商，还是建筑师都是生财的捷径。我们的城市就是被那些平庸无能的建筑师，那些被开发商收买的建筑师，那些对没有文化责任感的、趋时附势的建筑师变成现在这样的平庸和彼此雷同。

我们把城市无比丰富和珍贵的记忆抹去了，同时把新建的、粗陋的东西留给了后代，至少两代和三代人要生活在这样的城市里。说到这儿——还是白说，因为已成为现实，抱怨过去也是一种无能。现在说到正题了，就是我们现在如何避免城市化过程中如此惨痛的教训，不让这种"癌变"继续扩散。我们现在在全国各地跑，主要目的是说服县一级、乡镇一级的地方官员去珍爱他们地域的个性与遗存，千万不要在开发中毁掉。这两年，我们与山西省合作，每年召开一次全国县长论坛，还要开个乡长论坛，目的是与县长和乡镇长讨论，古村落怎么办，非物质文化遗产怎么保护与传承。中国有2800多个县（级行政区），中国文化的1/2800在他们手中，如果懂得文化，我们1/2800的文化就有救了。

应该说，中国够大，文化多元，隐藏在山水之间风情各异的古村落还有一些。东南沿海经济发达地区少一些，偏远穷困地区多一些。我们的文化遗存向来是自然保留下来的，而不是保护下来的。但随着经济发展，这些古村落早晚要开发，特别是少数民族的村寨。如果这些古村落都成为威尼斯花园和西班牙小镇，我们失去的可绝不只是一个个古老而美丽的建筑群！

每个村落都是一个巨大的文化库，储藏着极其丰富的非物质的精神文化遗产。

非物质文化遗产包括生产民俗、生活民俗、商贸民俗、节日民俗、婚丧嫁娶、信仰民俗，以及我们民间的戏剧、音乐、舞蹈、民歌、文学、传说故事、歌谣、歇后语、笑话、寓言和各种手工技艺等大量的文化，还有这些文化的传承人。它们才是一个个乡镇的灵魂。把一个城镇破坏了，这些独特的、个性的灵魂就会像烟一样地流散掉。非物质文化遗产是口传心授的。它通过父授子传、婆领媳做的形式一代代传了下来。如果下一代人到城市中打工去了，文化就要断绝。这是非物质文化的特征。因此这也是当前中国传统文化日见稀薄的原因，我们保护古村落，更是要保护这些无形的、个性的、多样的精神。

　　传统文化和文化传统是不同的两个概念，文化传统是我们的精神，是我们的灵魂；传统文化是物化的，是一种载体，我们保护我们的传统文化是为了保住我们民族的DNA。

　　所以说，保护古村落是当前文化抢救的重中之重。

　　我们现在的古村落保护有几种形式，一种是景区形式，比如乌镇；一种是民居博物馆的形式，即把各个地方零散的、经典性的古建筑集中起来保护，比如晋中的一些大院；一种是生态区的方式，维持当地原住民生活的原生态，比如西塘；一种是纯粹博物馆的方式，在西方比较多，我国和挪威在贵州黔东南地区的梭嘎地区也建了一两个；还有一种是分区保护方式，比如丽江的束河镇，在老区边上建一个新区，现在上海青浦也想这么做，在朱家角旁边建立新区。这些都各有各的成败和问题，应该比较、思考、研究，但相互不一定学习，我同意马清运的观点，应该有一个不一样的样式，每一个城镇应该有自己的样式。那么"新江南"的理念就不应该是一种统一的模式化的现代江南，而应是各种各样、因地制宜、保持个性又发展着的江南水乡。这样，首先要做的是——当初在城市改造时没有做的工作，即对城市的个性和特色进行认定，弄清楚到底城市的个性特色是什么，靠哪几个板块支持着，哪几个板块是绝对不能动的，哪些单体建筑不能动，哪些街区不能动，在规划上要确定，还要立法保护。城市的个性特色就这么完蛋的。现在小城镇和古村落当务之急是先要确定自己的个性特色，定规划，立法。在这个基础上便要认真请专家论证新建的建筑如何在文脉上保持与历史有所联系，从而不断发展和强化自己的特点，不要在全球化中迷失自己。这可是建筑上的一个大题目，比东搬西挪难得多。这就要拜托在座的诸位建筑师了。希望建筑师给城市一些真正的创造，多一些文化责任，守住自己的知识立场。

2005年10月21日于上海青浦

古村落是中华文化的箱底

——在 2005 婺源·中国乡村文化旅游节上的讲话

这两天我们在婺源，有节日般的感觉，一个文化的节日。我们享受着婺源诗情画意一般的自然和人文。同时我们也感受着此地非常深厚的、沉甸甸的、独特的、迷人的风土人情和独特的非物质文化遗产。昨天的晚会使我强烈深刻地感受到一点，就是有文化的婺源人深爱着自己的文化。有文化的婺源不等同于有文化的婺源人。世界上很多文明，比如说埃及文明，比如玛雅文明，它们都中断了。它中断了以后呢，只留下了伟大的埃及历史文明，但也与今天的埃及人断裂了。我们这里既有婺源的文化，更有有文化的婺源人，深爱着自己的文化。我觉得这是一个理想的文化境界。昨天晚上我们看到的不是"民俗表演"，而是一种纯粹的老百姓的自娱自乐。民间文化的一个最大的特点，它是老百姓自发的，不是谁组织的。所以我们昨天看到的万人空巷的场面，老百姓欢天喜地，令人感动。

现在，我们到了论坛里，就要冷静下来思考了。我们就不能回避一个问题，就是古村落的现状和明天，还有大家所关心的村落的保护和开发。论坛这个题目"乡村文化保护和开发"很有意思，因为只有古村落才有开发问题，一般的乡村文化没有开发问题。

如果我们讲到古村落，就必须要提几个问题。第一个问题就是，古村落是一片一片风情各异的、迷人的老房子吗？是一批等待我们翻修或者是重建的破房子吗？是一个一个巨大的、可以使我们赚到钱的旅游资源吗？如果我们这么简单地对我们的古村落发问，我们说：当然不是！那么古村落是什么？古村落是一个生命。因为我们以前是一个农耕的社会，改革开放以来，才开始现代化和全球化的步伐，我们比世界慢了好几步。西方早在一百多年前就开始转型了，转型的时候就注意到遗产。实际上注意遗产应该是从克里特岛和迈锡尼文化遗址的发掘开始的。只有时代和社会转型的时候，人们才会把上一个历史时代的创造当作遗产来对待，才开始珍视。

我们的古村落不仅有一个一个精美的老房子，有很多非常好的规划和桥梁、祠堂、庙宇等，还有大量的非物质文化遗产。首先是民俗，生活的民俗、生产的民俗、商贸的民俗、衣食住行的民俗、婚丧嫁娶的民俗、节日的民俗、信仰的民俗等；还有各种体裁的民间文学，故事、传说、笑话、寓言、歇后语、方言；还有各种色彩缤纷的民间的艺术——民间的美术、戏剧、音乐、曲艺、舞蹈等，还有各种手工技艺。这些都是生命性的，都是生命。

古村落是人生活的地方。因为我们是农耕社会，在农耕社会里，村落是最基本的、最基础的一个个社会的单元。这些单元里面除那些大量的文化遗产之外，还有大量的历史的记忆，这些历史记忆通过各种各样的细节保留在村落里。另外我们中国的文化又是多元的。一方水土养出一种文化，互相不能取代。这种文化又养育出我们彼此不同的地域性格，不同性格的人。最深刻的文化就在人身上，跟人最密切的文化就是非物质文化。如果我们旅游只是看物质，没有注意非物质，我们还是最浅层次的旅游，还是粗鄙化的旅游。所以我说我们每一个村落里它的物质、非物质和大量的历史记忆融合在一起，它才是沉甸甸的，而且是一个活着的生命。你能感到这个生命的性格、情感、遥远的历史、迷人的地方。谁要在这里搞旅游谁就必须懂得文化。最深刻的文化就是乡土文化。我们去巴黎看，巴黎最迷人的不是埃菲尔铁塔、罗浮宫、巴黎圣母院。真正的巴黎旅游，是你要在巴黎的街头坐一会儿，要一杯咖啡，欣赏来来往往巴黎的人，千姿百态。那是巴黎最重要的东西。咖啡店的主人会告诉你，你坐的这个座位，过去毕加索坐过，或者莫奈坐过，或者雨果坐过。

它们原封不动地放在那儿。没有人告诉你，你坐这座位的话要多加十块钱。真正的文化不会那么浮浅。

我们的古村落是我们民族文化的箱底儿。它是最深的根。我们所有的城市都是从乡村发展来的，我们民族的精神，我们民族的情感，彼此的个性与互相认同、民族认同，我们民族的DNA，都在我们的村落里。但是我们的村落少了，我们的社会转型了，农民到城里打工去了，我们很多村落空了，只住着一些老人，很多房子破败了、霉变了。政府没有钱整理，就是整理了还得有人住。年轻人都希望在城里买个单元房，他跟上一辈的想法不一样了，过去的人赚了钱都要回家盖个大院子，威风威风，自己住也供给家族人住。现在人们的观念好像变了，生活习惯也变了，人们希望享受到现代科学技术给人们带来的种种好处。他们有权利享受，有权利选择新的生活和新的生活方式。可是另外一方面，这些荒凉又苍老的村子又是巨大的遗产，这个难题摆在你们的面前，也摆在我们面前，也摆在众位的面前，这是我们这个时代的人共同要解决的难题。为什么？因为我们进入全球化的时代，在全球化的时代，我们中华民族不能失去我们的文化，不能失去我们精神的根脉，不能失去我们的家园和古老的文化凝聚力。

在这里，我想谈谈为什么我们把现在的旅游开发叫作旅游冲击。因为古村落要开发旅游，我们实际上就是把古村落推向商品市场。我们要把古村落变成一种商品，我们就要包装它、打造它。我们千方百计让它变成一个旅游的名牌，从它的旅游上得到效益。这样就带来一个问题。最近，学术界、文化界、知识界正在批评一种观念，就是"经营城市"的观念，单纯的经营一定带来破坏。我们中国现在660个城市，从文化遗存角度来讲，我认为中国的城市基本上没有个性了，文化遗存基本上没有了，基本上千篇一律，没有吸引力。但是我们的古村落还有。去年我参加中央电视台的"魅力名城"的评选，我真是觉得非常难受，但是今年我刚刚参加了"魅力名城"的评选，感觉很好，真有不少很美的、古老的生命还在。我这么讲，有的同志可能会想，冯骥才一定反对旅游吧，好像对旅游有反感。为什么呢？跟大家讲，我也在旅游，年年要拿出时间旅游一下。但是我现在旅游更多地是和考察结合在一起。我不反对旅游，但是我反对"旅游开发"，旅游开发是一种商业行为，旅游开发的目的就是把我们的古村落推进市场。推进市场以后，你就必须符合市场的规律。市场规律就是只有你感兴趣的、能成为卖点的你才开发，不成为卖点的就把它扔在一边。你站在赢利上对待它，就绝对不会只站在文化的立场上来对待它，一定是这样。我们的古村落，我们的旅游产业仅仅单一地拿它赚钱是不行的，也不是我们的旅游业所真正追求的，我们还是要让人们了解和享受到不同地域、不同时代的文化。这只有市场才能操作，因为我们是一个市场的社会，我们需要开发。但是我们的问题出在哪儿？出在我们很急躁，片面追求经济效益，浅层次的野蛮开发。我曾经写过一篇文章叫《深度旅游》。西方的旅游，首先，博物馆是他们要去的地方。但是我们国家的一般博物馆，老百姓很少去看，旅游基本上还是走马观花似的到此一游，吃点当地特色小吃，拍张照留念，买点大同小异的纪念品，基本还是这么一套。所以现在改造成景区的古村落，基本上是老房子再加上真假民间故事，或者真假民间传说，有一部分是真的，有一部分是添的，是旅游承包商找一些文化人编的段子。听来有意思，加一点笑料，什么金屋藏娇啊，加一点半荤半素的东西，调节一下，完了。是非常浅薄的一种旅游。这对于文化来讲，是把我们的文化浅薄化、庸俗化了。还有一个问题就是，在旅游开发过程中，拆建过程中对村落历史原真性的破坏。

在这种情况下，我们必须要讨论一下，现在我们的保护开发到底有哪些方式？咱们先说保护方面，我最近也去了很多地方。包括江浙一带，也去了安徽皖南的一些古村落。我们中国目前的古村落保护方式，大致有这么几种：第一种方式是景区式。景区就是完全把它作为一个景点，景区的各个出口安装铁栅栏，卖门票，里面有一些地方还保留着原来的居民，有的地方居民基本搬走了。非常明显的是乌镇。我对乌镇很置疑，我认为乌镇是非常可怕的，尽管我们这次"魅力名镇"评了乌镇了，但是我仍然认为乌镇有很大的问题。乌镇做得很漂亮，很适宜照相，适合外国人到中国来，没来过，第一次来看中国的水乡，表面很漂亮，但是里面掺假了。乌镇有一些木板墙板是仿旧的，一打听，是商家找八一电影制片厂的美工，拿喷灯烤"旧"的。我觉得最可怕的就是晚上游客都走了以后，这里基本是一些死街，一个死镇。没有人就没有记忆、没有传说、没有风俗。活态的生命力全部没有。完全把乌镇变成了一个空壳儿，改造成了单一的赚钱的工具。赚钱不少，一年一百五十万。卖票的村落景区还有两个地方，一个是周庄，一个是上海朱家角。上海周边的水乡已经不多了，上海的朱家角一年收入是一百八十万元，门票可能是五十万，能赚不少的钱，但是朱家角的商业气氛太强，基本上是商家云集。有一次在云南丽江，丽江的书记叫我给他们提意见，还说欢迎你批评。我也没客气，就说你们那些做买卖的人，那些招牌，我发现起码有十分之一是错字，这大大影响了你世界文化遗产的品质。一个世界文化遗产，怎么能那么多的文字上的错误？他说我赶紧解决。我说，你四千多个字号，应该请一些好的书法家帮你们写。

我们的旅游古镇和欧洲的不一样，欧洲的一些城镇的历史积累非常深厚，旅游的细节很多，一年到头总是在修。修不是变成一新，而是怕历史的痕迹没了。我们呢？"文革"时砸，平时拆了建，建了拆。现在就像一锅蒸出来的馒头一样，冒热气儿的，刚刚出锅儿的，它没有纵深的东西，连原住民都迁走了。"景区式"就有这样一个问题，景区里你一定都有原住民，原住民应是主体，还要把非物质那一部分，把古镇的生命保留在里面。第二个就是博物馆式。我认为做得比较好的是山西晋城的大院这一部分。当时做这个人叫耿彦波，是王家大院所在灵石县的县委书记，后来他调到榆次当书记。我跟他交往以后，多次与他商议古城的一些保护方法。他那里是我们中国民协村落保护的一个示范基地，也是我们中国民协在那儿的主要工作点。他保护王家大院用的一个办法，就是把附近的古村落里同代的建筑平移过来，再进行组合。这个做法我不反对，因为如果某一个村落只剩下一座建筑，不是所有的古村落都得要保护，都能开发旅游，那不一定。有的古村落仅仅还有两三所房子，建筑不错，有一定的文化含量，可以采取集中保护的方式。这个呢，在西方很多国家，像美国、欧洲的一些国家，包括希腊东欧那些国家都有这么做的，我看过，这个叫作民居博物馆。再一个方式就是分区的方式，老的村落不动，在周围找一个地方。罗马就用这个方式，罗马就是一个新城一个老城。还有巴黎，巴黎它把最现代的建筑包括后现代主义建筑，全部放在一个新区，但是巴黎的老区是完全不动的，这是分区的方法。在中国现在有两个地方是这种方式，一个是束河，在这次的"魅力名镇"评选中也获奖了，是世界上采用象形文字的古镇；还有一个就是天津的杨柳青，采用老的和新的结合，分区的方式。还有一个就是生态处理方式，生态处理方式就是也不卖门票，你可以随便进，但是严格地保留其固有的生态。挪威曾帮助我们在贵州黔东南做了一个生态区，是苗族的一个寨子，叫梭嘎。在这个寨子里做了一个博物馆，做得很严格，严格地保留寨子里各种各样的历史。这个只有欧洲能做，美国人都不行，美国人包括印第安部落，做得都不好，我到印第安村落去考察过，美国人做得都比较粗糙。我昨天看了咱们婺源的思溪和延村，基本上也是这个方式，这两地并没有按照景区的方式来做，基本保持了原始的生态。我对这两个小村落还是非常有信心的。但是接下去怎么做，要仔细研究，不要急。

现在有一个问题，就是说我们的古村落应该由谁负责？这是我这两年考虑的问题。问建设部，建设部说村落好说，但古村落还有文化问题，文化问题应由文化部管。这古村落不归建设部管，但是建设部也评历史文化名村，因为我是历史文化名村专家委员会的成员，也评历史文化名村。建设部认为，它里面包含的东西太多了，属于一级政府管的，建设部门说全部归建设部管也不行，文化部也说不行，里面有很多老百姓生活的问题呢。那么古村落归谁管？古村落就归地方政府管。这是应该特别明确的。那么，地方政府怎么管？我在西塘的时候，西塘的书记跟我讲了四个观点，令我非常感动。第一，当经济利益和文化利益发生冲突的时候，文化利益绝对大于经济利益，因为文化利益是长远的，经济利益是暂时的。第二，政府责无旁贷地要承担保护古村落的责任，包括古村落的生物。第三，我们要教育老百姓全民保护，只有全民保护，这个地方才能保护下来，只是政府在那喊，镇长、乡长在那着急，开发商在那使劲，不行！必须全民保护，因为它有个整体问题，环境问题。第四，最关心的是古村落未来的价值。我听了很赞同，我说历史事物的最高价值就是未来价值。可是，这个村子如果要归开发商呢？那怎么办？反正这个问题现在没人能回答。我在安徽的时候，黄山的一个市长谈了谈他的观点，他讲了一句，我认为这句话基本上是到位的。他说，开发商介入，也得政府管理，必须得政府管理，你要交给开发商，就毫无希望。我想，政府要是管理，政府根据什么管？政府怎么管？这是我们需要研究的。我的个人观点：从一个地区、一个省或者一个市来讲，必须有规划，应该是省和市级出头。一个县里的村落，应该是县一级出头，因为权力在县里。那么一个省市的规划，权力应该在省市这个地方。他们应该全面地考察这些古村落的现有的状况，根据各个古村落不同的特点，制定管理规划和发展规划。

  谈到规划，必须是几方面的专家一同研究。一方面是建筑规划方面的专家，因为只有这些方面的专家是这些方面的内行，建筑物怎么维护，怎么维修，他们才懂。第二个方面就是文化方面的专家，因为文化方面的专家才知道什么是非物质文化遗产，哪些是属于非物质的部分。再有就是旅游方面的专家，因为旅游方面的专家才知道怎么做才适合旅游，才能使当地的老百姓与社会从中获益。

  关键问题是我们到底应该怎么做，我们保护什么？首先要保护它的生态，就是活态，我们尽量让它活着，不要让它死了。当然有人有一个观点，说这个古村落早晚要完，以后是工业文明，农耕社会就没了，农民也不种地了，他也没有收获，他还会跳舞庆丰收吗？慢慢民间的那些舞蹈都变成一种表演艺术了。这说法没错。但是我们不能因为我们的爷爷早晚会故去，就提前把他杀死是不是？所以我们无论如何要延续这个文化生命，哪怕将来把它转变为另一种存在方式和文化方式。何况我们现在还是农业国家。所以我们必须要保持、保护它的活态。这个活态主要是非物质文化，保护的方式就是传承。

再谈一个大家关心的问题，就是大家经常说的原汁原味。什么是原汁原味儿？原汁原味儿就是历史的真实性。但是这里要强调，文物和民居是不一样的，不是所有的民居都是文物。民居不能说绝对不能动，是可以动的。但是有一个，村落里面原始的规划不能动，有很多规划体现着古人的很多思想。包括我们说的风水思想。风水就是人和自然的融合，人利用了自然有利于自己的因素来创造的生存环境，就是选择最好的地方，受光、空气流通、通畅、心情好，在这种地方建房、盖屋，所以原始规划不能变，村落的原始格局不能变。再有就是物证。这个我希望大家特别注意。我这回在皖南发现了一个特别严重的问题，就是西递和宏村商业味太浓。旅游商店里有大量的民居的构件，家居物品，到处都是这些东西。当然也有一些是仿制品，也有老的。当地历史生活的细节，有历史见证价值，很珍贵。也有相当一部分来自江西婺源，还有一部分是安徽的，就是徽文化。我看了一个狮子不错，是一个辟邪物。我说不错，我问他是哪儿的，他说是婺源的。为什么？因为这些早期开发的古村落，他们自己的房子是不拆的（因为已经保护起来了）。为了增加他们景点的吸引力，为了游客走能买点老东西作为一种纪念，就拆其他还没有开发的地方，所以他慢慢地就把周边地区的村落掏空了。等这些地方要保护要开发的时候，这些东西特别精彩的部分已经没有了。所以我们无论如何一定要进行普查，对建筑，对建筑的构件，对桌椅，对家居物品和细节一定要普查。我曾经写过一篇文章叫《从潘家园看民间文化的流失》。

在二十年以前，最早在潘家园卖的东西都是瓷器，都是细软，都是字画，然后开始卖屋里的东西，文房用品、镜框、桌椅板凳等，家具卖完了呢就卖窗户扇儿，最后卖柱础房柁。卖到这个地步的时候，房子也就没了。我们说民间文化就是这么丢失的。最后现在卖什么呢？卖假的，因为真的已经没有了。我希望大家无论如何，要对村落做一次详细周密的普查。特别是一个村落要开发旅游，之前必须做普查。

一边是搞清自己的家底，守住自己的好东西，一边是不要随意增加景点。我前两天还讲了一个笑话，浙江有一个画家叫吴天明，是我特别好的一个朋友。他就说他们那个地方开发旅游，出了一个笑话。他家住在杭州附近，回家的时候，一进他们村儿啊（他们村有山），他不认识了。他仔细一看山上站着一人儿，有七八米高一大石头人儿，还是个古人站那儿，模样挺面熟，再一看又不认得了，犹豫了一下，他就问村里的人，这是谁啊？人们笑着说，咱村前一阵子不是开发旅游吗？想找本地的名人立个像（他那个地方也没有景点），找了半天村里只有两个姓，一个姓吴，一个姓蓝，蓝姓非常少。可是想想姓吴的，找了半天，除了吴三桂，好像没有其他人了。后来就想出这个蓝采和——八仙的那个！就把蓝采和当作他们祖宗刻出来，立这山上了。所以我说如果你这个地方景点没那么多，你不要硬加景点，也不要随便减。现在我们很多地方的庙，实际是商庙，因为古代人建庙的时候，凭着一种信仰。所以我们古代的庙总是在山里面，非常优美的地方，宁静的地方，世外的地方。我们现在建庙的地方呢，主要是为了让你旅游，为了赚钱，扩充一个景点。结果就把当地的文化搞乱了，因为我们那个地方没有这样的一个庙，没有这样的信仰。这是一个我们特别需要注意的一个问题。

我想最后一个问题就是开发要有度。我们的文化遗产现在就是这样，要不然就在那等着它自己一点点烂掉，谁也不关切、设法帮助它；要不然就进入旅游开发，胡乱折腾它，想法折腾出钱来。记得一次在四川乐山，当地为了争取游客，给游客方便，就在大佛脚下开辟出一个停车场。

我对当地官员说：意大利庞贝古城的停车场到古城要走半个多小时。后来我问意大利人，你们的停车场怎么那么远？他说你们是来朝圣来的，你们当然得走着过来，又不是酒店，你们车开到门口哪行？那种强烈的文化尊严感使我吃惊。他们对自己的文化充满自信，不会求着你，决不拿自己的历史文化财富去换几个小钱，几个现钱。我们是中华文明的拥有者。我们的老百姓不见得马上能认识这个，我们必须要让老百姓有一种文化的尊贵感。这是一个教育问题。所以我想呢，我们要考虑这个度。我最后要提一个建议，先选一两个村，把一两个村真正做好。真正做精，做绝了，叫别人回去跟别人说，婺源那个乡村太好了，从来没见过。外人看了会永远记着。然后再一个个做下去。

婺源有非常好的地理环境，这是上天给婺源的一个恩惠，也是我们老祖宗给我们留下的一个宝贝，这个恩惠我已经感觉到了。这两天我很关心天气，我怕下雨。我知道你们准备一个活动使很大力气，结果我没想到的是，所有雨都是夜里下的，白天活动是一滴雨点没掉。这个地方真有灵气，上天直到今天还在眷顾着这块神奇的土地。我这两天画画的欲望很强，这么好的一片丛林、山峦、水的倒影，与粉墙黛瓦马头墙融在一起。还有那么好的风土人情，独特的民间艺术，和大量丰富的非物质文化遗产。你们是富有的，你们是富翁，你们千万不要把自己搞穷了，应该搞得更富有。这是我对你们的一个衷心期望。

我讲完了，谢谢。

2005年11月7日于江西婺源

只有全民族关心了,我们的文化才有希望
——在出版界支持中国民间文化遗产抢救工程成果发布会上的讲话

今天这个会是一个非同寻常的会议,因为我看到来参加会议的明显是两部分人,非常明显:一半是我们文化界的人士,一半是出版界人士。刚才我们举行了一个形式非常独特的签约仪式,但这个签约不是经贸协定,也不是买卖成交,它的精神文化的意义是第一位的。因此,今天的会首先就是我们文化界对出版界表达感谢。为什么这么说?在三年前,也就是我们刚刚启动中国民间文化遗产抢救工程的时候,那时候感觉特别地空茫、孤单,缺乏知己,知音寥寥。当时的经费也非常缺乏,出书非常困难。为了木版年画第一卷的出版,我们曾找了7家出版社,由于没经费,每次都以失败告终。但是很快情况就发生了变化,首先认识到我们做这件事意义所在的还是出版界。所以开始的工具书,比如普查手册、思想理论方面的书,比如《守望民间》《开封论艺》等,还有我们的第一本理论刊物——《民间文化论坛》,这些都是出版界主动承担起来的,而且是免费的,这些书在当时是绝对不赚钱的。当时我们在出版界那里感受到一种温暖,特别是中华书局伸以援手,接下了大规模的木版年画全集20卷,当时我们都感到很惊讶,我们怕出版社承担不下来那么大一个工程。

在近三年里,我们在民间文化抢救这条很艰难的、很寂寞的,但是又不能放弃的道路上走的时候,遇到了一个又一个的伙伴,他们来自出版界和社会各界。今天的情况就更不一样了,今天我们承担这些普查成果出版的总量,所要花费的经费是三四个亿。因为有的书大家恐怕还不

知道，比如说《民俗志》《中国民间故事全书》是县卷本，中国现在有2800多个县（级行政区），那就等于每个县必须有1卷，这样每套书都是2800~3000卷，工程浩大。比如《中国古村落集成》这部档案化的图典可能要出120卷，它要把我们具有千年以上历史的中国古村落的所有重要的历史文化信息全放进去。正如柳斌杰副署长说的，如果完成了，我们就给后人留下了一部"四库全书"式的文化遗产，我们就可能把我们古人的一种口传心授的文化变成一种经过文字记录的文化，这是一次重要的文化上的转化，在我们历史上是从来没有过的。我以前讲过，中华民族的文化就是两个"一半"：典籍的一半，民间的一半。民间的一半从来没有记录过，没有出过书，后来周巍峙主席在搞"三套集成"的时候开始考虑把这些东西整理出来，如果整理下来的话，我们就可能为后人留下一部"四库全书"式的遗产，所以我们必须要做。当然，首先帮助和支持我们的就是出版界，今天这个会首先就是感谢出版界。

今天的会还有一重意义。在全球化剧烈地冲击我们出版事业的时候，出版界应怎样坚持自己的文化选择和精神选择，这是世所关注的事情。凡是有眼光的人都在关注我们的出版界如何应对全球化和商业文化的冲击。近年来，特别是最近一年来，一个非常可喜的局面出现了，那就是确实有一些出色的出版社，他们深具文化眼光，有非常纯正的文化立场。另外，他们有社会良心、有社会责任感，他们不是单一的、单纯的出版商，他们是精通市场、懂得市场并能在市场上获得成功的出版家。他们深知出版界对于社会的健康发展、对于人的精神生活负有责任，对我们民族文化的传承、文明的传承负有责任。而且他们是主动承担起来的，正像柳副署长刚才讲的，这不完全是文化界的事，这也是出版界的事，他们要把它当作自己的事情做起来。这表现了我们国家出版事业的境界，一个很高的境界，我们对他们表示敬意。

今天的会又是我们共同承担责任的一个会，在这个全球化的时代里，实际上世界上各个民族都注意自己的文化个性和文化身份，它必然就要关注与此相关的文化遗产问题。我们的政府现在很重视文化遗产保护工作，在文化部启动中国民族民间文化保护工程以来，国家已经基本上建立起了一个文化保护体系，这个轮廓现在越来越清楚了，它包括我们的"非物质文化遗产保护法"，这个法现在人大还没有完全通过，但是已经经过社会各界的充分讨论。而且文化部法规司也一直把它抓得非常紧，这个法是非常重要的。还有一个就是"文化遗产日"的确立，国家也开始注意确立中华民族的文化遗产日。比如欧洲，特别是在马尔罗主张的文化普查以来，文化遗产日对整个欧洲文明的传承起着重要的作用。还有国家有一个全面的、大规模的、包罗万象的、要整理民族文化家底的，并且要保护民族民间文化的工程。这个工程最近开始启动一个重点的项目，就是评定国家级非物质文化遗产名录，这个工作非常重要。名录基本搞清楚以后，我们对国家的非物质文化遗产的家底就基本清楚了。同时有很多地方的教育界也准备把文化遗产的教育引入教材。一些地方也建立了很多地方性的法规。可以讲，中华民族在一个文明转型期里自觉地保护自己文化遗产的保护体系开始形成。在农耕社会向工业文明转型的时候，保护自己的遗产是我们的一个时代责任，这种责任是过去之后不再来的。保护遗产不是面对过去，是面对未来，这是一个前沿的思想。比如说，历史上对古希腊的考古实际上表示了人类朝着现代文明的前进。因为人类只有一只脚跨入现代文明的时候，他才把过去的生活、过去留下的文化视为遗产。

短短几年来，有人说你们文化界做得不错，你们呼吁得很好，你们发动得很好，社会的声音越来越强了。我说不完全是。我觉得我们毕竟是一个文化大国，我们的民族有文化自觉性，这是我们做这件事的一个强大的力量。如果人民不热爱我们的文化，光是我们这些人做是没用的。真正的文明传承是人民的传承。最近几年来，社会上对保护和加强我们自己文化的声音越来越强，但是我们也要看到现代化、全球化、城镇化、工业化对我们文化的冲击，这种自觉的、不自觉的冲击是非常猛烈的、残酷无情的。最近几个月我跑了几个省的古村落地区，也参加了中央电视台"魅力名镇"的评选。中国有2800多个县（级行政区），19000多个镇，几十万个村庄，如果是自然村恐怕就过百万。我们的村庄因为地域的文化板块不同而千姿百态，各地方的文化特色都不一样。但不是所有的村落都是古村落，我们讲的古村落是有代表性的、有典型性的、文化积淀深厚的、有一定体量的。估计现在的古村落还有几千个，而且大部分我们并不知道。村落是农耕文明的一个基本的社会单元，是农耕社会的一个基础。但是，每一个村落都是一个巨大的文化宝库。我们的非物质文化遗产大部分是保存在一个一个的村落里，这些村落里人民的生活并不富裕，人民渴望改变自己的生活。越是古村落越是保留在那些贫困的地区，而经济发达的江浙一带水乡除同里、南浔、乌镇、西塘之外，很少还有原汁原味的古村落，因为那个地方发展得快。这也是我们前十多年一味追求发展留下的问题。我们的文化不是自觉地保护下来的，是自然地保留下来的，这也是我们的一个悲剧。但这也是历史的必然，因为转型太快，我们是从"文革"进入改革的，我们来不及认识它的时候，它已经被推倒、铲除了。但我们现在挽救它是来得及的，我所说的"来得及"是指我们挽救多少，就给后代留下多少。

每一个村落里实际上都是物质文化遗产和非物质文化遗产结合起来的一个一个的历史生命、文化生命。它是我们中华文化的"箱底儿"，是我们的根的所在。我们最深的根是在这些村落里边。我们从农耕社会向工业文明转化的时候，要注意最根本的根。但是，我们的根陷入一个最大的问题：农村一方面要城镇化，一方面要旅游化。越有文化价值的古村落越会被开发商所看重，我们现在的古村落被开发商破坏得非常严重。开发商用很少的钱把村落的管理权买下来后就进行开发。所谓的开发，按照商业的规律，就是凡是能赚钱的，能成为卖点的，就把它拿出来卖；不能成为卖点的就统统地撇在一边。这就是古村落面临的重大问题，那么，我们现在要做中国古村落代表作，当然就有一个问题出来了。

在古村落保护上，中国民协打算在榆次每年搞一次县长论坛，我们还打算在婺源搞一个中国乡长论坛，明年春天在西塘还要搞一个古村落保护的高峰论坛。我们要去和那些县长、镇长直接商量"到底怎么办"。我们给出主意，也要看看对方怎么想，甚至我们找开发商来谈。这些都是很重要的事，因此要谈。这件事也需要出版界的支持，要对古村落进行普查、搜集资料、整理、编撰档案，谁来支持这项工作？现在，民间文化的重中之重、最困难的是什么？一个是少数民族文化，少数民族文化跟汉族文化不一样，汉族文化还有自己的文字，少数民族的很多文化是没有文字的，这些少数民族的村寨一旦没有了，这些东西全没有了。他们的文化没了，这个民族也就没了。还有一个是传承人，民间文化的传承就是靠着一代代人口传心授地相传。传承人是传承载体。如果传承人不再传承，线索马上中断。我去过不少少数民族村寨和村落，里边已经没有传承人了，都走了。这些工作都很难做，需要支持，需要各界的支持。有大量的、艰巨的工作需要做，我们不能不做。如果我们不做的话，我们的后代永远不可能知道。我们中华民族的文化，我们的底蕴，我们的坚实感，我们背后的文化靠山就需要我们这代人把它做好。有时候我们感到有很多支持，我们有中宣部的支持，有文化部的支持，还有出版界的支持，有社会各界的支持。一个民族的文化只有全民族关心了才有希望。今天我们和出版界签约的时候，记者出了个主意很触动我：我们互相拉着手，握紧了拳头举起来，表示我们在文化上的一个强强联合，这个同盟军形成了。我想，不管今后的事情多艰难，我们这两方面的同志无论如何要形成合力，为了我们民族伟大的复兴，为了我们中华文明的传承，为了我们可爱迷人的文化，为了我们中国人在世界上永远值得骄傲的文化，让我们共同努力。

谢谢！

2005年11月13日于北京

古村落是我们最大的文化遗产

——在"中国古村落保护"（西塘）国际高峰论坛上的讲话

感谢大家来出席这个会。这个会我们策划已久，计划已久。最近四年以来，我个人是做两方面工作：一方面是中国民间文艺家协会在做的中国民间文化遗产抢救工程，现在正在全国各省市全面铺开。中国民间的木版年画、剪纸、唐卡、泥塑、民间美术、民间故事、民俗志、杰出传承人等一系列的普查和抢救项目正在生气勃勃地进行着，有很多项目现在已经普查过半。另外一方面，我又帮助政府文化部方面在做中国民族民间文化保护工程和国家非物质文化遗产名录的认定。

在做这些工作时，我一直没有忘了开这个会——古村落出路问题的研讨会。为什么？首先，我一直认为古村落是我们中华民族最大的文化遗产。在所有文化遗产里，不管是物质的还是非物质的，古村落这个遗产是最大的。我希望大家有个共识。去年在婺源举办中国乡村文化节的时候我也讲了这个观点，有位记者便问我，能比万里长城还大吗？我说，是，比万里长城大得多。为什么这么说？首先，它悠久而博大。从河姆渡文化开始，我们有五千年到七千年的农耕社会，有56个民族，有960万平方公里土地。我们有多少村落？算算吧，我们有1599个县，19000多个镇，3万多个乡，62万个村委会。长城是一条线，古村落遍布中国。当然，不是所有的村落都是古村落。因为有很多村落的遗产都已经被我们自己搞没了。江浙一带大批的古村落，大批所谓"小桥流水"的江南古村，在近二十年里已经搞完了，搞光了。现在我们中国到底有多少古村落，我跟一些专家们探讨过。我问李玉祥，他是中国专拍古村落的摄影专家，我问他中国还有多少古村落？他说有3000~5000个。今天上午我问从贵州黔东南地区来的一位学者，我说你们黔东南有多少古村落？他说搞不清，反正公路边儿上的愈来愈少，像样的古村落都藏在深山里。我们的文化不是被我们自觉保留下来的，它是自然保存下来的。所以越是边远的、不发达的地区，古村落反而保护得越好。尤其是省和省交界的地方、行政力量比较弱的地方，古村落反而保存得好。因此我特别担心青藏铁路通了以后，西藏的古村落会急速消失。尽管如此，我们现有的古村落的数量仍是世界第一的。李玉祥的估计差不多，3000~5000个。

第二，在农耕时代每一个村落都是一个基本的社会单元，也是一个文化的容器。村落规划、建筑群落，以及桥梁和庙宇，是物质的文化遗产。同时古村落里面还有大量的非物质文化遗产，这包括各种民俗，生产生活、婚丧嫁娶、商贸节日、信仰崇拜等民俗；还有民间文学，神话、故事、谚语、歌谣，都是无形的、口头的；还有大量的民间艺术，民间戏剧、音乐、美术、舞蹈、制作工艺等，都是村落的非物质文化遗产。刚才我和西塘这里的书记接受中央电视台采访时，我举了个例子，我说昨晚我和这位书记在西塘吃饭出来，一个很窄的巷子里边有一个人卖新毛豆。他顺手抄一把毛豆，说你来尝一尝。他想叫跟我同来的人都尝一尝，伸手又抄一把。我当时就问他，你是不是仗着你是领导，就随便抓人家的这毛豆？他笑了，他说完全不是，这是我们这儿的一种文化。在西塘买东西之前你可以尝一尝。这是此地的一种人际关系，一种人情，一种文明，其实这些东西就是他们的非物质文化遗产，他们独特的民情、民风。我在奥地利萨尔斯堡住过两三个月，那个地方的风俗非常有意思，碰到下雨你可以就近从旅店里拿出一把伞打。雨停了，你随便找一个旅店把伞放在里边就行了。意大利也这样，叫人感到一种人情。我们中国人也一样。楠溪江那边的那些亭子的柱子上，现在都可以看到一些钉子。那钉子是挂草鞋的。人们打草鞋时多打一些，拴成一串儿挂在柱子上，路人鞋穿破了，可以从这里换一双。这些鞋是给陌生人的，给路人的。这种民风、民情是他们物质文化遗产里面升华出来的一种文明。文化遗产不是供人赏玩

121

的，它里边蕴蓄着一种灵魂，文明之魂，这也是我们保护文化遗产真正的目的。我们中国有56个民族，把各个民族的民间文化——舞蹈、音乐、歌谣、传说、民俗加起来，其文化遗产价值不比万里长城还大吗？第三，我们的古村落不仅有它的历史文化价值、研究价值、见证价值、学术价值、审美价值、欣赏价值等多方面的价值，最重要的一个价值是它的精神价值。因为我们传承所有的遗产，最终的目的就是传承我们民族独特的精神，就是把我们民族的身份、血型、基因传承下来。现在国际上把文化遗产分为物质的和非物质的两部分。物质文化遗产和非物质文化遗产的关系是这样的：物质文化遗产是以物质的形式存在的，而非物质文化遗产是通过人的行为方式体现的。非物质的方式大多时候是无形的。舞蹈通过人体的动态和动率表达出来；音乐通过声音表达出来，声音也是非物质的。当然，非物质与物质也不能截然分开。比如我们的民间版画、年画，是通过木版印刷表现出来的，最后的载体却是物质性的年画。但是为什么我们把年画归到非物质文化遗产里边呢？主要因为年画有制作的技艺、口诀以及使用年画的民俗。这些东西代代相传时不是靠文字著录传播给后代，而是通过口头和行为传承下去，如果传承中断，无人再制作和使用年画，年画便失去了非物质的意义，而转化为单纯的、凝固的历史遗物。所以我们将年画归为口头非物质文化遗产。剪纸、皮影、刺绣等都是这样。

非物质文化遗产的本质是活态的。它必须是活态的。我们对它的保护，就是保护它的活态。

因而，我说无论从它的规模、内涵还是价值来讲，我们的中国古村落都是一个最大的文化遗产。但是它现在碰到一个巨大的问题，就是从改革开放以来，我们的文化遗产就像城市一样，受到空前的冲击。第一，我们面对的是全球化，全球化就是一种文化的同质化，就是要把你的文化都变成它的样子。第二，它又是一种商业文化。它必须要在你原有的文化里挑选卖点。能够成为卖点的，才受到关注，但还要进行商业改造；不能够成为卖点的，便被搁置一旁，形同抛弃。在这个巨大的变化之中，我们中国的600个城市的历史遗存，我认为基本上完了。如果追究责任，我认为这是我们这一代文化人的失职。因为在当代中国城市改造的二十年里，我们的知识分子基本上是缺席的。前不久朱家角的一个建筑师的会议上，我说今天我不谴责官员和开发商了，该谴责你们这些建筑师了。就是因为你们的无能、急功近利、趋炎附势，你们把我们的城市都搞成一个样了。你们在电脑上急功近利地反复翻用那些现成的、畅销的建筑图纸，你们在相互抄袭，中国的城市能不一样吗？开发商的标准当然是越畅销的越好，然而什么样的房子畅销却是建筑师推荐给他们的。全世界没有任何一个国家，迅速地把自己千姿百态的城市变成了一个样。我们多愚蠢啊！这么多沉甸甸的、令人神往的城市，这么深厚的城市记忆，全部毁了。而现在，新农村热潮卷地而来之日，正好是开发商们在城市里找不着多余的地皮可以炒买炒卖之时，他们目光一定会转向新农村这个大得没边的市场。因为那里可以大量地生产房子，可以赚大钱。而我们新农村的"新"，还没有一个非常明确的概念。于是，新农村的"新"一定离不开一个思维，就是形象。这个形象很容易跟政绩形象在思维上合二为一，那就太可怕了。

现在非物质文化遗产没有法律保护，国家文物法只保护物质的、文物性的。我们的非物质文化遗产保护工作刚刚开始。古村落根本没有保护法。古村落到底是放在文物这一边，还是放在非物质这一边，现在谁也说不好。没有法律保护，完全凭大家做成什么样就是什么样。前不久天津的开发商们搞了一个峰会，他们创造出一个主题词，是"有多少城市可以重来"。我看后吓了一跳，便在会上抨击他们。我说，在世界上我知道有两个城市是"重来"过的。一个杜塞尔多夫——二战的时候被炸平的德国城市。还有唐山。再没有什么城市重来过。城市是一个生命，你怎么能随意宰割它、挥霍它？城市里承载着大量的历史文化，你怎么能把它卷土重来呢？这是多无知的口号啊。重来就是胡来。我们的城市保护一直是一个最大也最困难的事。面对着困难我坦率地讲，我是不乐观的，甚至是悲观的。这些年我像堂吉诃德一样四处奔跑，最终我趴下了，感觉到彻底的失败。曾经一个网站对我提的问题说，你对你的成功有什么感受？我说，我没有成功，我是个彻底的失败者。我还有什么脸面说我自己成功呢？我致力保护的城市的历史文化几乎全完了。我凭什么说自己成功呢？现在，我开始担心城市的文化悲剧在农村上演。我必须大声说的是，我们中华民族文化的多样性在农村，文化的根在农村，非物质文化遗产主要在农村，少数民族的文化全部在农村。如果少数民族全住进华西村那样的房子的话，少数民族就没有了，我们就不是个多民族的国家了，我们民族也被全球化真正地全球化了。这是个多可怕的问题啊。这关乎我们民族的精神啊。在"文革"期间，我们什么都替老百姓决定了。老百姓的吃、穿、副食品等一切都替老百姓选择了、规定了。思想也是，告诉老百姓怎么想，告诉老百姓说什么。我们没有想到人的精神情感。现在我们以为老百姓只要发财赚钱，不需要历史文化，不需要精神遗产吗？下一代也不要吗？如果后代想要，找谁要去？

我们这个时代正经历着一个特殊的时代，就是文明转型期。整个人类的历程中，总共有两次大的转型。一次是从渔猎文明向农耕文明的转型；一次是由农耕文明向工业文明的转型。由于当时农耕文明对渔猎文明没有认识，转型期间没有保护意识，所以渔猎文明的遗存今天基本上没有了。当农耕文明向工业文明转型的时候，也就是20世纪以来，人类很了不起，想出了一个词叫"非物质文化遗产"。这遗产是指人类共有的精神文化遗产，它体现着人类文明的核心价值、多样性的历史创造和自身的尊严。人们保留遗产是需要不断地重温它。我们过一文化节日，不完全是为了喜庆，我们还享受一种来自遥远的祖先一直到今天的、无可替代的、亲切的人类情感。我们在海外出差不能回去，给家打一个越洋电话的时候，那种激动跟平常打电话是不一样的。那是一种文化情感。这些东西才是我们中华民族五千年生生不息的民族凝聚力的根源，这才是我们最深的、独有的根。但是我们必须清楚，我们要保护的遗产早已经支离破碎。我国是一个正在急速变化的国家，我们不是线性地发展过来的。"文革"的时候传统文化基本上被掏空了，在批红楼、批水浒、批克己复礼之后就进入了改革开放。而迎面而来的偏偏又是商业文化，是超市、NBA、时尚、时装、汉堡包，是一种快餐性的、沙尘暴似的、一过性的、粗鄙化的消费文化。吃起来非常地痛快，消化起来也很快，商业文化是谈不到积累和建设的。面对这种情况，我们又没有任何的文化准备，来不及挑选。我们对原有的城市根本没有做过文化普查，也没有经过任何文化认定。我们只认为北京文化的代表是天安门和故宫。其实北京的文化特征不在故宫和天安门上，那只是文化的象征。北京文化的特点在四合院和胡同里。一个地域的文化是在它的民居里的，而不是在它的宫廷或者是皇家建筑的经典里面。我们所讲的民族的根、民族的魂、民族的情，都在我们的民居里，在老百姓的生活里面。但很长时间，人们并没有认识到这一点。

　　应该承认，这两年有了变化。国家的视野里也出现了非物质文化遗产的概念。一方面非物质文化遗产保护法正在加紧进行，另外国家名录现在也开始确立。今年申报名录的是1355项。我非常尊敬浙江省，我计算了一下，浙江省报的最多，这证明浙江比较重视自己的文化遗产。名录经过几轮筛选与评定，最后确定的是518项，有人认为国家第一批非物质文化遗产太少了，但这已经相当于日本国家"重要无形文化财"的总数。韩国搞了几十年，现在国家认定的"无形文化财"也只有100项出点头。我们确立国家名录是一件大事，表示我们的国家对自己的文化遗产的尊重。今年的6月10日我国还将首办"文化遗产日"。它表现出我们中国人对自己的文化开始有了一种自觉的珍惜和尊重。我们中国有无数个文化性质节日，但是这是第一个自觉的文化节日，一个为文化设立的节日。应该说，只有现代人才会尊重历史，因为尊重历史是现代文明的一个重要内涵。但是有了节日不等于就有了一切，关键怎么把这个节日过好，并把这个旨在珍爱文化的节日确立起来。

讲到这里，我似乎变得乐观起来，这使我想起去年在各地考察时的一些感受。去年的3月份到7月份，我主要是搞古村落的考察，去了7个省，秋天到了婺源，没想到婺源的文化保护搞得这么自觉。此后来到江浙，一进西塘我非常吃惊，我说我来晚了，应该早来。这么好的一个典型，做得这么优秀，而且它的方式——活着的西塘——我非常赞成。我感到现在古村落保护已经出现一些优秀的典型，一些具有现代精神的基层领导人物出现了。他们凭着自己的先知先觉和相当高的见识来做。他们的修养和知识结构越来越好。我觉得跟他们一交谈就能成为知己。不像我在前十年到处跑的时候，怎么说也说不明白，很费劲。比如刚才他们在会上谈了好多见解，有的问题我也没有想到过，非常好，对我很有启发，值得我们思考。而且目前已经出现了不同类别的村落保护的典型。第一个要说的典型就是西塘，我认为西塘是注意生态的，活态的，以人为本的，注意保持这个地方的历史生态的延续，这是非常难得的。上回到西塘来的时候，西塘的书记陪我在河边散步。路边有一扇窗户支着一根细木棍，此时天已经凉了，窗台上摆着一个花盆，屋内老太太想把花盆拿进去。她拿起花盆的时候，花上正落着一个蝴蝶，可能睡着了。老太太把花盆拿起来时轻轻地摇了一摇，似乎怕惊吓了这只蝴蝶。蝴蝶飞走了以后，她才把花盆拿进去。当时我特别感动，我觉得西塘把诗意也留下来了。西塘能保护到这个地步，我觉得出神入化了。把灵气都养育出来了。我认为西塘做的是一个活态的典型。第二个是婺源，婺源也是很优秀的。婺源是从文脉上注意它历史的延续。婺源是徽派建筑，粉墙黛瓦，非常漂亮，再加上周围的大片绿色的竹林，黄颜色的油菜花，红色的山里红，还有水塘的倒影与反光，简直就像画一样。初次来的时候特别想画画。大片的色彩，特别美。后来回去还真的画了两幅。可是从婺源来到景德镇，我发现马上变了。那些瓷砖贴外边的房子到处可见，丑陋无比。我问婺源的同志这是为什么。他们说婺源这些年来一直坚持一件事，就是他们请专家设计了几种不同的婺源传统的房型。当然卫生间扩大一些，里面增加了现代化的设施。老百姓盖房子时不能随便盖，必须从新设计的几种房型中选。这样一来，它的历史建筑和新建筑整体上是一致的，很协调。历史特征十分鲜明。还有一个是丽江市束河的经验，束河的经验基本是古罗马的一种方式。老区不动，另辟新区。新区做得很现代，老区保持原汁原味。另外有一种是晋中大院的形式，如王家大院、常家大院等。它们基本是民居博物馆的方式。这是欧美人常用的方式。比如一些地方老房子大多拆毁了，只剩下几处，单体保存很困难，就把它集中起来。在晋中，是把它们放在一些保存尚好的大院里。大院原有三分之二，现在把空缺的三分之一老房子补进去。补是搬迁，必须按照文物的搬迁办法。基本是落地重建，但所有搬迁的砖石木件全部标号，在这方面应该说，晋中大院做得不错。还有一个就是乌镇和榆次的方式，基本是做旅游景区的方式。就是非常明确地把它做成一个旅游景区。这样做的问题是，到了晚上基本没什么人了。榆次古城就更明显了，原住民都迁出了，夜间成了空城。乌镇也只保留了少数的人。这种类型基本是作为一个景点、景区的方式。当然，乌镇做得很成功，经济效益很好，也很受旅客欢迎。我刚才讲了几种，但是实际上远远不止这几种。我认为原则应该是一个村一个方法，绝对不能一刀切。要根据自己的情况，从自己的文化、自然环境、老百姓的风俗出发。千万不要用同样的方式。

比如说外墙，西塘的外墙基本是意大利的方式。它是不动手的，所有历史的记忆都在墙上。但维也纳是不断地刷新，不断地把老墙刷成新墙。在中国婺源也是刷墙的。因为婺源人喜欢他们的白墙，他们在历史上就不断地刷墙，脏了就刷，刷成耀眼的白墙是那里的特点。所以他们就要沿着传统与习惯的这个特点和线索做下去。

关于什么是古村落，首先需要强调的是，不是说所有的村落都要保护不能动，我们要保护的只是古村落。不是古村落保护什么！关于古村落的标准有四条：第一个有悠久的历史，而且这个历史都被村落记忆着。第二个就是应该有较完整的一个规划体系。比如较完整的村貌、建筑、街道以及庙宇、戏台、桥梁、水井、碑石等，应该是一个基本完整的体系。第三个，应该有比较深厚的非物质的文化遗存，包括各种民俗、民间文学、民间艺术等。当然可能这个村庄没有剪纸，那个村庄可能根本没有民间戏剧，但是它应有较丰富的非物质文化遗存。第四个，有鲜明的地域特色，有它的独特性。独特性就是不可替代性，有其不可替代的价值。如果按这些标准确定是古村落了，就一定要保护，绝对不能破坏，这是原则。谁破坏了，谁对不起前人，也对不起后人。古村落不是一成不变的。需要注入现代科技的生活含量，也需要改建甚至重建。新建和古建的关系主要是注意文脉上的联系。要注重原汁原味。我们讲原汁原味，实际就是历史的真实性。你说这古庙小一点，拆了盖成大的行吗？当然不行。因为历史的局限性就是历史的真实性，历史的局限性就是历史的美，不能破坏它原有的体量，不能随意地增扩。再一个问题大家都很关心，就是古村落开发旅游的问题。说老实话，前两年我特别反对古村落开发旅游。尤其皖南那些古村落，把旅游权卖给了开发商。但开发商并不真心保护，而且在村前村后两个村口各装一道铁栅栏门，二十块钱一张票就算开发了。最多把几幢像样的老房子里的住户请走，腾空后买点老家具放在里面，买点假字画挂在墙上，当作主要景点。再在外面街道上放几个垃圾桶，表示他们很注意旅游区里的环境。垃圾桶基本是两种，一种是熊猫的，张着嘴等着你把烂纸往它嘴里扔；还有一种是足球的，跟古村落根本说不上话。可笑的是，那些重新装修的老房子里边的对联，常常是上下联挂反了。更可笑的是，导游所讲的关于房主人的故事大多是胡编乱造的。通常在讲到房主人的生活起居时，要领你到后面看一间小屋。老房子里总是有个犄角旮旯的地方。他就说，您知道这个地方是干吗的吗？几乎所有旅游的故事都这么讲——您准不知道，告诉您吧，这是老爷金屋藏娇的地方。好像我们的古村落主要的文化就是金屋藏娇。旅游庸俗化，我们中国现阶段的旅游文化就是这样一个水平，跟西方的旅游是不一样的。我们到法国去看凡·高的故居，绝对没有这样的事情。那些遗存保留得非常真实，房子里的野草和厚厚的尘埃都保留着。你能感到凡·高当时生存的痛苦，一幅画卖几个法郎的生活是什么样的景况。但是我们把旅游都变成一种浅薄、低级和媚俗的游乐了。但这种旅游现在是我们"保护"古村落的主要方式之一。怎么办？有人认为旅游是古村落重要的出路，因为我们必须得有钱养它。我并不完全反对开发旅游，关键是怎么开发。我想我们要专门做些调研和研讨，研究古村落的保护和开发，必须解决这个问题。

那么，我们现在要做什么？首先，第一个工作就是普查，要做你们地区的普查。弄清家底，看看目前还剩下多少古村落。这一点我跟婺源的陈书记谈过，他说他们已经做过普查了。他们把1060个村全部普查完了，最后确定了有20多个可以真正作为古村落的。这很好。有一点还要讲明，古村落普查不仅仅是建筑普查，还要做非物质文化遗产的普查。大家已经知道非物质文化遗产包括什么，我就不再说了。第二个就是普查完以后要确定古村落的发展规划。规划一定要做，但规划也最容易犯错误。在城市改造中，破坏城市改造的罪魁祸首就是"规划性破坏"。因为它们仍延续过去的功能性规划，不考虑历史文化。这一来就把城市原有的文化整体解构了。城市这边改成一个商业区，那边来一个娱乐区、休闲区或住宅区。一个城市有它历史积累的过程，是一个互相交叉的、很丰富的、沉甸甸的整体。当把它解构开了之后，这个城市的文化就解体了，变成了一个机械的、单调的、功能性的城市，一个浅薄的平面的城市。所以，古村落的规划一定要避免城市"规划性破坏"的那种规划。要考虑它的历史形象、文化形态和它的独特性。要把文化保护融入农村的建设中去。我认为我们每个古村落都能有一个小博物馆，哪怕只有三五间屋子。不管这博物馆多大，它是你独有的历史文化的浓缩与归宿。这是应该列入规划首位的。再一个，要把这个古村的民俗保护、自然特产的保护、传承人的保护列入规划。规划不仅仅是它的建筑、生活设施、旅游的规划，还有文化的规划。当然还要建设新的文化生活，包括构筑现代的文化设施，开发旅游等，要统一考虑，相互协调，不要对立，更不要除旧更新。我希望新农村建设能够想好了再干，别忙着干。我也希望在普查的过程中，特别是规划的过程中，学者和专家多参加进来，不能光指着几位知名的老教授在那使劲地卖命。尤其年青一代。希望他们别再缺席中国现阶段文明转换期——特别是当我们的文明的传承受到威胁的时候，为古村落多尽一分力量。说到面临威胁，我深感十分严重。我在讲话一开始就说，我甚至还有一点悲观。当然，我又十分坚定地认为，不管多么艰难，我们有责任把我们祖辈创造下来的东西保护好，完整地交给我们的后人。我们不能让后代的人认为代代相传的文化是从我们手上失去的，让他们鄙夷我们的无能与无知。我们应让后代的人认为我们这一代是了不起的。因为我们是为他们来做这些极艰难的事情的。所以我很希望在这次会上，各地方的代表多贡献一些自己的经验，相互启发与促进。能够使我们的千年古镇，得到很好的呵护，使我们千年的古树，在未来还能开花。

讲完了，谢谢。

2006 年 4 月 27 日于浙江西塘

文化遗产日的意义

——在国务院省部级领导干部历史文化学习班的讲演

本文的目的，是想直指我国文化遗产所面临的困境，兼谈如何走出困境的一些思考。这是在我国首个文化遗产日里必须面对的话题，也是当代中国社会不能绕开的十分紧迫的话题。我先从设立遗产日的背景说起：

一、人类的遗产观是怎样形成的？

遗产是个古老的词语。它的原始概念是先辈留下的财产。在这种传统的遗产观中，遗产只是一种私有的物质财富。

进入 19 世纪中期以来，遗产的内涵悄悄发生了变化。

开始有人把祖先留下的具有重要历史文化价值的公共财物视作遗产。这是另一层意义上的遗产，就是文化遗产。它是一种公共的、精神性质的财富。需要人们共同热爱，世代传承。

这种崭新的遗产观的产生，缘于整个人类文明的转型。

人类的文明由远古到今天，一共经过两次转型。一次是由渔猎文明转为农耕文明。在中国，差不多是在七千年前的河姆渡文化时期。在那时，人类尚没有文化的概念、文化遗产的概念，因此不可能懂得遗产的保护，所以渔猎文明荡然无存。再一次就是近一个世纪——农耕文明向现代工业文明的转化。在文明转型期间，新旧事物的更迭非常无情。而且人们不是很快就能看到正在逝去的事物内在的文化价值与精神价值。遗产的消亡正是在这种"物换星移"的时候。因此说，谁提早认识到遗产的价值，谁就能将珍贵的遗产留住。迷人而沉甸甸的巴黎和罗马的文化遗产就是靠着一种前瞻性的眼光才得以保存下来的。

最先和最鲜明地表达出这种新的遗产观的是法国作家雨果。他在那篇著名的《向拆房者宣战》中，用激愤的语言斥责当时大肆破坏法国城市历史的人，昂首挺胸地捍卫着法兰西的历史文明。文中提出要为名胜古迹制定一项法律。为艺术立法，为法兰西的民族性立法，为怀念立法，为大教堂立法，为人类智慧最伟大的作品立法，为我们父辈集体的成果立法，为被毁坏后无法弥补的事物立法，为一个国家前途之外最神圣的东西立法……这段话写于1832年，法国正处于工业化发端之际。他的文化敏感度和文化责任感，令我们惊讶，也令我们钦佩和感动。这篇在人类文明进程中具有先觉性和超前性的文章，竟然把新的遗产观说得如此明明白白。

历史地看，新的遗产观最初总是被一些有识之士顽强地表达着。由于这些人不屈不挠的努力，逐渐得到广泛的认同，然后形成了遗产保护的法律法规。法国的第一部《历史性建筑法案》就是作家梅里美努力促成的。到了20世纪，英国、意大利、法国、日本、韩国等国陆续有了一些范畴不同的遗产保护法。

到了20世纪70年代，随着全球现代化的加剧，文化遗产在世界各地普遍受到惨重的摧毁。这促使新的遗产观被广泛地接受。法国历史学家皮埃尔·诺拉在《法国对遗产的认识过程》中说："在过去20年（他指20世纪后半期），遗产的概念已经扩大，发生了变化。旧的概念把遗产认定为父母传给子女的财物，新近的概念被认为是社会的整体继承物。"1972年联合国教科文组织颁布了《世界遗产公约》和《各国保护文化与自然遗产建议案》。这表明人类在遗产观方面已形成共识。共同而自觉的遗产保护就开始了。

然而，对事物认识的过程总是一步步的。1972年联合国的《世界遗产公约》主要是对物质文化遗产的保护。这时，人类对文化遗产内涵的认识还不完整，只看到了遗产物质性的一半，还没有看到另一半非物质的文化遗产。

物质文化遗产是看得见、摸得着的，是静态的，是实体。比如文物器物、经典古籍、文化遗址、重要的历史建筑等。非物质文化遗产则广泛得多，但常常是看不见也摸不着的。这中间包括民俗、民间文学、民间艺术、民间技艺等。

然而，由于非物质文化大多是老百姓创造的、共同认同的，它一直被认为是底层的文化而不被重视。但它是养育我们的一种生活文化，每个人都是在这共同的文化中成长起来的。因此它直接表达着各个民族的个性特征，还有各自的认同感、亲和力与凝聚力。比如中国人的民族性情，不表现在颐和园和故宫上，而是深邃而鲜明地体现在春节的民俗之中。因此，非物质文化遗产最能体现各个民族的本质，也最能体现人类文化的多样性。

最早关注非物质文化遗产的是日本、韩国等国家。日本人在1950年确立的《文化财保护法》中首次提出"无形文化财"的概念，并以法律形式规定了它的范畴。韩国人也较早有了这种观念。他们早在1962年就颁布了《文化财保护法》，并于1967年把江陵端午祭列为韩国的"重要无形文化财"。由于他们不懈的努力，这种前卫的遗产观渐渐得到世界各国的认知和认可。终于在1997年联合国教科文组织制定了《人类口头和非物质文化遗产代表作评选法》。进而在六年后（2003年）通过了《保护非物质文化遗产国际公约》。至此，人类将另一半文化遗产拥入了自己的怀抱。

对于非物质文化遗产国际上有好几种叫法。如口头非物质文化遗产、无形文化遗产等。我们过去习惯称作民间文化。现在为了与国际上的称谓相协调，便称作非物质文化遗产。将遗产内容由物质的、有形的、静态的，伸延到非物质的、无形的、精神的、生态的，显示了当今人类对自己的文明创造的认识进了一大步。只有进入了现代社会，才会把前一阶段文明视作遗产。因此说，当人类相约对非物质文化遗产倍加珍视与保护时，一个现代的完整的遗产观便形成了。

现代遗产观也是一种现代文明观。文明的对立面是野蛮。那么，与现代文明相对的便是对遗产野蛮的破坏了。

如上所述，人类文化遗产观的最终形成并不遥远，就在最近这三十年。在这样的时间背景下，中国的文化遗产处于什么状况呢？

二、中国文化遗产的特殊困境

从1972年到2003年这三十年，中国社会经历着历史上最剧烈的变化，我们的一切，包括遗产都在这剧烈的变化中不断地产生前所未有的问题，也都是一些巨大而全新的难题和挑战。

对于文化遗产来说，"文革"是历史上最大的一次破坏，因为它直接以文化遗产作为"革命对象"。因此说，"文革"对中华文化的损害，不只是对有形文物大规模的毁灭，更是在人们心里注入了对自己文化的蔑视与对立。由此带来的对中华文明传承的损害，今天已经看得非常清楚了。在"文革"后期，从批红楼、批水浒，到批克己复礼，实际上国人心中的中华文化已是空架子。

我们的改革开放不是社会线性发展的新阶段。我们是一下子闯进改革、闯入世界的；外来文化也是一股脑儿地闯进我们的生活。

在这里需要说明的是，我们对外来文化的认识一直有个误区。似乎有一种观点认为当代中华文化的困境是外来文化的冲击所致，甚至认为这些麻烦是对外开放带来的。这是一种误解。如果外来文化是负面的，那么近言五四时期，远说盛唐时期，外来文化全都是十分迅猛，为什么没有给中华文化带来麻烦？相反中国这条巨龙着着实实地饱餐了一顿外来的精神营养品，更加壮大了自己。从弗洛伊德和马克思到贝多芬、巴尔扎克、达·芬奇、牛顿，不都是五四那个时期舶来的吗？那时，知识分子站在中国文化的前沿从容地对外来文化进行选择，从中挑选经典。

但这一次不行了。你学贯中西也没用。由于这次从外部世界一拥而入的是麦当劳、好莱坞大片、畅销书、排行榜上的金曲、劲歌劲舞、超市、国际名牌、时尚，以及明星大腕满天飞，这些商品性的、快餐式的、粗鄙又新奇的流行文化一下子填满国人的精神空间。应该说，当前文化矛盾的本质，不是中外文化的冲突，而是我们原有的文化和商业流行文化的冲突与矛盾。所以，在"两会"上我曾经做过一个发言，题目是《警惕中国文化的粗鄙化》。所谈的是如何认识商业文化的本质及负面效应，如何应对。

进一步说，在从计划经济突然转型为商品经济时，我们没有自己现成的商品文化，所以一定会照搬国外。然而由于语言关系，英语世界的流行文化不会一下子登陆中国大陆，那就要通过周边的、汉字圈的、已有成熟商品文化的地区（港台）与国家（韩日）"转口"而来。20世纪80年代曾经一度冒出过自己本土的流行文化的苗头，如"西北风"。但这只是一种自发而非自觉的文化现象，完全跟不上飞速发展的商品社会对商品文化的需求，那就只好四处伸手。于是，武侠是香港的，歌曲是台湾的，言情是韩国的，漫画是日本的。其结果是"外边的世界很精彩"，这更加深了人们对自己文化传统的漠视与缺乏信心。同时商品经济的根本手段是刺激消费，刺激物欲。在物欲的社会中，必然轻视精神。尤其文化遗产是公共的、精神性的事物，则必受到冷落。

新的一轮直接对文化遗产构成破坏的是高速的现代化和城市化。这些情况，大家都已经很清楚。现在可以说，中国的600多座城市基本一样。残余的历史街区已经支离破碎，有的城市甚至连一点历史踪迹都没有留下。我们可以将这城市文化的现代悲剧解释为对城市的改造缺乏文化准备，可以解释为老百姓迫切需要解决实际的生活问题，可以解释为在不可抗拒的政绩压力下不得已而为之。但是究竟在这个世界城市史上绝无仅有的全国性的"造城运动"中，将我们的大大小小的城市全部卷土重来一次，抹去历史记忆，彼此克隆，最终像蚂蚁一样彼此相像。同时，城市堆满了东施效颦般伪造的罗马花园、意大利广场、美国小镇、英国郡，大概我们还乐陶陶地以为自己真正实现了"改天换地"，实现了"与世界接轨"吧。为什么不去反问自己一句：我们为什么会这样糟蹋自己的家园，自己的遗产与文明？

我们的后代将找不到城市的根脉，找不到自我的历史与文化的凭借。当他们知道这是我们的所作所为——是我们亲手把一个个沉甸甸的、深厚的城市生命，变成亮闪闪的失忆者，一定会斥骂我们这一代人的无知与愚蠢。

三、问题·压力·办法

2004年年底，在对文化遗产考察进行总结时，我们认定非物质文化遗产比物质文化遗产濒危。一方面由于物质遗产是有形的和固定的，相对稳定，而非物质文化遗产是无形和动态的，容易被忽略，受到损害也不会立即看到。比如节日文化，直到人们几乎把传统的节日忘却了，才感到了危机。另一方面由于非物质文化遗产是以口传身授的方式传承的，没有文字记录，易于丧失，失去了便无迹可寻。比如说原先极其丰富的民间文学，史诗、传说、故事、民谣，还有几人在说？有几人会说？现在在旅游区内，导游们讲的民间故事，多半是为了提高游人兴趣而现编现造的伪民间文学吧。

目前，非物质文化遗产中最濒危的是三方面：少数民族的文化遗产；文化传承人；古村落。

(一)少数民族的文化遗产问题

我国有55个少数民族，他们遍布全国，经济多样，生存环境各异，社会历史发展阶段不一，其文化底蕴深厚、特征独具，相互迥异，炫目迷人。少数民族为灿烂多姿的中华文明的形成和发展做出不可磨灭的贡献。他们的文化是中华文明的重要组成部分，是人类文化宝库中的珍贵遗产，也是各个民族安身立命之本及民族身份与独自精神之所在。

由于历史原因，少数民族地处偏远，经济和社会长期滞后，人民生活相对贫困。改革开放以来，始入崭新的发展时期。特别是随着国家扶贫力度的加大，西部大开发的推进，少数民族地区的经济、生活和社会正在发生空前的、急速的变化。这是人民盼望的，也是历史发展和社会进步之必然。但也要看到，在这巨大的变革中，少数民族的传统与文化正面临着濒危与消亡，值得我们特别关注和着意应对。

当前，在强大的经济一体化浪潮中，面对着来势迅猛的西方化、单一化、汉族化、消费化，处于弱势的少数民族文化无力应对，只有随着潮流改变自己。一些富起来的地区，少数民族传统民居已经被"小洋楼"取代，民族服装服饰及其工艺日渐式微。由于没有相关的保护法规，古董贩子乃至外国人在少数民族地区肆意廉价地搜寻宝贵的文化遗存。愈来愈多的年青人外出打工，远离自己的传统。比如少数民族聚居的贵州黔东南地区，大约三十万年轻人到江浙一带打工。他们的文化兴趣逐渐被流行文化"化"了。不少地方听唱史诗与民歌的，已经不是本民族的年轻人而是一批批的旅游者。学校教育很少有民族文化的内容，青年人对自己的文化传统缺乏必要的知识，缺少必要的感情。杰出的民间文化的传人大多人老力衰或相继去世，很多经典文化无人传承。如今，民族语言在不少村寨已不复使用。一些民族语言（如赫哲语、满语、塔塔尔语、畲语、达让语、阿侬语、仙岛语、苏龙语、普标语等），会使用的都不超千人。随着最后一个鄂伦春人的迁徙和定居农区，他们的狩猎文化至此终结。这些形成于成百上千年的民族文化板块正在松动和瓦解。

在今天这样一个高速发展的时代，如何抢救和保护少数民族文化是一个历史性的大课题，也是全世界都没有找到最佳方案的大挑战。就是美国对印第安人的保护、日本对阿依努族的保护也大有值得商讨的地方，也有许多难题。但是少数民族文化抢救和保护不是单纯的学术问题，不是几个"高峰论坛"就解决得了的。少数民族文化正在瓦解，情况紧急，消亡在即。我可以举出大量耳闻目见、亲身经历的例子来说明，无数极其珍贵的民间文化已经永远地失去了。如果再不加紧抢救、存录、保护，就是对历史的犯罪。一些民族就会渐渐地名存实亡。

对此我的建议是：

1. 加快对我国非物质文化遗产保护的立法。立法保护的重点应是少数民族文化。国家应加大民族地区濒危文化抢救与保护的财政投入。

2. 在民族文化保护上不能项目化，而应该体系化。项目保护是枝节保护；体系保护是整体保护。应建立国家权威的中国少数民族文化数据库。以图片、文字、录音、录像等多种技术手段，综合地存录民族的文化生态资料。各民族自治区域应制定文化抢救方案和保护体系。选择一些少数民族自治区域做经济、文化、社会协调发展的试点，取得经验，进而推广，逐步形成严格、严密与科学的中国少数民族文化保护体系和民族发展的科学模式。

3. 对一个小民族的迁徙，一种重要民族文化形式的消失，乃至杰出民间文化传承人的故去，都要给予极大的关注，应做到事前有紧急抢救，即时开展抢救性记录、调查和整理。要以博物馆方式予以整体保存。

4. 设立少数民族文化抢救基金。资助重要和重点地区的少数民族文化的抢救。募集资金要与唤起社会各界对少数民族文化的关爱紧紧联系在一起。

5. 在全国各地学校教育中开设有关我国各少数民族的文化成就与重要特征的课程，增进民族间的学习与了解；在民族区域自治地区和少数民族较集中地区开展本民族或多民族文化知识的课程，培养民族情感，强化民族审美，提高少数民族传承自己文化的自觉。

6. 少数民族文化的抢救和保护主要是政府的事。政府应当倾听专家的意见。政府应出面组织高层次、多部门、多学科的关于少数民族地区文化和经济协调发展的研讨；研究与探索现代化进程中文化保护与经济发展、传统文化与现代文化和谐发展之路；研究民族民间的建筑、服饰、生活用具的设计与民间工艺的发展关系，以使民族文脉循序发展。

当前，我国少数民族文化受到冲击的趋势正在日益加大，濒危是全方位的，抢救和保护已是刻不容缓。但如何保护少数民族文化，尚没有通盘的考虑。一些所谓保护尚好的地区基本上都是被开发的"旅游点"。在现阶段，旅游是获得保护资金的重要来源。但需要强调的是，少数民族文化是他们的民族之本，而非只供观光的"特色文化"，不能最终全都转化为一种旅游资源。他们的文化是其民族的根本，失去文化便意味着民族的消失。

(二)民间文化传承人

由于非物质文化是靠口头传承的，一半的中华文化延续的生命线便是代代相传的传承人。如果传承人没有了，活态的文化便立即中断。剩下的只能是一种纯物质的"历史见证"了。比如年画，虽然它本身是物质性的，但年画的技艺与使用时的风俗是由一代代人口口相传的，非物质的，如果艺术没了，技艺消亡，不再制作也不再使用，剩下的只有物质性的年画，它活态的生命便不复存在。

所以说，非物质文化遗产的保护主要是活态保护，物质文化遗产是静态保护。活态保护的关键是传承人。

在农耕社会里，我们缤纷而博大的民间文化，都是靠着口传心授、婆领媳做的方式，千丝万缕地传承下来。这些传人是灿烂的中华文化的一个个具体的拥有者、体现者、活宝库。在当前的文明转型期，随着人们家庭、居住、工作和生活兴趣的改变，这些传承的线索大量中断。这也是我们常常感到中华文化日渐稀薄的原因。比如，当电视机进入一个农民的家庭，人们便不再讲民间传说，而讲电视故事。在所有民间文化中，民间文学消失得最快，也最彻底，而且是无声的，一切都发生在不知不觉之间。

但传承人保护的困难是，首先我们对传承人的状况没有底数。这些民间传人——老艺人、手工匠、画师、乐师、舞者、歌手、故事家、民俗传人等，分布全国，深藏山野，名不见经传，没有任何记载。当他们人走他乡，或者辞世而去，便带走一份珍贵的、传承久矣的文化遗产。现在我们已经开展中国民间文化杰出传承人的普查与认定，由于传承人

139

消失速度太快，急需做的事情包括：

1. 建立国家的文化传承人名录。如同日本的"人间国宝"。进入名录者要经过专家严格的评议与审批。对列入名录者要建立档案。以文字、图片和音像方式存录其全部资料。

2. 传承人名录可采用我国文物法中"多级保护"的制度，除了国家一级的杰出传承人，还要确定省级、市级、县级的传承人，以全面和整体地保护非物质文化的生态。

3. 对传承人要制定具体的保护措施。国家和地方政府给予经济资助。重要的是保证后继有人，不让任何一项重要的遗产失去传承。

（三）古村落

在数千年农耕时代，农村是最基本的社会单元。由于历史悠久、民族众多，自然条件和文化板块不同，形成了形态缤纷、风情各异的村落文化。所谓五里不同风，十里不同俗。广大农村至今保持着极其丰富的历史记忆和根脉，以及丰富的文化遗存。农村的文化既包括村落的规划、各类建筑、历史遗址，这属于物质文化遗产，也包括各类民俗、民族语言、生活民居、民间文学、美术、音乐、舞蹈、戏剧、曲艺、杂技、武术、医药和各种传统技艺等，这些属于非物质文化遗产。可以说，古村落是物质和非物质文化遗产的综合体。我们的非物质文化遗产基本上在农村，文化的多样性也在农村，民族之根深深地扎在农村里。由于各民族各地域的文化都是那一方水土独特的精神创造和审美创造，它又是人们乡土情感、亲和力和自豪感的凭借，以及永不过时的文化资源和文化资本。

鉴于20世纪八九十年代，我国城市在大规模现代化改造中，片面追求经济指标，对城市历史文化造成的破坏已不可挽回；这一次，在新农村建设起步之时，应以全面的科学的协调的发展观，将文化遗产的保护，率先列入新农村建设的总体规划之中。千万不要再出现城市改造的文化悲剧，把"新农村"变为"洋农村"，或者干脆都变成"新村"。

我国现在有大约1600多个县，19000多个镇和3万多个乡，60万个行政村。文化遗存的状况和特色保持的程度不一。不是所有村庄都是古村落。

古村落应具备如下条件（即古村落的标准）：

1. 有鲜明的地域个性；
2. 建筑格局保存得较为整体和系统；
3. 有较丰厚的物质和非物质的文化遗产。

应该说，古村落的保护是困难的。因为它不是文物，不是颐和园和故宫，而是依然活着的古老社区，如今它正在发生"质"的变化。愈来愈多的村落因农民外出打工而出现空巢现象。有的古村落经年历久，多已破败，重修无力；有的在无序的翻建过程中新老驳杂，不伦不类；有的在匆匆忙忙开发旅游；在现阶段的旅游开发中，只有能够成为旅游卖点的局部"景点"，才得到一些维护。而江浙一带经济发达地区，不少古村落早已从地图上抹去。这样一种状况的古村落，在即刻推动的新农村建设中，会出现怎样的局面？特别是对于一些尚未确立现代文化遗产观和科学发展观的古村落决策者来说，会不会重演城市改造中的文化悲剧？一些建设部门不是已经急不可待地为农民设计什么"北方型"和"南方型"的住房了？

古村落保护的另一个难点是怎样使生活在其中的百姓，逐渐享受到现代生活的舒适与方便。在欧洲，这些事是老百姓自己的事，而一般百姓都有文化保护意识，政府没有太大压力；而在我国，农村的建设是政府的事。如果一方面要改善百姓的居住设施，一方面再要保护老房子，这就使得事情内在的冲突与难度全集中到决策者的身上。政府又不能回避，压力自然就大了。

那么古村落应该怎样保护呢？

这几年我在各处考察中看到一些地方在古村落保护方面做了一些努力与尝试。大致可分为下边几种方式：

1. 分区式。如丽江的束河，采取分区方式。如同罗马古城在老区之

141

外另辟新区；巴黎在维护老城区不动的同时，另建一个全新形态的"拉德方斯"地区。老区原汁原味，新区为新建的现代化社区。

2. 民居博物馆式。如晋中的王家大院、常家庄园。将有重要价值的古民居集中起来保护。

3. 生态式。如西塘和同里。把现代的声光电的管网埋在地下，村落格局与民众生活保持原生态。西塘的口号是"活着的千年古镇"。

4. 景观式。如婺源。注重景观的历史个性。邀请建筑师设计几种房型，外观是此地传统的粉墙黛瓦的徽派风格，内部的卫生间和厨房符合现代生活的功能需求。村民盖新房必须从这些房型中选择，不能随意乱盖，以保持历史文脉。

5. 景点式。如乌镇。基本上是按照旅游需要来维修和改造的。

上述这些方式各有特点，都有可取之处，也都有成功的地方。鉴于我国村落缤纷多样，原则应是一个村庄一个办法，不能一刀切，按照一种方式必然削足适履。然而上述的各种方式给古村落保护提供了一些很好的思路，值得借鉴。

应该说明的是，现阶段这些古村落的保护，多数与旅游相关，故此比较注重外观、景点、路线，比较偏重于物质遗产。前几天在韩国，我对一位联合国非物质文化遗产委员会的委员说："将文化遗产简单地划分为物质和非物质有不合理的一面，会带来新问题。比如古村落，都是非物质和物质文化遗产的总和，相互依存，不能切割开来。但是，现在中国的西递和宏村是按照物质文化遗产申遗的。如果只保护物质这部分，里边的非物质的成分渐渐没了，西递和宏村就会失去生命与灵魂，冷冰冰地变成了木乃伊。"她表示同意我的看法，并说联合国教科文组织正在研究这类问题。

对于古村落保护我的意见是：

1. 对农村文化的现状进行全面调查，以了解和把握全局。将具有文化特色和遗存的村落，进行分类，针对性地制定切实的保护方案，列入新农村建设的各级规划，使文化遗产保护和发展农村经济同步和协调地进行，避免片面的开发带来人为的冲突和损失。

2. 国家应设置中国古村落名录，确定保护目标和办法。古村落保护是一种综合性和整体性的保护。不宜单方面放入物质（文物）或非物质文化遗产中。其性质应是物质与非物质的"双遗产"。

3. 少数民族古村落的文化保护是重中之重。在开发的过程中，会使少数民族文化大量瓦解和失散，故而一方面要尊重少数民族的文化选择，一方面在重要的少数民族集居地，要像欧洲人那样建立乡村博物馆，以保存历史记忆，继承和传承民族文化。

4. 无论是农村的文化保护，还是旅游开发，都不能离开科学指导。应邀请人文领域的专家学者参与到各地农村建设中来，以准确地、科学地把握保护与开发、继承和发展的关系，使新农村能真正成为新时代中国品格和主体的社会主义新农村。

由于历史形成的惯性，每次大规模的社会变革，都容易一哄而起。当人们对什么是新农村的"新"还没有具体标准时，很容易把"破旧"视为"立新"，把当今的城市形态当作现代形态，把"洋"的当作"新"的。我们的600多个城市已经基本失去个性，如果广大农村也变得千篇一律，同时内在的、个性化的精神文化传统涣散一空，我们的损失将永难补偿。新农村先进文化的建设也就无所凭借了。数千年的历史文化将从我们的脚下失去，厚重与丰富的文化大地便会变得瘠薄和单一。

文化与经济从来就是一个整体，不可分割。况且在现代社会中，文化——包括文化遗产，也是重要的生产力、资源与资本。我们要以科学的、全面的发展观来规划拥有几千年历史文化积淀的农村文明的未来。

通过上述令人忧虑的背景来看，就会十分清楚，文化遗产日的确立具有非同寻常的必要性和极强的现实意义。

应该说近几年，社会上文化遗产保护的观念正在觉醒。其原因：一方面是疾速的现代化和遗产大量消亡而造成的文化失落感，从而引起了民族情感与精神的回归；一方面是协调和整体的科学发展观的提出。由此，文化遗产的保护，以及环境保护和对弱势群体的关怀自然地渐渐成为政界与社会各界的关注点。

还有一个原因是来自文化界和知识界的努力。

中国民协自2003年实施的中国民间文化遗产抢救工程，正在全国各地全面展开。大大小小数百个民间文化普查项目齐头并进。各类专家组成的田野普查小组，深入山野之间，这一有史以来最大规模的、全方位的、地毯式的普查工作，目的是要对九州大地文化家底进行彻底的盘点与整理，以利系统而有序地对民间文化加以保护。紧跟着，是政府文化部门主导的文化遗产的保护工作。一方面是各级文物部门对全国博物馆物质性藏品的普查与登记，一方面是确立国家非物质文化遗产名录。这些工作在我国都是首次。经过严格程序申报和专家科学鉴定而批准的国家非物质文化遗产名录，是推动历史文明进入现代文明的重大举动。

特别要强调的是，知识界和文化界所进行的文化普查，并不只是一种学术行动，一种出自对学术对象濒危处境的关切，而是缘自全球化时代，对民族身份、精神传统、核心价值和自身文化命运的深层的思考。这是一种时代性的、自觉的文化行动，是直接实践思想的行动。不少文化界的知识分子离开书斋，奔往田野，为文化的存亡而奉献。在商品化的沙尘暴弥漫着中国人的精神天地之时，这些知识分子显现出一种难得的灵魂的纯净，一种舍我其谁的高贵的责任感。然而，对文化遗产的珍视与保护不能只是少数专家学者和政府的事，主要是民众的事。民众是文化的创造者，是文化的主人。如果民众不珍视、不爱惜、不保护、不传承自己的文化，文化最终还是要中断与消亡。特别是和世界一些遗产保护相当成熟的国家相比，我们的遗产保护只是刚刚起步。我们尚无非物质文化遗产保护法，公众的文化遗产意识还比较淡薄；文化遗产全面濒危。我们的文化遗产日正是在这样的思考层面上设立的。

最早设立文化遗产日的是法国（1984年），后来遍及欧洲（1985年后）。

在面对全球化带来的文化同质化的浪潮中，文化遗产日大大提高了欧洲各国人民对各自文化的自豪感与自觉性。法国每年有1000多万人（占人口的1/6）主动参加这一盛大的文化活动。在这一天，欧洲各地大到城市，小到乡镇，人民以各种方式，设法把这一天过得五彩缤纷，有声有色。这种活动既有政府出面组织的，也有各界自发举办的，丰富多彩，效果极好，从而大大丰富了人们的文化情怀，提高了人们对各自文化的光荣感。

在文化遗产日方面，我们不是旁观者，也没有完全缺席。近年来，一些省（河南省）、城市（苏州市）以及大学生们（中央美术学院倡办，几十所大学加入的"青年遗产日"）自发地举办了文化遗产日活动。今天由国家确定"文化遗产日"则更为重要，它显示了当代中国对自己文明的认识高度，表现了一个民族文明的自觉。只有进入现代社会，才会把历史文明视为不可替代的珍贵的精神遗产。所以说，珍视和保护遗产的本身是现代文明中一个象征性的内容。

今年6月10日是我国首个文化遗产日。遗产日不是纪念日，它是一种人为的主题日。要想使它落地生根，需要注意：

1. 要强调它的精神意义。不要变成千篇一律、表面热热闹闹的展示当地政府政绩的文化节。要设法使公众成为这一天的主人，成为主动的参与者而不是被动的参加者。要使国家文化遗产日成为全民的文化遗产日，使国家举措转化为每一个公民自觉的文化行为。

2. 遗产日是一个纯文化的主题日。所有活动都应是公益活动。一切文化遗产的场所都应免费开放。商家不能从中牟利，使遗产日变味儿，变成用来赚钱谋利的"黄金日"。

3. 社会各界都应为文化遗产日出力做贡献。首先是文物和文化机构的工作要在遗产日中充分发挥作用，积极进行遗产内涵与保护意识的普及工作。教育界也要利用好这一天，培养下一代人的中华文化的情怀是文化遗产日不能忽略的。对传承人的关怀，为少数民族文化的保护做实事，都应该是文化遗产日的重要内容。

4.遗产日可学习欧洲方式。每年确定一个主题。主题要针对性强，立意新鲜，有吸引力和启发性。比如2000年法国遗产日的主题是"20世纪的遗产"。在人们告别20世纪的时候，即刻引导人们以遗产的视角回顾刚刚成为往事的一百年，将正在挥手告别的生活转为历史财富，并加以珍惜。这一主题，有助于人们树立现代的遗产观，又紧贴时代、紧贴生活、紧贴情感。

文化遗产日体现着当今一代中国人文明的自觉，也是一种自觉的文明。在这一天，我们做得好，一定会赢得世界的关注。

世界需要一个经济高度繁荣的中国，更需要一个社会全面进步与协调发展、比古文明更加文明的现代中国。一个尊重自己历史文明的国家必然赢得世界的敬重。

前不久，我在国外一次文化遗产论坛上说，我们保护文化遗产不仅为我们自己，也是为人类保护文化的多样性。

我们的文化虽然不是人类共有的，却是人类共享的。我们保护自己文明的同时，也在为人类保护一份巨大的、珍贵的、不可替代的财富。

2006年6月4日于北京国家图书馆

保护传承人就是保护非物质文化遗产

——在中国民间文化遗产抢救工程经验交流会暨河南省首批民间文化杰出传承人命名表彰大会开幕式上的讲话

我首先代表中国民协向今天获得河南省首批命名的76位民间文化杰出传承人表示衷心的祝贺。在这地方开会，心里涌起一种感情，一种亲切的、温馨的感情。使我想起2002年冬天河南省文化界在开封市举办首届朱仙镇木版年画国际学术研讨会。借着那个会，我们启动了中国木版年画的抢救。实际上中国民间文化遗产抢救工程是于2003年3月在人民大会堂启动的，但先于这个国家级的抢救工程之前我们就有点迫不及待地抢先地开启了木版年画的抢救。记得那一天朱仙镇的广场上风很大，很冷，但居然有7万民众参加，我在主席台上坐着，风吹得嘴唇直发木，可是看到很多群众站在墙头上，站在房顶上，非常让人感动。

河南是中国著名的文化大省，是中华文明的腹地，河南人民跟艺术、跟文化本来就是融为一体的。河南人民深爱着自己的文化。几年过去了，今天，《木版年画集成·朱仙镇卷》——厚厚的、沉甸甸的一卷出版了，这是一部高水平的图书。它不仅是一般的画集，它是从文化学、民俗学、人类学、遗产学、美术学等不同学科角度对朱仙镇这块产生木版年画的神奇土地进行终结式的普查成果，或者说这是一种终结式的文化总结。

前边说过，2002年朱仙镇木版年画国际学术研讨会开完以后，2003年我们就开始启动了中国民间文化遗产抢救工程，这几年以来，河南一直走在前面。我们给河南的奖最多。河南上上下下有一种很强烈的对文化的热爱，保护上很自觉，组织上非常得力，政府给予很多支持。政府的支持我认为是最重要的。前些日子，我在一个地方讲城市保护的时候，

我讲过一句话，如果破坏，力度最大的是政府；如果保护，力度最大的也是政府。所以说政府的保护是第一位的，政府的自觉是第一位的。我觉得河南有很好的领导，有清醒的文化自觉。

人类文明经过这样一个历程。它第一个阶段是自发的文明，然后由自发的文明进入自觉的文明阶段，但最重要的阶段是文明的自觉。从自觉的文明到文明的自觉，保护的意识就产生了。珍惜文明，爱护文明，自觉地、理性地爱护文明。从此，人类就进入一个更高的文明阶段。令我尊敬的一点是，河南能够自觉地进入这一阶段，不是像有些地区至今还在野蛮地破坏着。

当然，我们也不能太埋怨目前的社会，不能太简单地埋怨这个埋怨那个，因为中国的社会太特殊，我们的社会不是线性的、循序渐进的、一点点发展起来的。我们是从"文革"进入改革的。在"文革"的时候我们几乎把自己的文化当作自己的敌人。我们恰恰又是在这样的背景下进入了改革开放，而由外部涌入的、舶来的文化又是商业的、流行的文化，我们怎样衔接好这个历史脉络？一时来不及。外来的流行文化席卷了我们的社会，湮没了公众和年青一代的心灵，这是事实。我们也不可能直接接受欧美的流行文化，而是经过港台转口贸易式的，经过华语化、汉化的一种商业文化。所以我们时下的流行文化是有港台腔的。

同时，还要讲明，全世界对文化遗产概念的形成也不是很遥远的，非物质文化遗产保护法是联合国于2000年前后才正式确定，2003年颁布了《保卫无形文化遗产公约》。中国民协在同一年就开始了全国的非物质文化遗产的普查。在这之前我们很多同志做了大量工作，周巍峙主席就领导过规模浩大的十套集成的调查与整理。说实话，中国知识分子的觉醒并不慢，我们有足够的文化敏感，因为我们是个文化大国，我们在文化上有足够的视野和眼光。所以全世界形成非物质文化遗产概念的同时，我们中国的文化界就动起来了。人类对遗产的认识是有一个过程的。早先遗产只是一种个人的、与继承权相关的概念，是物质的概念，而文化遗产是精神的概念，是一种公共的遗产，是一个民族、一个国家、一个地域共有的精神的财富。为什么在2000年前后全世界才认同了保护非物质文化遗产呢？因为在全球化加剧的背景下，农耕文明加速瓦解，全人类开始有这种意识、这种自觉，我觉得这一点中国人没有输给外国人，我们也有这种自觉。我们率先做的木版年画普查抢救工作是在2002年，在中国学界还没能正面接触到非物质文化遗产这个理论时，我们就已经启动了，因此我要为我们的文化自觉而骄傲。

通过这几年的努力，非物质文化遗产抢救保护得到一个很大的进步。中央财政给予了很大支持，各级政府也给予了很大支持。从以下几点可以说明当今我们文化遗产保护的基本情况：

第一是体系基本形成。共形成了两个大体系。一个是中国民族民间文化保护工程，由国家文化部领导的国家工程，是以保护为主的，国家通过行政体系实施的，是专家不能代替的，有财政部强大的支持，由国家的行政体系由上而下进行层层布置。这是一种方式，政府的方式。国家保护、政府保护是第一位的。第二个体系是由中宣部批准的，由中国文联、中国民协做的中国民间文化遗产抢救工程，以专家学者、民间团体为主，联络各种社会力量，争取政府支持，由下而上的，以普查工作为主要手段的一种方式。这两个方式互相不能代替。正是有这两种重要的方式，才形成了"政府主导、民间参与、相互协作、形成合力"的体系。在这个体系核心之外，还有大学、研究所、社科院等各种各样的非物质文化遗产研究中心、保护中心，并在短短几年基本形成规模，很了不起，对此大家比较满意。

第二是建立了非物质文化遗产国家名录。今年6月国务院公布的第一批国家名录确定为518项非物质文化遗产，对世界影响非常大。有了名录，对民间文化遗产的家底便清楚了，以后每两年评一次，公布一次。名录的建立对国家来讲是一项最基本的文化建设工作。

第三是非物质文化遗产保护法正在制定中。我国在物质文化遗产方面已有一个文物保护法。现在对于非物质文化遗产正在制定非物质文化遗产保护法，已进入最后讨论阶段，估计不会太长时间就会通过非物质文化遗产保护法。有法就好办得多，没法就没办法。

第四是确定每年6月第二个公休日为全民文化遗产日。文化遗产日最先是从法国兴起的，现在基本整个欧洲都过这个节日。在欧洲，这一天国有企业、单位、学校都要对祖先留下的无论是物质还是非物质文化表示景仰与热爱。这十分有利于加强全民的文化保护意识。目前日本和韩国还没有，我们有了。

第五是通过各界努力，全社会对非物质文化遗产的认识已从边缘之外慢慢移到视野之中，愈来愈重视。

第六是对传承人的重视。河南的领导、文化界的同志和我们的共识是：传承人是非物质文化遗产之本。物质文化遗产和非物质文化遗产从形态上有个很重要的区别，非物质文化遗产是活态的、生态的，物质文化遗产是静态的、物质性的。民间的吹拉弹唱、手上的技艺都是活态的，必须有传人；如果没了传人，文化就消失了。人是文化的主人。对于物质文化遗产来讲，物质是载体，所有文化信息都保留在静态的物质上。

非物质文化遗产则生动地、情感性地表现在文化传承人的身上，这些传承人是大地上的文化精华，是黄土地上的艺术大师，是传承我们龙的精神的代表，我们特别尊敬他们，我们看到了传承人就看到了非物质文化遗产的本质，就看到非物质文化遗产的本身，我们保护非物质文化遗产主要就是保护传承人。但是现在农村社会变化大，很多传承线索中断，传承人改行，身份就变了，不再做了，离乡背井打工了，导致传承人不断减少，这也是民间文化遗产日渐稀薄的最重要原因，所以传承人变得越来越珍贵。河南领导和文化界跟我们有共识，看到了传承人的重要性，因此今天命名了76名民间文化杰出传承人。这是一件十分重要的、根本性的文化保护的工作。

河南的普查工作做得也很有成绩。最近在滑县发现一个木版年画产地，整体上跟朱仙镇木版年画完全不一样，两个产地距离这么近，风格完全不同。我想去看看，如果这个年画能被确认为是一个独立的产地的话，这将是中国年画史上的一个奇迹。自从20世纪50年代那次年画调查以来，从来没有发现过新的木版年画产地，其间还经过"文革"，现在居然又冒出一个古老的木版年画产地，艺术风格和内容是独立的，这是多神奇的事，这也是由于我们河南普查工作做得非常到位。如果真是这样的话，我们将把它作为会议成果之一向外发布。今天下午我将带一个小组下去考察。

这两天我们开会，要作各方面的交流，但是我还是要提醒大家，我们的文化遗产处境依然濒危。一是文化种类太多，极其博杂丰繁，很多地区对文化遗产没有底数，对传承人情况也是这样，尤其少数民族地区更是这样。二是农耕生活瓦解得太快。农耕生活转为工业文明，原有文化消失是一种正常死亡，但不能因为正常死亡，就扔掉原有文化所包含的我们民族独特的精神的、文化的DNA，其中重要的精神财富，以及传统、审美、文脉都不能割断。三是民间文化的执有者不知道自己创造的文化的重要与珍贵，因为民间文化是一种生活文化，与生活融在一起的，但现实生活正在不断地、飞速地变化着。现在是一个商业文明的社会，商业需要不断推陈出新，不断有新产品，不断有新时尚。生活变得太快，审美变化太大，就会对原有民间文化造成非常强烈的冲击。原来我讲过一句话，每一分钟我们都有大批文化消失和灭亡，我现在仍然这么看，甚至它们在加速地消亡。因此我们的工作，除普查、抢救工作外，更要做对大众的普及，让民众对文化有一种热爱和保护上的自觉。我们知识界的同志、政府官员们对文化的保护是重要的，更重要的还是老百姓的保护，因为他们是文化真正的主人，如果他们不知道这是重要的遗产是不行的。只有全民的觉悟才能保护好这种文化，才能传承好这种文化，所以我们要唤起民众的自觉，这是我们今后工作的重点。只有人民热爱自己的文化，文化的保护与传承才有希望。应该讲，全民的保护才是真正的保护，所以说我们除了自己去抢救，我们还有一个责任就是唤起民众。

　　另外就是弘扬发展。现在文化是个转型期，文化内容、文化审美、文化方式都在发生变化，保护没有一个新的方式是不行的。比如古村落的保护，原来我是反对旅游的，旅游一进去，把村落全糟蹋了，因为旅游是一种商品化的经济手段。商品经济一个最大的特点，就是在原有文化里挑选卖点，能成为卖点就被拉到前台，不能成为卖点的就要甩到一边，所以在民间文化中消失得最快的是民间文学。只要电视信号进入村庄，就没人再讲民间故事了，同时文学很难为商家作为卖点，这样一来保护就变成第一位了。但另一方面，我们的民间文化艺术不转变，不跟我们新农村建设融为一体也不行。因此我们要做的另一方面的工作就是转型，怎样跟现实生活与时代结合起来。这种结合又绝不是简单的庸俗化、娱乐化地把我们古村落原有的、深厚的文化商业化，这些都是需要我们去研究的。也就是在当前这个文明转型期，我们如何使我们的文化保持着自己的基本精神和固有的基因平安而顺利地进入一个新的历史阶段。民间文化是动态的、变化的。一成不变的文化是留不下来的。所以我们必须要转化它，把它和新农村建设结合起来。

当然工作压力很大，问题很多，挑战很多。然而工作的魅力就在于挑战多。因为挑战多，我觉得我们身上充满了活力、充满了激情，不是因为有压力就受不了。困难不是我们的障碍，条件差或缺乏经费都不是我们的理由，我们只凭着一颗心，凭着一种时代最重要的精神，就是责任，希望我们能在河南中州文化沃土上，在曾经产生灿烂文化的神奇土地上，在今天能够虔诚保护自己的历史文明的神圣土地上，多汲取精神、汲取思想、汲取力量，让我们的事业再攀高峰。

2006 年 11 月 25 日于河南郑州

2007—2011年

民间文化抢救和保护工作仍需努力

——在中国民间文化遗产抢救工程《中国民间剪纸集成》中期推进会上的讲话

第一次到扬州来,感到惊奇。为什么呢?因为我对现在中国的城市都不看好。你在年轻的时候,领悟古人的诗,对这地方有很美好的印象。可是你过来时,面目全非,你完全不认识,很失落。这是我对现在城市文化的感受。我们到南昌,还能看到"落霞与孤鹜齐飞,秋水共长天一色"吗?在成都,我们还能看到杜甫所描写的"花重锦官城"吗?但是,我们昨天坐船在瘦西湖里,真的能够感受到烟花三月时候扬州大地上的绚丽和精致。这是我没有想到的。现在,我们中国660多个城市,基本上都是趋同化的,千篇一律、千城一面的,这样一种情况下,扬州怎么能是一个另类呢?这是我没有想到的。所以,我现在有点后悔,应该早来扬州。

这几天,我们跟扬州市的领导同志交谈,听他们讲城市建设的理念,跟我们文化界讲的理念是多相似啊。我们多么希望城市保持一个原有的历史板块,因为一个城市的真正特色是在它的历史板块中,一个城市的历史记忆和非物质文化遗产、真正的生命历程是在历史板块中。扬州还有这样的历史板块。昨天,我也看了看德国人帮他们做的(规划),我很赞成。因为,2000年我在法国巴黎考察期间,伯尔基金会请我去德国做了一个演讲。我在题为《留住城市的记忆》的演讲中讲我当时为保护天津城市历史而做的工作。为我主办演讲的组织的名字很特别,让我感动,叫作"小心翼翼地修改城市"。德国人有文明的高度。我记得,我讲完之后,很多人站起来说:"冯先生,你需要多少钱啊,我们马上就能给你。"有位老太太说:"我现在就可以开支票。"当然,我们保护中华文化不能收外国人的钱。我只想叫人家了解我们的思想、我们的理念、我们的见解。保持历史的原汁原味,同时把现代科技带给人们生活的便利注入历史生命里。因为所有住在历史街区里的老百姓都有享受现代科技带来的便利和优惠的权利。扬州是主动地、精细地来对待我们的历史文化。历史文化是扬州的一个永远的财富,是前人留下的,是给我们的,更是给我们后代的,但它必须要经过我们的手,我们无权把它毁掉。在这一点上,我很钦佩扬州的主管领导有这种文化上的自觉性,但一个城市的文化不能只靠一届领导或几届领导,而是要用法规的方式固定下来。巴黎做得非常好,巴黎有个规划博物馆。巴黎城市要改变哪个地方,规划博物馆都要把它展示出来,谁都可以提意见。在浙江西塘的会议上,西塘的领导讲了一句话,他就讲得非常好。他说:"冯骥才你讲的是DNA,中华民族的DNA,政府官员关心的是GDP。通过这个观点,我明白了当DNA与GDP发生冲突的时候,GDP应该给DNA让一步。"所以,当我在听扬州的领导讲"我们不着急把这东西马上修起来。我们

现在修不了，可以留给后人一点儿一点儿修"，我觉得这是对历史的态度，也是一个历史的观念。什么是历史？我讲过一句话："历史不仅是站在现在看过去，还要站在明天看现在。"我们后人要看我们这代人怎么做，这就是历史。因为这样的一个理念，使扬州这个城市很安详。我们不讲和谐吗？我觉得我们在扬州城里走一走，就能感到这么一种气息。我不知道扬州人的地域心理是怎样的。不像上海那样的喜欢竞争，北京那样的喜欢张扬，天津那样的喜欢斗气，扬州人的地域性格什么样，我不知道。从一个外来人的角度看，扬州人的心态非常平和，城市的天际线非常平稳，没有高楼林立、乱箭穿空的感觉。这离不开扬州对自己的历史文化、自己的城市遗产的重视。特别是这次在扬州开的剪纸会议，让我们看到了扬州市领导和各界对扬州剪纸的重视。我很钦佩张永寿先生，可惜他现在已不在了。我认为张永寿的剪纸有扬州八怪的影响，跟北方的剪纸完全不同了，它有绘画感，带有江南吴越文化的气质。

  为什么要开这个推进会？我深深地感到在我们目前的工作中，有两种速度在较量。一种是我们的文化遗产消亡的速度，还有一个是我们抢救和保护的速度，这两个速度强烈地较量着。我在2000年北师大的一次会议上说过："我们做民间文化工作的同志，要关心我们工作的对象，我们的对象每一分钟都有一批在死亡。"当时，还有人认为冯骥才有一点夸大其词。那么这么短的时间，从那时到现在，不过六七年，我们的城市基本上都变了。20世纪90年代末在《实话实说》节目中，崔永元问我："冯骥才你最担心什么？"我说："我最担心以后在城市里会迷路。"他说："你这句话什么意思？"我说："就是那时城市彼此全都一样了。"现在，城市基本都一样了。当然，这是太愚蠢的事儿了。我们是一个文明的古国，是龙的传人，我们创造了多样的、灿烂的文化。但我们这一代人迅速地把所有文化变成一样了。非常快的速度，这是不可思议的事情。文化最重要的是多样性。我们的多样性消亡的速度有多快！当然，它的原因很多，包括我们的现代化、城市化、城市的变迁和更新，当然还有市场化。老实讲，最近五年来我们抢救的速度还是比较快的，但我们跟欧洲和日本不能比。欧洲和日本的现代化是逐步的、线性的过程。我们是从"文革"进入改革的，是突然地进入一个现代的商品时代。在这个时代里，我们原有的生活迅速解体，原有生活架构上的文化也迅速解体。

应该说，我们文化人的文化自觉不算太晚，我们是 2000 年提出民间文化遗产抢救的，联合国教科文组织确立《世界非物质文化遗产保护公约》差不多也是这个时候。何为遗产？一个传统的概念，是物质性的、个人的私有遗产，我们祖先留给后代的。还有一个概念，直到最近一百年才开始形成，人类还有一个共有的、公共的遗产，这个遗产不是物质的，是精神的，它就是非物质文化遗产。这个遗产怎样产生的呢？是前一个文明的解体——农耕文明的解体，被工业文明所取代，几千年的一次大的文明的更迭。这时，就产生了一个新的遗产观，就是认识到非物质文化遗产的价值和传承的意义。对于文化遗产，日本人、欧洲人为什么觉悟得比较早呢？因为他们的历史文化是一直线性发展下来的，没有像我们这样经过"文革"的"腰斩"。"文革"时，我们几乎把自己的文化作为自己的敌人。"文革"给我们留下的最大问题，就是对我们自己文化的冷淡和蔑视。这使我们的文化存有一个隐性的断裂。虽然我们不是失落的文明，不是希腊文明、埃及文明、玛雅文明、古印度文明，但是我们有隐性的断裂。这种隐性的断裂表现在我们并不是对自己文化的无知，而是对自己的文化缺乏情感。如果两代、三代人都缺乏情感，这种文化的裂痕就从隐性变为显性。

我们自 21 世纪初确定了中国民间文化遗产抢救工程，由中宣部批准，列为国家的超大规模的工程。紧跟着我们中国文联和文化部合作，做起了中国民族民间文化保护工程。保护工程里边有重要的一项，就是国家级非物质文化遗产保护名录。用政府的行政手段来推行。同时，知识界又向政府呼吁，确定每年 6 月的第二个周六为国家文化遗产日。它的目的就是呼唤人们对文化的一种情怀。由此看，我们整个工作的速度不算慢。但是，我们抢救的速度跟消亡的速度没法比。消亡的速度比我们抢救的速度快得多。所以说，消亡和濒危依然是现实，是我们身上的压力。中国民间文艺家协会从2002至2003年起全面启动中国民间文化遗产抢救工程，现在已经5年多过去了。这个5年，我们应该把它叫作第一阶段。这一阶段，我们的工作主要是发动、启动、铺开。我们有一系列的项目在全国展开，有《中国民俗志》《中国民间故事全书》《中国木版年画集成》《中国剪纸集成》《中国唐卡艺术集成》《中国泥彩塑集成》等一系列的项目，也做了萨满、傩、民间民族服饰、陶瓷等项目。现在已有十几个项目在全国展开。但是，我现在仍然感觉到，我们的速度赶不上民间文化消亡的速度。这种消亡是一种正常的消亡。农耕社会向工业社会转换的时候，原有农耕社会的文化一定有一部分要消亡的，毫无疑问。但是，不能因为它是正常的就一定要消亡，就像我们的老奶奶，她一定会故去，一定要离开，但我们能连她的照片也不留了吗？我们民族的精神、我们今天的传统、我们民族的个性、我们民族的基因、我们今天的家园、我们的价值观、我们的审美都在我们的文化遗产里。所以，我们就得要保护我们的文化遗产。遗产是什么？是我们祖先留给我们的有价值的、必须传承的宝贵财富。我们现在正在推动做这件事。拿剪纸说，譬如蔚县，我们就把整个蔚县剪纸的历史文化档案普查和整理出来了。

  民间文化中什么是最濒危的？什么是我们最关键的、最应该率先抢救的？我认为第一是古村落，古村落是我们的家园，古村落是我们剩下的最后的家园。但是，古村落的问题比较大。因为没有一个部门可以包下来。我见到国家文物局的局长单霁翔，与他交谈探讨，他说文物局只能做建筑那一部分，非物质那部分由文化部非遗司来管。可是文化部也管不了古村落里老百姓的生产和生活问题。老百姓待在村里没有活干，生活质量很差，最后只能空巢。所以，古村落保护遇到了非常大的问题。

近一两年里，我们的古村落正在大量地消失。可是，古村落是我们最大的文化资产。我们的非物质文化遗产的根在古村落，我们的非物质文化遗产的绝大部分在古村落，我们少数民族的文化基本上都在村落里。少数民族生活在自己的文化里边，如果我们的古村落没了，少数民族就没了。如果我们让我们的苗族兄弟都搬到"莱茵小镇"或"西班牙花园"里，那个苗族肯定不存在了。没有这个民族的文化就没有这个民族。我们中华民族也是这样，天天吃汉堡包，天天唱日本的卡拉OK，天天穿法国时装，我们这个民族就没了。古村落的保护，是我们从根上的最后的保护。没有古村落，我们的非物质文化遗产百分之八十就消失了。所以，下一步，古村落应该是我们抢救的重点。

再一个就是我们的传承人。非物质文化遗产的主角不是我们，而是传承人。没有传承人就没有非物质文化。传承人是很脆弱的，很多民间文化是家族式传承，传男不传女，不传外姓的。传承人一故去，一改变身份，他们去做买卖了，去打工了，这个传承线索就断了，文化就灭绝了。如果很多人不再传承，一批文化就灭绝了。这是我们感到民间文化日渐稀薄的一个很重要的原因。传承人就是我们特别重要的一项工作。前年中宣部特批了我们的一个项目——中国民间文化杰出传承人调查、认定和命名工程。传承人是我们工作的重点，是我们的命根子。没有传承人，我们的文化就由活态变为死态了。在去年遗产日的时候，在国家历史博物馆举办了一个展览——非物质文化遗产保护展。展厅里挂满了年画和剪纸。一个记者问我一句话："你认为这个展览怎么样？"我笑道："把非物质办成了物质展览了。"非物质遗产是人，没有传人，它就是物质的。韩国原来定了105项，之后变成了103项，就因为传承人死了。没有传人了，就不能叫作非物质了。它是由人体现的，以人为载体，它是活态的，跟精英文化不一样。如果它没有活态和生态，仅仅有物质的见证物，它就变成了物质的文化遗产了。这也说明了保护非物质文化遗产主要是保证传承；保护好传承人，就是保护好非物质文化遗产的命脉。但是，我们中国到底有多少传承人,有多少舞者、乐师、技师、画师、武师、绣娘、民间手艺人……我们谁也不知道。我们不知道的永远比我们知道的多,这就是我们伟大的中华文化。这么多的传承人,我们怎么办?我们需要认定,需要省一级的认定、国家一级的认定。

今后,我们的工作有两个重点中的重点,就是:古村落和传承人。当然,我们已经开展的项目全做,全要做好。新立的项目要慎重,因为我们的精力、人力、财力都比较有限。为了古村落抢救的启动,我们正跟各式各样的人去谈,跟官员谈,跟开发商谈,因为古村落的普查需要一笔很大的资金。

当下,对非遗的工作有两个,两个工程:一个是中国文联和中国民协正在做的中国民间文化遗产抢救工程,是由中宣部批准的一个超大规模的文化工程,为期10年;还有一个是2003年由文化部、中国文联、国家民委联合做的中国民族民间文化保护工程。这个保护工程是由政府来做的。"抢救"和"保护"这两个名称还是有所不同的。我们国家的提法是"保护为主,抢救第一"。抢救是保护的一个前提。抢救要到田野,要到第一线,不然你抢救不到东西。这两大工程是我们目前文化保护中成体系的、较大规模的两大块。但是,我发现目前的工作有点乱。我们民协做的工作,文化厅也在做。如果交叉起来,相互配合并不坏;配合不好就乱了,不但乱了,还会争执。怎么办呢?需要协调。国家在做这个工作的时候,提了一个概念:政府主导、社会参与、相互协调、形成合力。以专家为主体做的抢救工作和以政府为主体做的保护工作的区别在什么地方?就是专家主要是抢救,政府主要是保护。首先说保护,只有政府才能保护,民间没有力量保护。保护工作主要是政府的工作,这不仅在中国是这样,世界各国都是这样。联合国教科文组织有位官员对我讲,全世界保护都是政府的事情,所以政府才定名录,政府才向联合国申报世界文化遗产的名录和代表作。专家为主的这一块主要做抢救。在田野、在我们文化的原生地去发现、鉴别、挑选有价值的遗产,认定它是遗产。专家还要做的事是整理和分类，建立档案库和信息库。专家还要用理论支持来弘扬和发展民间文化遗产抢救和保护工作。这也是政府没法做的，这需要专家和政府相互配合。

五年以来，中国民协通过不懈努力，使民间文化抢救工程从无到有。五年以前，我们的公众恐怕还不知道"非物质文化遗产"这个概念。一个概念，后面带来一大串理念，一大串理念就带来了一种世界观、一种价值观。因为有了这样一个概念，我们就有了对遗产的认识与理解。我们的百姓也就有了对自己文化的关注、尊重和热爱。整个社会的文化素质也就随之提高。应该说，今天我们的民间文化界所执的理念，所做的事，跟传统的民间文化领域里的做学问有很大的不同。从"五四"以来，我们一直把民间文化作为一个学术对象。到了今天，这个学术有了质的改变。就因为，我们整个人类从农耕文明向工业文明转化，中国又是急转弯式的转化。我们这个转化，容易丢掉的、容易中断的是我们对文化的传承。而我们要传承的正是在我们文化里的。它关系着我们民族的精神命运。所以，我们现在的工作不仅仅是一个学术和学问本身的工作，更重要的是我们关注到了我们民族的命运，我们参与进来了。

前几天，我看了内蒙古和林格尔和河南豫西的剪纸，非常感动。我们民族真是太伟大了。我们的百姓穷得一无所有的时候，把无限的理想、生命的情感、审美的追求全附在几张小纸片上了。而且，一个小小的青蛙、一个小人放在窗户上，世界好像都活了起来。所以说，如果我们这一代人不把我们的遗产留下来，我们的子孙是永远无法见到的。我们的民间文化抢救事业，正像现在的扬州花红草绿，很快地我们要让中国的大江南北的田野大地全都花红草绿起来，这需要大家共同的努力！

我的话讲完了，谢谢！

2007年4月8日于江苏扬州

向传承人致敬

——在首批中国民间文化杰出传承人命名仪式上的讲话

今天,是我们首次对中华大地上杰出的文化传人命名的隆重仪式,也是为我们即将到来的6月9号第二次国家文化遗产日揭开序幕。此时此刻,我讲话的题目,想用这样一句话,发自内心的一句话,就是:向传承人致敬!

坐在我们面前的这些光彩夺目的中国民间文化杰出传承人,他们不仅仅是民间文化的智者、高人、大师,不仅仅才华出众和身怀绝技,重要的是他们是中国文化的传承人!传承人,对任何民族文化历史都太重要了。

人类的文明与文化的延续,不仅靠物质积累,更靠人的传承。人是文化的主体,人的传承是最直接的。我们人类一代代生命薪火相传的就是精神文化。人类通过这样的传承,深刻地保持着共有的精神基因、各民族的精神血缘与传统,以及不同地域的精神特征。

在世代的文化相传中,唱主角的是传承人。他们是自觉的文化传承者,是广大民间真正的文化人。

他们就是数千年来一直活跃在民间的歌手、乐师、画工、舞者、戏人、武师、绣娘、说书人、各类高明的工匠以及各种民俗的主持者与祭师。他们智慧超群,才华在身,技艺高超,担负着民间众生的文化生活和生活文化。黄土地上灿烂的文明集萃般地表现在他们身上,并靠着他们代代相传。有的一传数百年,有的衍续上千年。这样,他们的身上就承载着大量的历史讯息。特别是这些传承人自觉并严格地恪守着文化传统的种种规范与程式,所以往往他们的一个姿态、一种腔调、一些方式直通远古。他们常常使我们穿越时空，置身于古朴的文化源头里。所以我们会常常称某一种民间文化是历史的活化石。

传承人所传承的不仅是智慧、技艺和审美，更重要的是一代代先人们的生命情感，它叫我们直接、真切和活生生地感知到古老而未泯的灵魂。这是一种用生命相传的文化，一种精神性和生命性的文化——我们现在习惯将它称为：非物质文化遗产，它的意义是物质文化遗产不能替代的。

可是，人类的非物质文化遗产基本上是农耕时代的产物。当前，人类文明正由农耕文明向现代的工业和商业文明转型。工业文明和商业文明要根本性地改变人们的生活内容和生活方式，民间文化是一种生活文化，它必然首当其冲，受到冲击和排斥，一部分被工业文明淘汰掉，一部分被商业文明转化为商品。这是全球性的问题，无论多么古老迷人的文化也得不到豁免权。我们所面临的这种转型又与急转弯式的社会变革紧密相关。工业和商业文明几乎是横向地"杀入"农耕社会中来。看上去，它更像一种对文明的宰割。

其中最令人忧虑的是传承人的锐减。究其原因，或是传承人大多年事已高甚至离世而去，或是无人承续、后继乏人，或是弃农经商、进城打工、改换身份等，都致使传承线索中断。

有史以来中华大地的民间文化就是凭仗着千千万万、无以数计的传承人有序地传衍着。他们像无数雨丝般的线索，闪闪烁烁，延绵不断。如果其中一条线索断了，一种文化随即消失，如果它们大批中断了，就会大批消亡。这是今天我们为什么深感中华大地的传统文化日渐稀薄甚至空洞的缘故，也是我们要尽快认定和着力保护传承人的根由。

认定传承人是一个极其庞大的和非常艰辛的工作。

我们认识传承人是有一个过程的。因为人类无论是对大自然、对世界的认识还是对本身本体的认识，都是一个循序渐进的、逐步进步的过程。在19世纪的时候，人类还没有文化遗产的概念，人类的遗产观基本还是私有的、个人的遗产，父母留下来的。到了19世纪，因为人类文明的转型，才开始把先人留下来的、共有的精神的文化作为遗产。这个遗产才有了文化遗产的概念。关于非物质文化遗产，一开始人类不是把文化遗产分为物质的和非物质的。也是先认识到物质的，认识到长城、认识到金字塔。后来认识到民间的歌舞、民间的故事、民间的传说、民间的技艺也很重要。然后人们认为这些东西跟那些物质性的不一样，所以才有非物质的概念出来。每一个进步都是人类对自己认识的进步，也都是文明的进步。我们对非物质文化遗产的认识，一开始也是认识到技艺的本质。后来我们才认识到，非物质文化遗产的灵魂，它真正的所在是传承人。如果没有传承人，就没有活态的灵魂。这也是我们非物质文化遗产的整个内容。这是我五六年工作中在认识上的一个飞跃、一个进步。

我们国家地域广阔，历史悠久，民族众多，地域多样，文化板块众多，文化种类浩繁。有一次我在韩国开会，我跟韩国的学者说："你们从20世纪60年代开始，才评了一百多项非物质文化遗产，我们国家去年第一次评就是518项，但是报的还有1351项。"他说了一句话我很感慨，韩国人说："中国的非物质文化遗产我看有一万项，人类的一半非物质文化遗产在中国。"

但是，我们对于非物质文化遗产的认识，我们所不知道的远远多于我们知道的，特别是传承人。我们知道的传承人是有限的。他们是在山前还是在山后，是在江头还是在江尾，是在那些云雾缭绕的崇山峻岭，还是在阳光明媚的森林或草原，我们不知道。他们存在的我们不知道，他们消亡了我们也不知道。这就是我们急迫、着急的最重要原因。

而且同时，传承人往往也并不知道自己在时代转折、文化转型之时，自己在文化史里面的文化价值。所以，往往他们的消亡是默默的、是无声的。

因此，全面、细致、快速地普查和认定我们的传承人是必要的。

我们的想法得到了中宣部领导的直接支持，得到了中国文联领导的直接支持。

　　这项涉及 56 个民族的地毯式的普查，项目都要通过严格的专家的认定。应该讲专家的认定是最重要的工作，必须由专家来做，不能靠地方上报。如果没有经过严格的学术认定，或者如果认定错了，就会使今后的文化传承走样，从另一方面毁掉一种民间文化。故而从 2005 年 3 月起始，经过各个专家两年多严格的、有条不紊的工作，在苛刻的标准下，认定 153 项，166 位传承人。

　　这些传承人都是经过普查发现、专家鉴定、调查核实和网上公示等严格的程序才最终被认定的。可以负责任地说，这次首届命名的中国民间文化杰出传承人，是中国民间文化各个领域中杰出的传人，是活着的历史精华。传承人得到了国家一级评定标准认定的同时，他们所传承的文化也被认定。中华文化的家底在他们身上被一件件认清，非物质文化遗产保护的目标也被具体地锁定。

　　今天的命名是我国首次对杰出传承人的认定，也是第一批，今后还会有第二批、第三批，同时省市一级的传承人认定的工作也同步进行。我们认定传承人的速度必须加快，一是因为我们对传承人之所知十分有限，二是许多传承人仍处在自生自灭之中。我们抢救和保护的速度抵不上破坏和消失的速度，是当前文化遗产工作的严峻的现实。

在这第一批传人的调查中，我们就多次遇到过闻讯而去，却已人亡艺绝的憾事。特别是这批传人经过专家鉴定上网公示是166位，但在公示的过程中已有4位辞世，目前剩下的是162位。超过80岁的18位，年纪最大的是纳西族的东巴舞者习阿牛（93岁）。

一旦失去传人，非物质文化遗产就不存在了。传人去后，只有遗存，遗产的非物质性就转化为物质性的了。因此说非物质文化遗产比物质文化遗产脆弱得多，关键是因为传承人的脆弱。所以，抢救性的普查、科学认定以及切实有效地保护传承人，才是我们保护非物质文化遗产的关键。

我们留给后人多少非物质文化遗产，就看我们查清、认定和保护住多少杰出的传承人。如果失去传人和传承，这些遗产只有一个归宿，就是一动不动地躺在博物馆，并永远沉默着。

这是巨大又细致的工作，是不能绕过又十分艰难的工作，是必须亲临田野第一线的艰苦工作，但这是我们必须承担的工作。我们深知路途之远和肩负的重任，不敢稍有懈怠。我们把郑板桥"咬定青山不放松"作为我们行动的座右铭。我们一定要踏遍山川大地，把那些现在尚不为世人了解的杰出传承人，把那些被日本人和韩国人称为人间国宝的传承人，一位位请到今天这支光彩的队伍中来。他们是把中华民族历史文化的火炬举到今天的一代。我们不能让这些火炬灭掉，还要保护住每一支文化的火炬，为他们加油，让它们灿烂地照亮未来。

我的话完了，谢谢。

2007年6月3日于北京

我们这个时代的文化使命
——在东南大学的讲演

近来我基本在三个领域忙碌：一个是文学，一个是美术，一个是文化遗产保护。文化遗产保护的问题现在在困扰我，我今天把困扰我的问题交给大家，希望大家一起帮我思考。

历史不仅是站在现在看过去，还要站在明天看现在

我认为文化最迫切的问题就是文化所面临的挑战，我讲的是中华民族文化所面临的挑战。

每个时代都有自己的文化使命，这个文化使命是被文化的困境逼出来的。这个使命不是自己确立的，是受一种时代性的驱使、时代性的逼迫。刚刚说的文化的困境是什么？就是文化遇到挑战。我们的文化遇到了什么样的挑战？首先，人类的文化都遇到挑战，主要遇到两个挑战。第一个挑战就是全人类的文明已到了一个转型期。人类的文明史上最大的转型期有两个：一是渔猎文明向农耕文明转型，还有一个就是农耕文明向工业文明转型。就是我们脚底下的这个时代，整个的人类文明都在转型。原有的文明阶段不管多灿烂，都要瓦解，新的文明要确立。人类文化的多样性，人类各种文化的传统，各个民族文化的基因，还有大量的文化财富都在原有的文化里面，但是这个文化整体性现在瓦解了，这是一个全人类的问题。

19世纪中后期，一些考古学家到希腊的迈锡尼和克里特岛考古，他们到埃及去考古，到西亚去考察苏美尔人和巴比伦人的文化。实际在那时期，人们还不是特别清楚自己做这些事最深刻的意义是什么，他们这

么做的背景是什么，我认为是人类的文明在悄悄地向现代转型。因为人类只有进入一个现代社会，才将原来的文明和原来的文化作为一种历史文化对待。

人类的文化转型现在遇到了一个新问题，从19世纪末到20世纪初，转型愈演愈烈。到了工业革命以后，尤其是在当代，全世界的文明在迅速转型，遇见了诸多新的挑战。而我们那个时候在搞"文化大革命"，那个时候有个比较大的概念出来了，就是现在我们不断从报纸上看到的词：遗产。我们一直认为遗产就是过去的、老的东西，都是所谓历史丢下的东西。杨澜在中国申办奥运会成功后说了一句话，就是中国人要考虑给这一届的奥运会留下什么遗产。我认为这句话说的最关键的、最现代的一个概念，就是现代人的遗产概念。

历史是什么？历史不仅是站在现在看过去，还要站在明天看现在。我们这个时代有了新的遗产观，遗产观并不是说站在现在看过去，而是要站在明天看现在，看我们在这个文明转型期保住了人类文明的什么东西。杨澜的意思就是说从明天看奥运会历史，这次北京奥运会中国人用什么样的文化、什么样的精神注入奥运会的遗产里，给奥运增添了什么有永久价值的东西。

把文化遗产当作精神财富继承，是人类了不起的一个进步

人类的遗产观在历史上从来都是个人的、私有的、物质性的。到20世纪，人类的遗产观开始发生变化，人类开始把人类共有的、精神性的东西看作是遗产。这个遗产是什么？就在人类文明的转型期才出现了新的遗产概念，这个概念就是文化遗产。

在20世纪的时候，人类就开始有了这样的概念。这个时期我们正在进行"文化大革命"，毁坏着我们这个不知叫"遗产"的东西。人类在这一个文明转型时期要有一个觉悟，就是从农耕文明向工业文明转型与从渔猎文明到农耕文明转型不一样，从渔猎文明向农耕文明转型时，人

类没有遗产观，文化基本未留下东西；但这一次人类非常自觉，有了全新的遗产观，不是把遗产当作物而是当作精神。人类开始把遗产当作人的精神财富来继承，这是非常了不起的一个进步。

人类的文明史一共就几个阶段，一个是自发的文明，一个是自觉的文明，一个是文明的自觉，三大步。在墙上信手画一画，那是自发的；后来把画画、跳舞当作生活中的一种文化，当作一种仪式，当作一种艺术，这就从自发的文化变成自觉的文化；而我们把它当作一种事业，一种传统，要保护和传承它，我们就有了一种文明的自觉，也就是文化的自觉。

20世纪人类在文化上很伟大，有了文明的自觉性，有新的遗产观出现，把遗产作为精神，而不是作为物质对待。对遗产的看法不是回头看过去，是为了未来，为了继承。这是一种很前卫的观念。

我看过一个材料很有意思，讲的是西方人在易拉罐刚刚出现的时候，马上就有人认为易拉罐的小拉环污染环境，很快就有人发明了新的拉环，就是按进去掉不下来的那种。而制作易拉罐的厂家宁愿把原来的模具毁掉，改模具，也要保护环境，这是一种前卫的、自觉的文明，是文明的自觉。但是我们在"文革"时，批孔子、批红楼梦，跟着我们就进入了市场经济，进入了全球化时代，我们当代文化的轨迹不是线性的，我们和西方人不一样，西方人进入全球化时代是从古代、从传统线性地进来的。这就是我要说的第二个问题，就是全球化的挑战问题。

全球文化正在遭遇商业化解构

我们的整个文化进入了全球化时代，遇到了一个非常重要的商业化的过程。就是说原有的农耕文明进入现代之后，它要被现代文明取代一部分，还有一部分就是被商业文化所改造。因为商业文化要从原有的文化中挑选卖点，能成为卖点的它才接受，不能成为卖点它就扔到一边。

我曾经说过，民间故事、民间文学马上就要消失，而且消失最快的是口头文学。因为只要一个电视信号，或者只要一有电脑，民间故事就消失得很快。我们现在日常生活中的文化菜单都是什么样的内容？我在天津大学教书，有一次我的研究生来找我，三个女孩子，想当"超女"。我说你知道"超女"是商品吗？一个女孩说，商品有什么不好？这个问题很有意思。我说商品有商品的规律，一个是促销，不断地炒作促销，然后是热销，之后是走红，所有的生活细节都能成为媒体的猛料，然后越炒越热，到一定的时候，新一代的"超女"出来，这时候就开始滞销。商业化的最大特点就是永远要有新的商品代替以前的商品，否则商业无法发展，商人也无法获利。比如手机铃声，今天可以是彩铃的，明天是和弦的，再过两天就是立体声的，一代代变的过程中，不断地从你口袋中掏钱，这就是商业最本质的一点。做"超女"你就要做好有一天被清仓处理的思想准备。

商业文化的残酷性就是商业文化不追求永恒的，商业文化不对文化本身负责任，商业文化只需要从文化里谋利，商业文化不需要建设，对于原有的文化是挑选卖点，能成为卖点的就要，不能成为卖点的就撤掉。商业文化一定要对一个民族一个国家原有的文化进行解构，重新改造，把表面的能成为卖点的拿出来，对文化不负有任何责任，不负有传承责任。

在商业文化的霸权里面，文化菜单就剩下两道主菜，一个是名人，一个是时尚。虚构的人物林黛玉没有陈晓旭有媒体价值，千方百计惹起公众的兴趣，这就是商业文化的特点。因为陈晓旭是名人，林黛玉是虚构的。媒体的主菜就是名人，名人的逸事、生活、爱好、穿戴、绯闻、车祸都成为公众的兴趣，是现在大家文化生活、文化消费里重要的一道菜。

商业文化菜单里另一道主菜就是时尚。现在的时尚和唐代尚胖、楚王好细腰、20世纪30年代流行旗袍不一样。现在的时尚是商家事先制造出来的，明年流行紫色，他就先造势紫色，然后明年再生产紫色。所有现代的时尚实际都是商业的陷阱。在这样的文化环境里，人们是孤独的、浮躁的，没有人对你的文化负责，你也不会对你心灵中的文化的建设负责。在这样一个商业社会里，人不可能深刻，这就是我们一个时代的、文化上的一个问题。

"旧城改造"不能让文化的载体消失

人的价值存在于自己独立的价值中，民族的价值也存在于民族独立的价值中。东方的智慧，我们的传统，我们独有的价值观、审美观在我们的文化里。但是我们的文化的载体正大量地从我们的生活中消失，而且不知不觉就失去的首先就是我们的城市。

全人类最伟大的创造就是创造了人类文化的多样性，大自然最伟大的创造就是多样性的大自然。我们保护濒危的动物，但是我们却没有保护好我们濒危的文化。我们的城市在"旧城改造"这个口号下，已经变得完全一样了，没有人怜惜它。因为中国人有一句话叫"旧的不去，新的不来"，旧的一定要毁掉。

在农耕社会里人是厌旧的，春夏秋冬是一轮一轮的，每年在冬天以后，在春天要来的时候，都希望万象更新。因为农耕社会太长，所以我们中国人在历史感上和西方人不同。在欧洲都可以深深地感受到他们每一个欧洲人的历史感，包括农民的家里面，都会把他老祖奶奶的一把椅子放在非常显眼的地方，他们是充满了历史感的，充满了情感记忆的。他们不会把冰箱搁在房间正面，觉得气派。

我们的城市在迅速地消退。我说的城市问题是个非常严重的问题。改革开放以后中国多少城市都是新建筑，都是玻璃幕墙，都是其俗不堪的门帘，都是"福"字倒着写。我曾经在敬一丹的节目里说过，"福"字是不能倒着写的。按照中国的风俗，一般在垃圾箱上、水箱上"福"是倒着贴，因为它要倒出来，倒出来就把福倒掉了，所以倒写矫正。住房最里面的柜子上"福"字是倒写的——福到——到里面，不是到你家大门口就不进去了。另外，中国还有一个门的文化，大门是恭迎客人的地方，应该是大方的，所以"福"字必须是端端正正写的，不能是颠三倒四的。这个倒贴"福"字其实是从香港那边来的，"福"字倒贴就有了卖点，实际也是商业化的结果。

保护古城、古村落和民族民俗文化刻不容缓

在古城消退的同时，就是我们大量的古镇、古村落，大量的民族民俗文化在丧失。

最近我在忙的一个事情就是中国古镇的调查。现在中国江南的村落，只有西塘、周庄、同里、乌镇这几个所谓的"江南六镇"保护得比较好，但是也基本旅游化了。中国的古村落在迅速地消失。最近我们请一个民艺学家对山东的民居做了个调查。中国到底还有多少村落？我给了他三条标准：第一，是鲜明的地域代表性；第二，村落基本体系完整；第三，有非物质文化遗产，有活态的民俗，有自己的民间艺术，或者有他的民间艺术传人。因为我们想三年之内搞清这些问题，希望向中央建议，保护好我们整个的古村落，能不动的就千万别动了。

现在城市里已经没有土地开发了，就开始到农村买村庄了。有的地方在村庄前面、后面装上铁栅栏，然后打包卖给开发商，找几个比较像样的房子装修一下，找几个人扫扫地，两边都搁上熊猫抱着足球那样的垃圾桶。开发旅游总得有两个漂亮的房子，不够漂亮的时候就请人来刷刷漆，然后再请当地的一些文人们编点故事。一般都是一个老爷有六个妾，参观的时候便领你到一个黑屋子里说，这是老爷金屋藏娇的地方。所有的古村落都有一个金屋藏娇的地方。现在的旅游开发，就是这样糟蹋我们的村落遗产。

我们在第二个文化遗产日时，请了大量的民间的艺人，这些人有民间的乐师、民间的画工、民间的手工艺人，还有各种各样身怀绝技的人，也有山东鲁西南地区印木版画的七八十岁的老人，我觉得每个人身后都是沉甸甸的文化。

非常重要的一个问题就是这些人在大量地消亡，他们的后代对他们没有兴趣。前一段时间我去贵州访问，黔东南地区有32个少数民族，每

年有40万人到江浙一带打工。这些初入大城市的女孩子们被花花绿绿的商业文化弄得眼花缭乱。到春节,把什么任贤齐、毛宁的光盘都带回去了。一回到村寨里面,还在寨子里的那些女孩子都围过来,立刻被吸引,跟着也出来了。这些人再回去,换上了T恤衫、牛仔裤,完全不一样了,给那个地方带来一个很大的冲击。现在这些少数民族地区,甭说穿少数民族服装,连说自己民族语言的人也越来越少,每年都有两三个村寨不再说母语。

前几年一个法国女人,很有眼光,她住在贵阳,使了一些小钱让一些古董贩子到村寨里专门收购百年以上的苗族的银饰、项圈、手链,还有刺绣,非常漂亮的老的服装。她在每样东西上都加个标签,标上什么年代,什么样的人家,干什么的,属于哪个村寨,都写得很清楚,然后运回国。她做了6年,最后她在贵州说了一句很狂的话,她说15年以后中国的少数民族要到法国来看。

于是我们这几年做了一个事,就是把贵州所有民间艺术做一个普查,请了当地很多大学的学生,把贵州的9个地区,85个县,几千个村寨的"大到民居,小到荷包"做了全面的普查,然后做了个信息库。我在"两会"提过一个提案,就是重要的古村落全要建一个博物馆,把这些东西留在博物馆里。就像在意大利、奥地利,让这些古老的村庄像诗一样优美。我这个想法是不是过于浪漫?

我曾经到多瑙河边卡缪那个地方,看到一个女孩子从一个教堂下来,穿着很长的裙子,手里拿着一串很大的钥匙,钥匙很古老。她走到一个大拱门,把门打开的瞬间,我仔细一看里面,就像茨威格小说里描写的一样,都是古老的家什,还有艺术品,就是一个普通的人家,他们这么热爱自己的文化。而我们呢?包括宏村、西递已经列为世界文化遗产的地方,我们进了这个地方往里一看,基本上都是新东西,他们不是喜欢新东西,而是卖老东西才能多卖钱,我们的古村落基本被文物贩子给掏空了。

我注意了北京潘家园十几年的变化，后来写了一篇文章在《北京青年报》发了，题为《从潘家园看中国文化的流失》。最早这里的人家卖的是人们家里的细软，镯子、小银饰，小孩的长命锁，古董珍玩，文房四宝，然后就卖墙上的字画，字画卖完就开始卖家具，这些都卖完以后就开始卖窗户。你看越好的饭店里老窗户就越多，都变成了装饰品了，那些窗户从哪来都不知道。最后卖什么？卖柱础、卖柱子，这说明房子已经拆了。

这个世界必须要有没被商业化的精神绿地

雨果在1832年写了一篇《向拆房者宣战》的文章，把那些没良心的开发商臭骂了一顿，说他们把法国历史的精华、把那些石头上尊贵的记忆都毁掉了。后来又出现了一个作家，是《卡门》的作者梅里美。他成立了一个法国古典建筑保护委员会。他保护的不是建筑，而是法国人的精神。后来又出现一个很了不起的法国小说家叫马尔罗，他当过文化部的部长，其间他对法国整个的文化做了一次彻底的普查——大到教堂，小到羹勺。他说，经过这次普查，他们知道美国是军事和政治上的超级

大国，但是法国是文化上的超级大国。法国人不随便说英语，就说法语，他们有强烈的文化自尊。全世界每年有6000万人去法国旅游，那么尊崇法国，就是因为法国有一些先觉的知识界的人，他们站在了时代前沿，捍卫着法国。

有人说我们的问题是因为太穷，等到富了，这些问题我们就一定能处理好。穷的时候没有办法，只有先解决肚子问题。可是，现在世界上饭店最多的国家恐怕就是中国了，肚子里鸡肉鱼肉都有了，为什么还没想到文化？一个国家富当然好，要富到哪里去呢？不值得思考吗？富到哪里去才能回来怜惜怜惜养育我们生命的文化？

我们一代一代人之所以能够交流，是因为我们有共同的文化。文化不只是语言。我们用的一种表情、一种方式，我们就会有一种感应，这种感应就是文化造成的，因为我们从小在同样的摇篮里，听同样的儿歌长大。我们对绘画的水墨就有感觉，西方人对水墨就没有灵感。我们到大年三十那天如果没回家，非得给家里打个电话，那个电话就和平时不一样，因为那时有节日气氛，有民俗情感，这就是我们民族特有的情怀、凝聚力。

我在美国一个小城镇访问时，到一个保险公司，老远看到一个雕塑矗立在那，是英国雕塑家亨利·摩尔的作品。往前走，有毕加索的雕塑。整个保险公司放满了现代艺术和现代雕塑。我问那个公司的老板这是为了什么？老板介绍说，第一，是因为现代的艺术大多是实验性的，他们需要人支持。第二，是为了让职工在一个非常高尚的地方工作，他们会有一种尊贵的感觉。我想我们大学生也是如此，不是到大学里拿一个罐装点知识就走，他们在这里要建设自己的心灵，使自己高贵，变成一个独立的、有自己思想的人，走向社会。

去年在天津，在我的艺术学院办了一个画展，从意大利弄过来达·芬奇、米开朗琪罗等一批大家的作品，全国大学生来参观都免费，参观者每天有7000人。我们就是想在大学里有一片净土，有一片把美视为神圣的地方，有一个精神的殿堂，没有商业化。这个世界上必须要有一片精神上没有商业化的绿地。我觉得大学生们在这个阶段最重要的就是人生的理想和价值观的确立，还要建设自己高贵的灵魂，要对我们的国家、民族负有责任。

2007 年 6 月 17 日于南京

年画抢救和保护几个关键性的问题

——在中国木版年画抢救保护发展国际高峰论坛上的讲话

五年以前，2002年的10月28号，我们在开封这个地方召开第一次中国木版年画国际研讨会，到现在应该是五年多一点儿。五年前，我和中国民协的一些同志来开封开会的情景至今难忘，也像今天这么冷，似乎比今天还冷，记得我在会场上讲话的时候，嘴巴完全冻木了。那时我看到有六七万老百姓聚集在广场内外，还有一些老百姓站在房顶上、土墙上。我当时非常感动，我为这块土地上的老百姓对自己文化的热爱、这种情怀而感动。尽管天那么冷，这块土地是温暖的，因为人们热爱自己的文化。

那天，我们发起了中国民间文化遗产抢救工程。当时抢救的并不只是木版年画，我们要对中华民族960万平方公里土地上56个民族的所有民间文化进行普查，但把年画作为整个工程的龙头。应当牢牢记住，这个龙头工作是在朱仙镇开始发起的，因此我不会忘了这个历史的时刻，我们对这块土地一往情深。

五年之后，我们又回到了当年发起木版年画抢救的原点上。这五年来，中国木版年画普查是我们所做的十多个重点文化抢救项目之一，收获确实是不小，尽管还有很多力所不能及的，比如说，因为经费问题，一些产地缺少甚至没有专家，还有当地政府缺乏力度等。不是每个产地都跟朱仙镇一样，有这样强的文化自觉。尽管如此，我觉得普查的成果是丰硕和巨大的。五年以来，经专家确定，中国的木版年画重点的活态产地共19个，最近又在河南的豫北地区发现了一个新的年画产地——滑县，这样加在一起20个。这20个产地正在做文化档案，如今四分之三已经基本上完成了普查，有三分之二已经基本上把档案做出来了，其中一部分已经出版了。我们这次对中国木版年画全面的、地毯式的、大规模的普查，在历史上是空前的，基本上弄清了我们的年画家底，绝大部分产地被纳入国家非物质文化遗产名录。2006年国家公布了518项非遗，其中年画占了12项，而且给了12个编号。比如剪纸，只给了一个编号，但包括有9个剪纸产地，而年画是一个产地给一个编号，一共给了12个编号，是300~311号。我们所有的产地基本上完成了普查，这是第一个。

第二个，我们有了许多新的发现。比如说云南甲马，在云南启动普查的时候，专家估计甲马大概有100种左右。但是根据大理白族文化研究所提供的资料，我们认为甲马的种类恐怕还要多得多，于是我们跑到云南，在大理启动了全省的甲马普查，到现在调查出来的甲马年画的种类超过了1000种，在1200种左右，而且每一种年画后面都有一个民间故事或传说。比如像内丘神码，2003年我去做摸底调查的时候，有40多种，现在当地已经基本上把内丘神马调查清楚了，有200多种。再比如说桃花坞，我们过去一直认为桃花坞的年画产地是最悲惨的，"文革"期间古画版绝大部分被烧掉，还有一小批是"文革"后20世纪80年代初烧掉的。我觉得"文革"对我们的伤害最大的还是文化的观念。我们一直认为桃花坞没有什么遗存了。这一次普查，有大量年画从民间出现，而且有不少的古版，甚至于找到了清朝的前三代的古版年画。而且我们这次还发现了一个新的产地，就是河南安阳市的滑县。河南的民间文化遗产抢救我认为是全国做得最好的省份之一，全面而透彻。在我们古村落普查没有动手之前，河南先把古村落普查基本做完了，对传承人的认定，也是河南率先完成的，再比如说文化遗产日，当我们国家的文化遗产日还没有确定的时候，河南率先建立了省一级的文化遗产日。我觉得河南是一个有文化先觉的省份，这是让人特别高兴的，因为河南是中州，是中华文明的一个腹地，这个地方如果有了文化的自觉，对全国是有辐射力的。一个民族，不管有多么辉煌灿烂的文化，但如果后世对自己的文化不热

爱了，没有自觉了，文化就失落了。再说滑县年画。2006年夏挽群同志曾对我说，发现了一个新的年画产地，我有一点犹豫，因为，美术界自20世纪50年代就做年画调查，全国的产地基本都摸清了，还会有一个全新的产地在什么地方深藏不露吗？而且滑县跟朱仙镇的距离很近，中间只隔着一条黄河，两边相距不过100多公里，还会有一个全新的、独特的年画体系和文化体系吗？我非常怀疑。后来到河南开会，是一个传承人认定的会吧，我抽时间跑到滑县，亲自做一次调查，极为震惊！的确是个过去不曾知道的产地。从那时起，我带领我的研究生们，把滑县年画的普查全部做完了，我们调查的年画有526种，种类繁多。对于滑县年画，我们先做了一件事，就是把滑县年画跟朱仙镇年画做了一个比较，因为它离朱仙镇太近，朱仙镇年画的影响力太大，连远远的豫西的陕县（今三门峡市陕州区）、灵宝、卢氏这些地方的年画风格基本上都跟朱仙镇的年画风格是一样的？难道近在咫尺的滑县会完全不一样？怎么可能？我们做了一个比较研究，发现这两地年画竟全然不同。比如说人的面部，朱仙镇年画人物的眉毛全是燕式的，滑县的人物眉毛都是弧形的；朱仙镇年画的人物的双眼皮全在上面，滑县的双眼皮全在下面。我们还发现，从造型、颜色到人物的比例、构图都全然不同，是一个非常独特的体系。连此地一些年俗也不一样。滑县的《神农像》上边总有四个字"神之格思"，当地人认为是"思格之神"，再追问什么是"思格之神"，谁也不知道了，年深岁久失忆了。后来我查查资料，居然出自《诗经·大雅》里面的一句，表示神即刻到来。《诗经》的诗句竟出现在年画里，表明这里年画的古老。还有一些怪异的字，人们也不能够辨认。至于它的印制，它的应用风俗、营销办法、工艺流程，包括使用的工具、应用的方言，跟朱仙镇都大不相同。我们确定它是一个独特的产地，所以我们赶紧做这个地方的普查。今年春天，我们还准备请一些摄像人员，到那里去做一些动态的录像。

  这次普查，我们不仅有新的发现，最重要的一点，多元灿烂的中国木版年画，基本可以完整地、清晰地、井然有序地整理出来了。我们不但整理了我们国内的各个产地物质和非物质的遗产，同时我们也请了李福清院士这样著名的专家，对俄罗斯收藏的中国木版年画遗存进行了彻底的调查。早在19世纪俄罗斯就有一批学者到中国来收集年画，阿列克谢耶夫收集的那些年画，不仅藏在艾尔米塔什博物馆，还藏在冬宫博物馆、圣彼得堡国家地理协会，以及其他地方的博物馆，我们请李福清院士把这些年画整理成俄罗斯卷。我们这次还将日本的学者请来，跟他们商量，也想把日本收藏的中国年画做一次全面整理。

  我说过，我们这一代人有一个神圣的责任，就像火炬传递一样，我们把前一代人手里的火炬接过来，不能让它灭掉，然后完好地交给后一代人，让后一代人高高举起，所以我们必须把我们的文化遗产，包括年画遗产整理清楚。现在我们基本上做了三分之二了。我们计划，在2009年，最迟2010年的上半年把这项工作全部做完。如果如愿完成，在整个社会由农耕文明向现代社会转型期间，我们将把中华文化遗产中非常重要的一项——年画整理好，以利保护，不再担心丢失。这也是我们这代人必须做的，也是下一代人想做做不了的。这是我们的责任，也是我们的福气。

第三个，我们做这次普查有几个特点是以往没有的。首先我们是多学科的，不像以前的单纯的艺术普查。以前，专家们到一个产地去，把那里的画收集起来编上号，然后分类，写上说明，布置一个展览，前面再写一个前言，如果有条件再印一本画册就完了。我们这次做的是一次文化普查，我们不仅要用艺术学的、美学的，我们还要用历史学的、民俗学的、文化学的、人类学的视角进行多角度交叉与综合的考察。这个考察是一次文化考察，不是艺术考察，因为我们是整理遗产，制作民族的文化档案，这是最重要的一点。为什么我们非常尊敬俄罗斯的学者？俄罗斯最早到中国来调查的学者阿列克谢耶夫这些人，并不只是做艺术调查，他们把它作为一种独特的东方文化的形态来调查，他们搜集的不仅是一种艺术品，更是一种文化形态、文化符号、文化形象，所以是一种文化的调查。俄罗斯人之所以当时能那么做，而我们中国人当时连想也没这样想，是因为我们当时还在应用它，我们跟年画距离太近了。而俄罗斯人呢？他们与中国年画有一个距离，距离产生认识的高度，也产生一种新的价值判断——文化价值的判断。俄罗斯认为中国年画美，这显然有一种文化美被他们看到了，这是不同的民族不同的文化形成的一种距离使然。但是我们中国人现在开始对年画进行文化调查了，为什么要做文化调查呢？因为我们现在跟我们的年画也有一个距离了，它是时代的距离。我们是现代的、城市的、全球化时代的人，回过身看一个农耕时代的艺术，它也是一个距离。这个距离，使我们要改变以前调查的立场和观念，不能再是艺术调查了，而应该是文化调查，而文化的调查就必须是多选择多角度的。

其次，我们这次调查是全方位和彻底的。既要对每一个产地进行一次地毯式的、不留死角的调查，还要把这个地方的历史、自然、习俗、物产、心理、社会、年画的种类、不同年画的功能、张贴的方式、工艺流程、工具材料及制作方法，还有画店和艺人的谱系，以及与年画相关的民间传说、民间故事，全部纳入我们的视野。我们像把花从地里挖出来一样，不能光把这个花拔出来就完了，要把它周围的土一齐取出来，越大越好。比如这次《中国木版年画集成·杨家埠卷》，就把每个画店内的传承关系都搞得清清楚楚，我把《中国木版年画集成·杨家埠卷》给一些海外的年画专家看，他们很吃惊，说杨家埠人在没有任何文献可供查阅的情况下，居然把他们自明代以来，十七代艺人的传承谱系全部排清楚了，令他们感到不可思议。所以，我们这次的普查特点是全方位的。

再有，我们非常注重口述记忆，就是艺人口头传承的这一部分。因为我们说非物质文化遗产，是没有经过文字记录的，它的生命往往是在口传的过程，口述具有非常重要的价值和意义。口述记忆、口述史的方法是我们这次调查的主要方法之一，这是和以往更加不同的。

最后，是多手段。我们记录文字的方式既有静态的视觉方式，也有动态的视觉方式，就是录像，说明本次普查是一次立体的、全面的、着眼于生命本身的调查。我们前一段日子把滑县的木版年画调查清楚以后，在天津大学北洋美术馆里面布置了一个年画展览。当时美国哥伦比亚大学来了几位教授，他们说，没想到你们还能这么做学问。在他们印象里似乎只有日本人才这么认真做学问，当然这是在夸日本的学风好。他们说，你们怎么做得这么严格和细微？我说，如果我们不认真，我们手指缝里流走了多少，后人就少拿到多少。

我们的大普查只是为木版年画做了第一步，下边怎么办？后面有两句话，一个是保护，一个是发展。前段时间我在广西举办的关于文化遗产问题的论坛上提了一个问题，怎么做才叫保护？我提了一个概念"建立保护体系"，就是说年画做好了后，必须有一个非常完整的保护体系，才不会"得"而复失。第一个必须是档案保护，建立严格的档案，而且必须有数据库，所有的历史作品、历史遗存、音像资料，必须都要编号，必须得有一个数据库，这是第一个。

第二个就是传承的保护。传承保护，首先必须确定传承人。我现在在做国家非物质文化遗产传承人的认定工作，无论是文化部的认定工作，还是中国民协的认定工作，都有很多问题，很多地方都有不正之风。你要评传承人，他就把这个书记啊，那个村主任啊，搞非遗产业的老板啊全报上，全变成传承人了，这个是绝对不行的。这个认定，必须得是专家认定，专家认定了之后，才是确定。传承人必须是正宗的，有传承谱系的，这样才能保证这个艺术是不走样和不走味的。我觉得这是非常重要的一条。

第三个就是教育保护。这个教育保护刚才有的同志谈了，我非常赞成。我认为公共的文化遗存必须进入小学和初中的教材。我刚才知道开封做了传承人收徒的工作，我赞成，另外，我还听说朱仙镇年画进了课堂，这都很好。教育保护很重要，让后一代的人能够了解自己的传统文化，因为现代人与传统文化毕竟还是有距离的。刚才来自台湾的几位学者拿出一些为孩子做的弘扬文化遗产的图片，告诉孩子们和年轻人这些东西的历史价值和美在哪里。这些事情对我们有很好的启发，我们也应该做。这是教育保护。

还有一个保护就是博物馆保护。今年在"两会"的时候我提了一个提案，讲到我们的村落文化正在出现空巢现象。有些古村落，比如宏村、西递这样的皖南村落，表面看很好，青砖灰瓦马头墙的徽派建筑，后边竹树环合，还能拍《卧虎藏龙》，觉得很漂亮，但是如果推门进去看看呢，里边什么都没有，或是原住民搬走了，或是老东西卖光了，没有记忆了，没有细节了。这是为什么？当然跟当地人的文化意识、文化观念有关系，跟他们的精神生活有关系。我觉得有一点很值得认真对待，即现在古董市场疯狂发展，还有鉴宝节目的推波助澜，造成了人们对待古文化的价值只认识它的价格，实际上文化进入市场以后，价值和价格往往不是一码事。前两天，北京有一个活动，评十大收藏人物，非要让我写几句话，我就写了几句，从严格意义来讲，我从来不看藏品的财富价值，只看它的历史价值，它的文化价值和审美价值。可是古董贩子何其多！他们受利益的驱动，远比我们文化保护者还有劲，他们能够走街串巷，甚至搞地毯式的田野作业，似乎比我们更能吃苦，当然他们想获得的和我们是不一样的。这就带来了一个很大的灾难性的问题，很多地方的老街老房子实际上只是徒有其表，内涵没有了。比如滑县的年画古版，大都被天津蓟县一个古董贩子用大麻袋收走了，卖到各地方去。一个地方的文化，只要它被拿到市场去了，它所负载的对这块土地见证的意义就立即消失了。

非常重要的一点，就是我们必须要有博物馆保护，把我们这块土地，现在仅存无多甚至屈指可数的文化遗存，留在博物馆里边。博物馆不见得大，不要和什么政绩结合起来，小一点也很好，两三间房子，只要是把东西收好或展示一下就好。所以我在今年"两会"提议，希望中国所有被认定为国家非物质文化遗产的地方，先要有一个博物馆。天津老城在拆除之前，我召集几十个志同道合者把这个城市考察了一遍，然后将重要的东西全都记录下来了，出了一本画册。我把这本画册送给当时的市委书记等领导，一人送了一本，我在扉页上特意写一句话：这是你心爱的天津！我希望他能够爱惜自己的城市。结果没想到，这本书对天津的书记没起到多大作用，对天津的古董贩子倒有一个极大的启发，他们不用我送，自己掏钱各买一本，按图索骥，一件件去找，把老城里那些砖雕木雕全部都弄走了。后来我着急了，我就向主管城建的市长说，城里边有一个大院你给我，我要建个博物馆把这些东西留下。他说，博物馆没法建，我没有钱给你买藏品。我说，我来搞中国第一家捐赠博物馆。后来他把这房子拿出来建"天津老城博物馆"。我就在那儿先搞了一个现场会，自己拿出一笔钱来，把城里的老东西买进了一批，捐给了老城博物馆。我有一个观点：捐赠博物馆的好处是谁捐谁就会想着这个地方。结果现在这个老城博物馆老百姓捐的东西非常多，多到博物馆都放不下了。

我为什么要着急这样的事情呢？因为我到云南和贵州去，那里的村寨里很难找到古老的少数民族的服装了，大部分都被文物贩子买走了。有一个法国人在贵阳待了六年，她使了一些小钱，让那些小贩到黔东南那边走村串寨，收集古老的服装。她是一位学者，在每一件征集到的衣服上都贴了标签，写上是什么民族的、哪个村寨的、多少年的，然后打包运到法国。后来她说，15年以后，中国少数民族的服装到我们法国去看吧。当地政府这才觉悟了，把这位女士请出了贵阳。少数民族地区的文化保护是最重要的，因为从文化上来讲，少数民族是一个弱势群体，他们对我们汉族来讲是一个弱势，我们应该帮助他们，因为少数民族是生活在自己的文化里，一旦他们的文化没了，他们的民族就没有了。我这两天刚接到一个材料，东北那里为了保护森林、保护动物，把世居其中的鄂伦春人从树林里请出来了。鄂伦春族现在还有7000人，散落在全国各地的有5000人，留在鄂伦春旗里的只有2000人，但是这旗里还有大量汉族等其他民族的人，平均每30个人里面只有一个鄂伦春人，已形不成气候。如今能说鄂伦春语的都是70岁以上的老人，大部分人都不能说这种语言了。当地有几个热心的小伙子，他们做了一件事，就是用汉字的语音来注译古老的鄂伦春语，他们希望我支持，我说我坚决支持。我说一个民族如果他的语言没了，他这个民族就彻底消失了，单凭记忆是不可靠的。刚才我讲到了博物馆，在少数民族的地区，特别是有特色和丰富文化蕴藏的地区，必须要建博物馆。

还有一个就是法律保护。国家现在正在制定一个非物质文化遗产的保护法，我估计今年差不多可以出台。已经讨论了好几年了，最近又征求了一次意见，盼它早日出台。

另一个就是政府保护。政府保护是主要的，我说过这样的话，保护力度最大的是政府，破坏力度最大的也是政府。因为如果让我破坏，我只能破坏我们家的房子，我不可能拿拖拉机把那一片老房子、一个历史街区全推了，只有政府才能做这种事。如果政府想把它保护起来，绝对有力量去做，而且谁也不敢去动它，所以说政府的自觉是第一位的，是最重要的。世界文化遗产、国家文化遗产为什么要由政府审批？因为这是政府的事，是政府天经地义的责任，是政府的天职。我觉得我们政府这些年有了文化自觉，有些方面做得还不错。比如，对传统节日的法定放假不是一件小事，不是说放假就放假的，一天多大的产值和效益啊，但传统节日放假就使我们有了享受与传承节日的一个时间和空间了。

还有一点就是专家保护。专家保护也非常重要，专家和政府的分工是什么呢？我认为专家的责任第一个是认定，政府不能够说这个东西有价值那个东西没价值，这不是政府的责任，政府也没有这个判断能力。西方也是一样，西方是政府支持专家做这些事，由专家认定这个东西的价值、年代、真伪，然后政府下力量保护。当然，还要由专家制定保护法、保护条例、保护标准等，政府和专家缺一不可，必须互相支持。

最后是全民保护。只有老百姓都保护了，我们的文化才有希望。如果只是政府、专家在那里折腾，老百姓对文化没有兴趣，文化还是传承不下去，我们再忧患也没有用，最关键是老百姓热爱，要唤起全民的文化自觉，从而达到全民保护的目的。

对于文化遗产，我们怎么发展，应该不应该改变，变什么，不变什么。我想，我们现在谈保护，主要谈哪些东西不能变。比如年画，一是地方年画的经典是不能变的，代表作是不能变的，你必须永远保持你的传统节目，永远得用传统的方法、传统的工艺去做（活态）这种历史经典，这是重点保护或保护重点。

民间艺术还有几个因素不能变。一是民间艺术是理想主义的，这点不能变。二是民间艺术核心的价值观不能变。它核心的价值观是追求祥和，这是民间的精神追求。我们的民间艺术永远离不开几个主题：一个是祥和、一个是团圆、一个是平安、一个是富裕、一个是吉祥。这样的价值观是一个终极的追求，如果把它变成暴力、反传统、审丑是绝对不行的。三是民间美术有它自己的审美体系，因为它是理想主义的、情感化的，在艺术手段上多采用象征、比喻、夸张、拟人，色彩上采用五行观。民间美术多用于生活的装饰，所以符号化和图案化是它重要的特征。另外它广泛使用与语言相关的谐音的图像，这是中国民间美术一种独特的表现方式与审美形式，这些东西是不能变的。四是民间艺术的地域性不能改变。五是手工不能变，手工是一种身体行为，唯有手工才能直接把生命情感和生活情感表达出来。所以说，如果不是理想主义的，不是情感化的，不是有祥和的价值观的，没有地域个性的，不是手工的，就不是民间艺术。我刚才说的这五个基本要素是不能变的。

我所说的不变，就是保住自己，记住自己。至于变，就是站在这个原则上去变，变是另外一个大话题，以后再谈。

我们做这些事情就是让未来永远记住历史。朱仙镇有一千年迷人的历史，我希望它有比一千年更长的骄人的未来。

2008年1月16日于河南开封

担当起文化救灾的责任

——在紧急保护羌族文化遗产座谈会上的讲话

我们为什么要召开今天这个会议？会议的名称为什么要冠以"紧急"两个字？就是因为这个会的意义非同寻常。大家都知道这次大地震给人民的生命财产造成了空前损失，是灾难性、悲剧性的损失。刚才大家用了一句话，就是"毁掉了我们成百上千个家园"。这既有物质生活家园，也有精神文化家园。所以，我们文化界的同志必然深切地关注大地震所带来的文化损失。我们特别关注温家宝总理在抗震救灾关键时刻，在地震废墟现场提出的关于保护灾区文化遗产，特别是保护羌族古老文明的讲话。这个讲话在文化界引起非常热烈的反响。世界各国在大的自然灾害面前，并没有同时关注到文化遗产问题。这显示了我们国家领导人的文化视野，这也是文明古国所具备的文化情怀。

在地震发生的那一瞬间，我们当然为人的生命焦灼，同时我们也为文化遗产的损失焦灼。有人问我，在人命关天的时候，你却关心文化遗产的问题、关心博物馆的问题，怎么可能呢？我上午还响应严隽琪主席的号召到民进中央搞书画赈灾，好多天连夜作画为灾区筹款。但是，作为文化人不能失去我们的责任，我们是从事文化工作的，而且是从事遗产保护的，当然也要为文化遗产的损失而焦灼。国家领导人在这个时候讲这样的话，显示了现代文明的高度，我们为之骄傲。我们是文明大国，这个时候也同样关心我们的文明。因此，今天的会议也是对温家宝总理讲话的一个响应。

四川地域辽阔，气候多样，民族众多，文化板块也多。我们有56个民族，四川就有53个，羌族是最古老的民族之一。曾经有无数历史学家提出、论述羌民族对中华民族历史的贡献。但是这个民族今天只有30万人，它又是一个弱小的民族，一个处于震灾中的弱势群体，它当然应该得到大家的关注。如果它的文化没有了，它的文化存在没有了，这个民族也就不存在了。这样的话，我们民族文化的多样性、文化的灿烂性就减少了一大块，何况它又是与我们中华民族的根脉联系在一起的民族。国家非物质文化遗产保护工作也非常注重羌族文化，第一批、第二批国家级非物质文化遗产名录都有羌族文化列入，包括羌笛、羌族刺绣等。我们国家的文化是灿烂的，在我们还没有来得及对羌族文化进行整理的时候，这个文化受到了迎头的、摧毁性的打击。这个打击不是对文化本身，是对一个民族的文化生命和文化存在的打击。文化是有生命的，跟民族的生命连在一起。这就是我们紧急保护少数民族文化的初衷。

中华文化的多样性主要表现在非物质文化遗产上。我们的少数民族文化大都是非物质文化遗产，而大部分又不在城市里。物质性的东西受到损毁可以进行修复，甚至可以重建，但是非物质文化遗产一旦消失了，比如传承人没有了，文化的根脉就断绝了，就永远没有办法衔接上。在我刚得到四川大地震消息的时候，我马上联系了四川省民协的同志，让他们赶紧问一问绵竹的老艺人是否安好。他们是1919年出生的陈兴才、1932年出生的李方富。一个北派艺人，一个南派艺人，我记得特别清楚。恰恰是我们的非物质文化遗产保护工作做得好，把他们列入了非物质文化遗产传承人名单，当地政府很重视，给他们盖了新房子，地震中房子没有塌，两位老艺人幸免于难。但是我们并没有大批羌族民间文化传人的名单，他们的情况我们也不知道。有很多古村落还未来得及普查，羌族大批的古村落都在山谷、沟壑里，它们的状况我们也不知道。不能让它们在我们的眼皮底下受更大的损失，我们对文化生命的救援实际上与战士去救援人的生命是一样的。所以，今天的会是一个非常紧迫的事，不是一个坐而论道的会，是一个务实的会，一个操作的会，是一个把温家宝总理的讲话由响应到落实的会。

我们已经做好了准备，要成立工作委员会、专家调研组。这个工作是一个全新的课题，因为没有碰到过这样的遗产保护问题。跟一般的田野普查是不一样的，它既是紧急的，同时又是学术性很高的，我们的专家必须抢先下去，到第一线去。所以我们把工作分为三部分：第一就是到现场调查，不仅针对羌族，还包括藏族、土家族、彝族和汉族。在灾区以羌族为中心调查文化遗产、传承人情况，特别要调查震后情况和现状。第二，对调查结果要进行归纳、分类，并分出等级。第三，根据分出的等级，专家提出保护方案。所以今天我们特别请来各方面的专家，包括从四川专门请来羌族文化的专家，来研究这样一个方法。

在五年以前，我们说文化遗产濒危，要抢救。那时曾经举过一个例子，我们每一个人都是民间文化养育大的，民间文化是我们的母亲文化。我们还说过，我们的母亲一旦有病了，出现问题了，我们要出手相援。现在我们的母亲被压在废墟下，我们一定要用最快的速度进行抢救。请各位专家为我们的工作提出指导和建议。

2008 年 6 月 1 日于北京

传承羌族文化是我们的神圣职责

——在《羌族文化学生读本》首发式暨向四川地震灾区学生捐书仪式上的讲话

今天开的会实际上是我们对3个月前的那次会议的一个兑现,那是由民进中央、中国文联联合举办的专家座谈会,当时,我们也是在人民大会堂,因为地震的关系,我们特意选择了四川厅,选择了一种情感,也选择了一种爱意。因为温家宝总理在北川有一个讲话,第一个提出要抢救羌族文化,为了响应温总理的号召,我们在会议上提出了《紧急保护羌族文化遗产倡议书》。于是,我们决定奔赴四川第一线,并把成都作为我们的工作基地,接下来半个多月的时间里,我们的学者不仅在四川地区做了考察,还召开了专家座谈会,把专家们提的一些非常好的意见,整理成上万字的建言书,提交给温总理,总理也做了批示。关于建言书和专家们的意见,就是今天大家手里所拿到的一本书——《羌去何处——紧急保护羌族文化遗产专家建言录》。

随后我们到灾区调研时就决定要出一本《羌族文化学生读本》,首先把羌族历史文化放在这本书里送到灾区,帮助年青一代做好他们文化的传承。

我们的目的全写在了《羌族文化学生读本》这本书开篇的寄语中。我们过去都没有专门给孩子写书的经验,也不知道教材应该怎么做。所以要写这本书的时候,诚惶诚恐,我们写完以后,决定给三方面的专家看。第一是请民进中央看,因为他们是以文化和教育为特色的党派,先给这些从事教育、负责编写教材的专家们看,请他们审阅、提意见。第二是给研究羌族文化历史的学者们看,我们就给北京的,特别是四川的一些羌文化学者看，请他们审阅、批评。第三是把书稿寄给了上海《咬文嚼字》编辑部看，请他们挑问题。我们的目的是对孩子们负责，今天这本书面世，它需要各方面的同志、各界的人士不断地提意见、不断地修订，希望它能够在羌族文化的传承上起到作用，希望受难的人民不仅得到生活的复原，文化也能得到复原。

像羌族这样受到这么大的自然灾害的民族，复原有很大的困难，我总觉得这次地震好像是一次恶作剧，好像是针对着我们这个非常古老的、为中华民族做出过卓越贡献的、有灿烂文化的，但是人口又少的民族而来的。地震重灾区如汶川、北川、理县这些地方，全是羌族的主要聚集地。95%的羌族人住在重灾区的中心地带，这次地震，羌族的30万人就损失了3万多人。无数的家园被损毁，他们的自然环境、生存条件、周边生态、生活家园被毁掉了。有些古老的山寨从2000多米的山坡上被推到山谷里，甚至推到堰塞湖里。他们赖以生存的自然环境、耕地都被破坏了。尽管这些年来，我们对羌族文化做了一些抢救，但是我们刚刚摸到边。我们民族的文化实在太灿烂了，我们的民族太多了，我们列入国家非物质文化遗产名录的羌族文化也不过就是五六项，大批羌民族文化在我们还不知道的时候已经消失了。很多杰出的羌族文化传承人，我们还不认识他的时候，甚至根本谈不上拜访，他们已经离开了我们，已经是人亡艺绝。

我对与我同去的罗杨同志说，我们的民族文化那么博大精深，尤其是这次处于地震核心区的羌民族，这里有古村落、羌族民族文化的典型代表羌寨碉楼，有作为非物质文化遗产传习所的"绵竹年画村"，还有非物质文化遗产的专题博物馆，这些都记录着羌族文化的宝贵财富。我说，无论如何，我们都要担负起抢救和传承羌族文化的重任，如果我们不出手帮助的话，羌族文化就会很快淡化、消失。我们中华民族有56个民族，每一个民族的文化都是我们的精神家园，我们56个民族一个都不能少，特别是少数民族，特别是没有文字的少数民族，他们的文化就存在于他们的非物质文化遗产中，如果没有这个文化，这个民族就没有了。民族文化是民族之本，所以保护、帮助我们的兄弟民族，特别是这个在历史上创造过奇迹的伟大的羌族，产生过禹和炎帝的羌族，是我们神圣的责任。我们仅仅做一本书是远远不够的，接下来还有大量的工作，怎样能够在文化复原的过程中保持它的原真性，是我们神圣的责任。我们文化界要投入到抗震救灾这个远远没有结束的工作中，使我们中华民族的文化的整体永远发散它的光芒，永远保持它的辉煌。

2008年9月7日于北京

历史文化与文化产业

——在大唐西市论坛上的讲话

在西安讲话是困难的,在西安是不能随便讲话的,因为西安这地方的文化实在是太厚重了,讲错了历史会耻笑你。最近的十年,我们在做民族民间文化遗产保护工作,现在进入了一个瓶颈,到了一个很困难的时期。现在我们国家政府越来越关心非物质文化遗产,全民也有了这样的意识,而且我们也有这样的保护体系。可是为什么说它进入了一个瓶颈?我要说实话:一方面我们中国文联、中国民协发起了"中国民间文化遗产抢救工程"的项目。应该说我们中国的知识分子在做遗产保护的这件事上,一点儿不晚于西方人。因为现在整个的人类都是由农耕文明向工业文明转化。在这个转化的时候,是一点一点的,先是从发现到认识,从认识的不自觉到自觉,这才有了一个遗产的概念。原来人类对遗产的概念都是个人的、私有的、物质性的财富。比如说我们的爷爷、奶奶、父亲、母亲留给我们的细软,留给我们传世的一件物品。它是个人的、私有的、物质性的财富,这叫遗产。但是到了20世纪中期,整个人类由农耕文明向工业文明大踏步转化的时候,忽然发现人还有一个大家公有的、共享的、精神性的财富,这个财富就是文化遗产。进入20世纪的后半期,联合国对"人类文化遗产"做了新的拓展,开始时都是物质性的,比如我们的长城、故宫、颐和园,西安还有几处都是物质文化遗产。20世纪末21世纪初,联合国把非物质文化遗产的概念提出来,大概是在2003年左右。

我们中国知识界2002年就开始启动了非物质文化遗产抢救工作,也就是中国民间文化遗产抢救工程。虽然我们的现代化速度很快,虽然我们是从"文革"进入了改革，我们是突然性地，不是线性地进入了一个宏大的改革开放的时代。虽然我们的660个城市在20世纪80年代中期开始了世所罕见的城市再造，城市再造是全世界都没有的。没有任何一个国家，把原来所有的城市都用推土机推平了，然后重新造一个城市，在人类史上都是没有过的。中国的唐山可能是一个再造的城市，因为它经历了那么大的地震。德国的杜塞尔多夫也是一个再造的城市，因为它在二战中被夷为平地。但是我们这次城市的再造，是自觉地、主动地把我们660个城市全部推平，把城市所有的历史记忆一铲而除，然后盖起一个个相互差不多的新城。我们是在这样的一个环境下、背景下提出了我们的文化遗产保护的主张。这次我们一提出来，就一定是具有时代性的，一开始一定是不被人们所理解、所认识的。因为这时候中国人太穷了，我们太渴望拥有物质了。我们这个时代要市场做主，而市场经济需要消费刺激，要依靠消费就一定要刺激人们的消费欲望，刺激人们的消费欲望一定刺激人们的物质拥有欲，刺激了物质拥有欲之后人们就会轻视具有精神价值的事物。在20世纪末的时候我们就感受到一点，就是我们跟自己的传统文化的疏离。我们在这样一个纷纭的竞争的状态里，找不着我们自己文化的立足点，这是在一个巨大的变革中文化失落的一个体现。文化的失落会带来精神的失落。所以在20世纪末21世纪初的时候，中国的知识界就有一种声音出来，就是要保护我们的文化遗产。

　　保护我们的文化遗产我想不仅仅就是保护大雁塔、天坛，不仅是要保护文化本身，更重要的还是要找到我们自己的精神、我们的传统、我们的基因，几千年来一贯而来的我们特有的一个精神。就在这样的一个背景下，我们的文化遗产保护工作做了十年，到了现在，感到问题愈来愈大，越做越艰苦。我也参加国家非物质文化遗产的评定，我是文化部的国家非物质文化遗产评定专家委员会的主任。2006年评了518项，今年又评了900多项，现在已经有1000多项被评定为了国家非物质文化遗产。我们的文化很丰富很博大，但我还是忧虑重重，就是我们现在真正的力

量是用在非物质文化遗产评定的前面,而不是评定的后面。这个文化遗产一旦被评定上,基本就放手了,这在各地非常普遍。我觉得这跟部分官员的不良政绩观有很大的关系。一个官员,如果在他任职期间能有一项被评上国家非物质文化遗产,就可以写到他的年终总结,写到他的政绩里,跟他的政绩相融合。可是当评定以后该保护了,这些保护的具体的事,一些烦琐的、日常的、要费力气的事,还要用钱,这些事是写不到政绩里。我最近在《人民日报》写了一篇文章,我说咱们应该研究一个文化政绩怎么评定。一个民族不能光有GDP,还应该有民族精神的DNA啊!

实际上文化遗产,在评定之后才是保护工作的开始。你已经被评定为中华民族的文化遗产了,你就应该倍加珍惜,应该开始保护了吧,怎么能评完就扔在一边,我觉得这是一个非常迫切的问题。怎么解决?无论如何我们得想办法,得通过国家和社会各界的力量。

再有,这些还不能没人管,得有人管。谁管?开发商管。比如说,一个村落被定为名村了,开发商认为可以开发了,可以用来做旅游了。开发商怎么管?承包。一般被承包旅游的村落都是村前面安一个门,村后面安一个门，村口售票，村里面找几个比较像样的建筑稍微修一下，然后再找一些当地的文人编一点儿伪民间故事。然后在旁边像模像样地放几个垃圾桶，垃圾桶大部分都是一个熊猫抱着一根大毛竹张着嘴，等人把垃圾扔它嘴里。这样就开发了。商业开发一定按照商业的规律，商业一定要在你原有的文化里面来挑选卖点。能够作为卖点的要用，不能作为卖点的就抛掷一边。这样一来，原有的文化一定会被解构。所以我说民间文学会最先消失。因为民间文学不能成为商品，不能成为卖点。但是民间的歌舞，民俗节日的表演，民间的美术、刺绣、剪纸、年画、布老虎，这些东西容易成为一种商品。所以各个古村落里最热闹的都是这一部分。还有些干脆把村里的村民都请走了，然后房子都租给全国各地来的小商贩开店，那就更复杂了。这种古村落还有文化记忆和内涵吗？

旅游属于文化产业。"文化产业"是一个新词儿，它跟三聚氰胺一样，都是新词儿，过去没听说过。但是我们要想，文化产业是什么？它到底是文化的呢，还是经济的呢？它的目的到底是文化的呢，还是经济的呢？它是属于文化的，还是属于经济的？它是为了文化发展呢，还是为了经济发展呢？我觉得这些问题必须思辨清楚。这使我们想起一个老词儿、一个口号，就是"文化搭台，经济唱戏"。这是在20世纪80年代末90年代初出现的一个非常流行又非常无知的口号，不像我们在文明古国文化大国里该叫红了的、一个非常粗鄙化的口号。自古以来都是经济搭台、文化唱戏。可是到了我们这时代，文化只剩下搭台的功能了。文化是什么呀？文化是一个民族的精神和精神生活，是一个国家、一个民族的凝聚力。文化带给人最深层的东西我想是视野、境界、气质。仅仅把文化当作一个软实力是不够的，它包含一个民族的灵魂。如果我们仅仅把文化产业看作是一个产业，它最终的目的仅仅是为了提高这个地方的GDP，或者是作为这个地方的经济支柱的话，那么它给文化带来的可能是负面的影响。在票房极高的影视剧里，乾隆、纪晓岚都上房了，最近听说孔子也要上房了。不能上房的都上房，这就是产业化追求的目标。好像文化的严肃性、纯洁性、尊贵性不是最重要的。如果一个民族的文化不尊贵了，我们有钱又有什么用啊！使一个人有钱是容易的，使一个人有气质和文化是困难的。使一个地域有钱不是太难的，使一个地域有良好的民风是困难的。所以我们要强调文化产业里面的精神性、文化性。如果我们不说这个话谁说？我们不说的话就会放任自流，他们就会胡来。文化产业就是文化变为产业可操作的资源，简单地说是能够卖钱而已。不能为了卖钱就改变我们的文化。大连提出要让城市绿起来、高起来、亮起来。绿起来当然很好，绿化。在美国很多人认为高起来是一个麻烦，使人与大地离得愈来愈远，这是已经被提出质疑的一个问题。最荒唐的就是亮起来。我跑过那么多国家，没有把亮起来当作一个城市现代化的标志。在西方一个城市晚上最亮的恐怕就是红灯区了。这种混乱的思维造成了我们城市文化找不着自己的特点。这和我们重经济轻文化有关。经济上你会三十年河东三十年河西，文化这张王牌是永远不会改变的。

六年前我和建中刚见面的时候，他说要做大唐西市，我听了特别振奋。我就问他要怎么做，他就把他的一些构想跟我说了。我当时认为他找到了西安文化的一个非常重要的点，就是丝绸之路。丝绸之路的起点是放在西安好还是放在洛阳好？不管学术界怎么争论，我认为西安还是最重要的起点。但是比起点更重要的，是从丝绸之路带来的世界各国的物质与精神，最后都是到了西安，西市是一个重要落脚点，也是中国历史上最大的"超市"，世界性的"超市"。不可想象，这个"大超市"里面摆上世界各国的商品和物品，世界各国的人来，是国际性的。另外还有一点是过去不被人注意到的，就是丝绸之路是一条人类的商贸之路，大唐西市是一个商业性的文化的遗迹。建中做了几年努力，今年"两会"的时候他把他的材料给我看了看，看了之后我还给他写了一篇文章，我非常赞成他这么做。我为什么赞成他这样做？因为几点跟我的想法基本都是一致的。

第一，他先寻找资料。重建和复建的基础是最大限度地掌握文献资料。他请了大量的专家来帮着做，我觉得很重要。我觉得这是对文明的一种态度。历史不管创造了多灿烂的文明，关键是你现在是不是用一种尊重的文明观来看这个文明。你要尊重这个文明，尊重它你就跟它相连，不尊重它你就跟它中断。所以这点我很钦佩建中，他在这个时候能够把知识界的人和专家学者请来，帮他分析和论证大唐西市。我认为大唐西市是西安一个重要的文化遗迹，但是它消失了，必须要重新论证。论证清楚，才能认知它在历史上的重要性，恢复它的必要性，才能找到深层的东西来。

第二，就是考古。考古他做得很好，仔细地发掘，这正是在发掘的基础上作了一个博物馆。我今天看了看他的整体想法和计划。我觉得他把一个博物馆作为中心的想法最有意思，这不是一个一般性的恢复重建。如果一个一千多年前的场所，我们在没有任何直观的东西可以作为参照的情况下，完全凭想象只是为了旅游盖了一些儿仿唐的建筑就说那是大唐西市的话，不仅对历史不负责任，而且也没有任何的吸引力。

把一个庋藏极富的博物馆作为中心和重心，就使这个历史空间变得真实可信，可以感知。

他找的另外一个立足点，就是当时的中国人开放、博大、包容的精神，跟今天我们的西部人开放的、包容的情怀联系在一起。反过来说，他把它做成一个带有中国文化符号的、现代的文化超市，放进去大量的历史实物。这些实物来自这块土地，是历史大鸟飞走后留下的缤纷灿烂的小羽毛，现在被精致地放在博物馆里，这便使原本空无一物的大唐西市血肉丰盈起来了。这个博物馆把整个大唐西市的文化骨架撑了起来，它体现了他作为一个企业人对于文化的责任感。他注重文化的精神性，不是拿着历史文化赚钱发财。如果这是文化产业，我当然举双手赞成。对于当今一哄而起的文化产业，它具有楷模性，应该认真研究它、认识它、推荐它。

现在文化保护有一个问题，就是现在的文化保护在某种程度上，还是政府保护、专家保护，还不是全民保护。比如说我们的三个节日，清明、端午、中秋（设为法定假日），还有春节的假日前调一天，也都是专家呼吁的结果。有的假日放假了，老百姓却不知怎么过。但是只有把政府保护、专家保护转变为全民保护，传统节日才能延续下来。因为每一种非物质性的传统艺术的继承，离不开的最重要的就是传人。一个民族的节日的传人是全体人民。如果我们不过节，那么这个节日就没有了。所以我认为节日最重要的就是全民过节。全民过节就是我们每个人对我们自己的文化都有一份情怀。我们都要关心我们城市的文化，都关注我们的非遗。那么现在企业界有这样的令人赞赏的做法，就希望我们文化界多关心、关注大唐西市的建设。举一个例子，清明节我们在绵山做一个论坛的时候，去了很多专家学者。绵山这个地方是晋中的一个非常重要的佛教圣地，保留了15尊全身舍利，最早的两尊是唐代的，还有几尊是宋代的，雕塑水平非常高！当时我觉得这事我有责任。当地政府根本不知道满山遍野都有这些珍贵的遗存，就把它整个给了开发商。虽然这个开发商对文化有情怀，喜欢文化，盖了一个很大的殿，把这些佛全请进去，齐聚一堂，给保护起来了，但是保护方法不是很好。所以我觉得先要帮助他梳理这个遗产，最近我用了不少时间，请了摄影师帮他把所有塑像拍了一遍，我也多次上山，帮他编一部这个地方雕塑的档案，叫他知道他的东西有多宝贵，叫他以此为荣。编了档案他就知道这个东西都是在案的，不能破坏，这样就促进了保护。我们尽我们的所能做我们能做的事情。

还有，希望一定要把这个"大唐西市博物馆"当作专业的博物馆来做。希望：第一，博物馆的每一件东西都要非常科学地鉴定，各种信息要非常准确，不能有任何疏漏；第二，分类要特别清晰，讲究专业，还要有相应的研究。第三，陈列要有创意，策展要体现研究水平，展示要注意与观众互动。我希望这个博物馆做好、做精、做出文化的精粹性，还有大唐文明的高度来。我不主张把文化做大做强，主张做精做细。这样才是对我们祖先留下的东西负责的态度。我觉得，我们每一代人都有一个神圣的职责，就像奥运会的火炬一样，把先一代人他们点燃的火炬接过来，在我们手里要保存好，不能让它熄灭了，甚至还要让它熊熊燃烧，然后我们交给后人。这就是文明的传承。这是我们每一代人神圣的责任，是我们不能推卸的责任。

2008年10月29日于陕西西安

呼唤全民的文化自觉

——在田野的经验·中、日、韩非物质文化遗产保护方法论坛上的讲话

今天，有来自日本、韩国的专家学者，还有国内各大专院校、科研机构以及台湾的专家学者到我们学院来参加论坛，共同研讨抢救和保护文化遗产的"田野的经验"。天津大学是中国历史上第一所大学，它岁数最大，同时又是最有活力的大学。我们文学艺术研究院是天津大学的人文中心之一，所以也最适合各位专家学者在这块沃土上栽种思想的种子，开放学术的花朵。

自20世纪中后期以来，"非物质文化遗产"这个概念渐渐地进入了全人类的视野，被全人类所重视。这在遗产学上是一个非常重要的、里程碑式的概念。这是从物质文化遗产认识到非物质文化遗产。我常常想这样一个问题：如果我们现在还没有"非物质文化遗产"这个概念，还没有"保护非物质文化遗产"这个观念，那么半个世纪以来，在全球化、工业化、商品化、城市化飞速发展的时代，我们全人类的非物质文化遗产至少要损失一半。所以，它的意义非常重大。

可是，非物质文化遗产不是在博物馆里面，不是在书本上，它是在生活里，它是一个生命。它不见得是看得见摸得着的，但是它在你的血液里。它时时要以美轮美奂的、富于魅力的方式表现出来。所以说，非物质文化遗产是无处不在的，它在我们的生活里面。我们只靠分类是解决不了非物质文化遗产的问题的。它是整体的、活态地活在我们的文化里的。它影响着我们的生活方式，影响着我们的思维方式，是我们生命里的非常重要的内容。我们的田野，实际上就是我们的生活。也许我们

过去有一种误会，我们是城市人，认为田野就是农村。我们离开城市到农村去，才是去做非物质文化遗产的调查、抢救或保护。实际上，我们每个人身上和周围都有文化历史的积淀。所以说，我们的田野工作应该是我们做文化遗产抢救和保护的一个出发点和终结点。我们离不开田野。世界上，这么多的国家和民族都有非常灿烂的文化遗产，都有独具特色的田野调查的经验，我们需要交流。

中国文联把文学艺术分为12大类，有文学、戏剧、舞蹈、电影、音乐、摄影、书法、美术、曲艺、杂技、电视、民间文艺12个艺术家协会。我们中国民间文艺家协会，在全国有几千位民间文艺工作者、专家学者和民间文化传承人。在20世纪末，我们遭遇到了共同的重大问题，就是全球化、工业化、城市化。我们田野上的56个民族的民间文化受到现代化的冲击，全面濒危。我们民间文化工作者认为，我们有一个责任——要去抢救和保护。但是，在几千年的农耕社会里形成的民间文化到底有多少种、有多少形态，我们不知道。我们必须把这个家底全部搞清。所以，从2002年年底开始，我们正式启动了"中国民间文化遗产抢救工程"。我们要对960万平方公里上的56个民族的所有的民间文化进行系统、全

面、地毯式地普查。这个普查，实际上就是一个大型的田野调查的工作。它不同于以前的专家个人的调查，而是一个集体行为，面对的是一个民族的文化遗产。它既要对过去文化的创造者负责，也要对未来文化的享受者负责。这是我们这代人文知识分子神圣的责任。就像传递火炬一样，我们要把前一代创造的文明之火接过来，完整地交给下一代。

中国民协开展的这项田野调查，有以下特点：一、集体性。二、多学科。既有民俗学、文化学、历史学、美术学、美学，也有人类学的方法和视角。三、多种方法。它不仅要用传统文字的、照相的记录方式，还要用声音和动态图像的记录方式。我们做任何项目和任何领域的调查，首先都要做一部工作手册。它必须是统一标准、统一规格，出来的成果才是严格、科学和系统的。我们做的传承人普查、认定和命名，中国木版年画集成，古村落，民俗志等项目都有工作手册。因为，不只是我们专家做调查，还要动员当地人来做。只有当地人重视了他们的文化，文化才能保护下来。不能光指望专家来做，专家走了，当地的文化照样消亡。所以说，我们必须在当地做培训工作。比如说，中国民协副主席余未人在做《中国民间美术集成》示范卷《中国民间美术集成·贵州卷》时，就在当地搞了很多的培训班，所以才能够把贵州省的9个地市、州，85个县，2000多个村庄全部普查了一遍。普查成果《中国民间美术集成·贵州卷》在美国获得了一个大奖。我们在普查的基础上，建立了民间文化遗产抢救工程档案数据库。

我们还肩负着一个责任——呼唤全民的文化自觉。包括确立我们国家的文化遗产日，都是文化界呼吁的一个结果。不仅需要专家的保护，专家还要促进全民的保护。也只有全民的保护，文化遗产才能真正保护下来，因为非物质文化遗产是属于全民和全人类的。保护各自民族珍贵、独特的文化遗产，也就是保护人类文化的多样性。这是世界上所有文化学者共同的目标。让我们为这共同的目标而努力。

2009年6月12日于天津

收尾就是把好最后一关

——在《中国木版年画集成》收尾工作专题会上的讲话

欢迎大家远道而来在我们学院开会，这是一个关于木版年画专题的、非常实际的工作会议，刚才向云驹秘书长把基本情况都说了，我大致再把这个事情的来龙去脉捋一捋。我们文化界做的中国民间文化遗产抢救工程是从2003年开始的，但是2002年我们做了一些事，先组织了一个精悍的专家组，在整个中国大地上大规模的田野普查启动之前做了一本普查手册。当时我们组织了一批民俗学、民间文学、民间艺术方面的专家，还有从事民俗摄影摄像的专家，组成了一个小组，在山西的晋中地区，对一个古村落，就是后沟村，以及以剪纸著称的祁县做了田野调查，目的是为即将启动的中国民间文化遗产抢救制定统一的规范和方法，即《中国民间文化遗产抢救工程普查手册》。这一切都经过专家们的研究，是非常严肃的、学术性的，后来我们的整个普查都依据这个普查手册来进行。此后，也就是2002年冬天，春节之前的时候，我们在河南的朱仙镇举办的国际年画节上，发动了中国木版年画的全面普查和抢救工程，所以刚才向秘书长说，这是一个"率先的举动"。原来打算在"两会"之后启动，当时中央已经批下来的，并确定为"国家社科基金特别委托项目"。这样我们就必须找一个项目开始，这个项目可能是民间戏剧，也可能是民间文学，于是在朱仙镇的年画节上就决定从年画开始吧，按当时的说法是我们把年画作为整个抢救工程的龙头。

然而，这不是随机和即兴的，而是源于一种思考。因为我们看准了年画在中国民间文化中的一个特殊意义，后来我在《中国木版年画集成》的序言《中国木版年画的价值及普查的意义》里面写得很清楚，因为中国古代人们基本上是农耕生活，老百姓生活的高潮就是节日，农耕时代里最重要的节日是春节。人们生活的节律和大自然的春夏秋冬一轮的节律是同步的，所以冬去春来对农耕时代人的生活至关重要，它是新一轮生活的开始，点燃了新一轮生活的希望，这时候人们所有精神、理想、愿望，包括梦想，都在春节里自觉地表达出来。后来我写过一篇文章说，春节是把生活理想化、把理想现实化的节日，春节为什么要吃得特别好，穿得特别好，就是因为人们把日常的理想与向往在春节时"实现"了，也就是尽可能把理想的生活在春节的时候成为"现实"。所以说春节是民族情感的大爆发，人们所有对人间的理想、愿望、情感和诉求也都在春节里表现出来，它也特别具体地、特别充分地在五彩缤纷的年画里呈现出来，年画里面所包含的精神文化内涵是其他的民间艺术不能比拟的。还有我们中华文化的最重要的一个特点是：多样性——现在之所以保护人类文化遗产，就是要保护人类文化的多样性，而我们中华文化自己也是多样的。我说的多样性是指地域特点的多样与斑斓，这点在各产地的年画中可以看得非常鲜明。还有一点，就是年画的技艺的多样和高超，年画本身集中了雕刻、印刷、绘画等各种技艺手段，它跟生活、跟民俗结合得非常紧密，所以我们把年画作为整个民间文化遗产抢救的龙头来做。

此外还有一个潜在的想法，就是想把它作为一种示范或范本来做，这是我们做《普查手册》那时候的想法，因为我们对中华民间文化的大普查是历史上的第一次，前人没有做过，我们没有现成的方法可以遵循，我们的一切的方法、标准、规范都要由自己创造，至于专家们制定的手册是否可行，必须在年画普查中来试验，做好了就是示范，所以刚才向秘书长用了一个词，叫"标志性的"，这个概念我非常同意。所以说从田野普查到学术整理再到建立文化档案，整个的过程都要建立我们自己的非常完整的学术方法。

另外，我们的视角是用多学科交织的办法，既有文化学的、美术学

的、历史学的、民俗学的,也有人类学的,各种各样的方法,多种视角同时来做,我们当时的想法就是,把一棵花从地上挖起来,如果让它活着的话,必须带着它的原土,越大越多越好,因此它必须是一个全方位的、立体的调查,区别于以往学者做的个人化的民艺调查。比如过去的年画学者偏重于收集年画,偏重于注意物质性的本身,我们更注意非物质性的。这样,从人类学的角度,全面地进行调查,必然包括历史、地缘、生产、生活、民俗,年画的分类、张贴、工具、材料、印刷过程、销售以及画店、艺人和传承,这是全面的调查,这个调查以前没有人做过。最近我们学院在做一个展览,还有一个国际性论坛,叫作"田野的经验",活动中我们向日韩学者展示我们普查系统性的方法,后来韩国和日本的学者跟我讲,他们没有这么做过。

除了我们采用的多学科交叉的普查方法,我们还同时并用了四个手段:文字的、拍照的、录音的,还有动态的录像。动态的录像特别重要,因为我们更注重非物质的那部分,非物质的部分一般是以动态的形式呈现的,没有录音、录像,就没法记录它的非物质性,文字和拍照记录的大部分是物质性的，所以我们是多种手段同时并举，这也是前所未有的。这套方法与经验我们后来在剪纸、唐卡等民间美术普查中也采用了，当然根据不同的艺术门类略有变动。这套方法使我们在遗产普查中能够做得完整、做得充分，更符合非遗的特性，这在后来的2006年开始的国家非物质文化遗产名录的认定中发挥了作用，也使各地方政府的非遗普查在理念和方法上有"法"可依。

当然，我们延续地还做了一些工作，如帮助各产地建设博物馆，保护传承人等，这些工作以后要专门开会研究。一个地方的文化遗产整理出来之后，怎样保护、怎样发展，这是一个大课题，这个课题当然要解决，如果不解决，我们中国民间文化遗产抢救的成果很可能就是当地官员政绩的盘子里的一块肉，或者是开发商盘子里的一条鱼，从而使文化遗产保护落到一个新的瓶颈里，这是一个新课题、新难点，今天先不说。还接着刚才的话说，在我们建立起一整套普查体系之后，就有了我们自己的方法和经验，这个经验非常重要，我们在这个方面所取得的经验的意义并不比年画遗产本身的整理次要。这是我要说的第一个方面。

第二个方面，今天我们要开一个会，是木版年画这个项目里的最后一次会，叫收尾工作会。前一段我们开了无数的会，启动、推动、研讨、交流，发起不少次抢救的行动，从武强旧城村屋顶年画的抢救，到滑县木版年画的发现和抢救，到地震灾区的绵竹年画抢救等，我们有了大量的、丰富的收获。再比如云南纸马一直被认为只有几十种，不会超过100种，但是这回我们普查到的货真价实的品种是1200多种，这不是年画的数量问题，是我们对于白族为主的少数民族信仰世界的认知，也使我们对纸马的认识比以前要充分得多，这个价值非常高。

从今天起收尾工作分三个部分，第一部分是已经做了的11卷，包括杨家埠、杨柳青、武强、绵竹、滩头、朱仙镇、内丘、云南、高密、滑县，还有俄罗斯藏品卷。俄罗斯藏品卷刚刚印出来，我们学院有个展览，你们可以看一看，这个很重要，在我们中国人没有把年画当作一种文化的时候，俄罗斯人从19世纪末就大量地收集中国的木版年画，到现在将近7000种，而且多是精品。要论精品，俄罗斯收藏的和中国大陆现存的相比一点儿也不少，何况还有黑水城挖出来的那几幅宋代的年画，我们年画研究的鼻祖在俄罗斯，这话不过分吧。所以这一块也是我们工作的一个重点，故而邀请了俄罗斯科学院的院士、国际著名年画专家李福清写了一篇8万字的长文，记载俄罗斯学者研究中国木版年画的全过程，还有近百年来俄罗斯学者研究中国木版年画的论文的目录，这本书的学术分量非常重。这是第一部分，属于已经完成的部分。

然后，现在进入编辑出版程序的是6卷。一个是平度东昌府，这卷做得非常好，很规范，中华书局也认为不需要改动了。还有重庆梁平、山西新绛、陕西凤翔、福建漳州、广东佛山，这几卷基本上成形了，经过编辑出版的程序之后，就可以印刷了。这几卷的工作要严格把好质量关。

目前还有4卷是需要下劲儿的：桃花坞、小校场、临汾、拾零。但是这4卷我们基本上心里也有谱了，桃花坞是高福民在做，他原来是苏州市文化局的局长，对苏州的文化了如指掌，做了大量的非物质文化遗产抢救工作，我们现在看到的苏州的有几个非常重要的文化遗产，甚至列入了世界文化遗产名录的，都是福民那时候做的，他后来在苏州政协做秘书长，但仍然文化之心不死，正在努力做这卷，"南桃北柳"中"北柳"早出来了，"南桃"正等着开花，所以"南桃"还要抓紧。其他如临汾、上海小校场、拾零各有各的问题，有的问题不小。这几卷是我们今天讨论和研究的重点。我们要想出好办法，能解决问题的办法。

今天的会有这么几点请大家注意：一是这是实实在在的工作会，二是把未完成的卷本落到实处，三是解决所有实际的问题，四是制定时间表，倒计时。

中国民协明年有几个大的工作。其中一个是全国古村落代表作的整理。第二个是从20世纪80年代"三套集成"开始直到现在，收集和整理的口头文学达8亿多字，我们要把它们全部数字化。另外，中国民协明年就成立六十周年了,一个甲子,要有一个大的庆祝和论坛。还有一个工作,就是咱们这个木版年画抢救和普查工作明年要结束,要在人民大会堂召开表彰大会,这是个大事,要有表彰大会、研讨会、全国年画大展,现在已经有好几个产地提出来明年年底搞年画节。这次我们搞年画节心里有底了,因为我们对所有的年画都心里有数了。面对上边这些计划,必须要在今天的会议上把未了事宜全部落实了。

最后,十分感谢与会的各位同志的支持,有了大家一同使劲,我对咱们的收尾工作信心十足。

2009年12月8日 于天津

在节日中享受我们的节日文化

——在我们的节日·第三届中国传统节日
（清明·寒食）文化论坛上的讲话

为了建设我们的清明寒食文化，我们选择了绵山，因为绵山是清明寒食节的原点，也是清明寒食文化的源头。在绵山，清明寒食节的时间、地点、人物都是确切的，非常清晰，这在我国节日中是少有的。所以我们今天在这里搭建这样一个文化研究平台，请来自全国各地和周边各国的文化学者、专家，相互交流，共同探讨。其中有几个自觉值得我们特别关注。

第一是国家的自觉。清明节和端午节、中秋节一道在2007年12月由国务院公布为法定假日，国家能够拿出三天放假不是小事。节日是我们生活的高潮，它极致地表现了人们对于生活的情感、愿望、理想，以及价值观。节日作为中华传统文化的体现是非常重要的，国家要给人民过好这个节日，就需要创造一个平台，一个时间的平台。如果没有这个时间，就没法过节日，就谈不上节日文化自觉。文化是什么？今年"两会"上温家宝总理的讲话非常好，他在政府工作报告中第一次对文化下了定义：文化是一个民族的精神和灵魂，是一个民族真正有力量的决定性因素，可以深刻影响一个国家发展的进程，改变一个民族的命运。总理还讲，没有先进文化的发展，没有全民文明素质的提高，就不可能真正实现现代化。这就说明，文化是作为一个民族的灵魂而存在的。文化可以产生经济效益，但是文化绝不是为了创造经济效益而存在的，它的存在意义在于精神价值。政府正是看到了文化在国家发展进程中对提升全民素质和社会文明的重要性，所以才在这几个节日放假，我觉得这体现了一个国家的自觉，这种自觉对于文化建设至关重要。中华民族不能光在物质上富有了，我们还应有很高的文化、很高的气质、很高的精神境界，这些东西相当一部分保存在我们的节日里面。也可以说我们所说的"核心的价值体系"的一部分保存在我们的节日里。我想，这是国家在传统节日放假的主要根由。

第二是地方政府的自觉。文化传承任重道远，不是我们搞几次活动就可以解决我们的传承问题的，地方政府义不容辞。在这方面，我和张平副省长、秦太明书记有共鸣。山西是一个文化富省，可挖掘的资源很多，谁来挖掘、怎么挖掘？我觉得，更重要的还是人民要自己知道自己的文化宝贵在什么地方，但在现阶段离不开地方政府的引导。应该说，各地政府这种自觉已经有了。

第三个自觉来自下面的社会各界。比如企业做文化要有理念、有担当，不能纯粹拿文化卖钱。绵山风景区用文化推动旅游，从最早的荒山发展成现在的规模，同时很多历史遗存也得到了有效保护。这与一个地方企业的文化自觉有很大关系。

第四就是老百姓的自觉。节日不能只是政府过、专家过，还应该人民过，而且就应该人民过。这两年有一个非常好的理念叫"我们的节日"。节日文化和别的文化遗产不一样，后者的传承靠的可能是一个村落、几个艺人，而节日的传承人是广大人民。每个人都是节日文化的携带者，也是传承者。只有人民过上了节日，我们的节日文化才能代代相传。

但是现在有很多节日已经跟我们渐行渐远了，有两个原因：一是因为社会的转型，我们迅速由农耕文明转向现代文明；二是我们曾经人为地削弱了自己的文化，出现了文化断层。现在来看这个断层是很可怕的。一代人的中断是疏离，两代人的中断会产生隔膜，三代人的中断就难以弥补了。我们常讲，物质文化遗产怕毁坏，非物质文化遗产怕中断，所以说形势非常紧迫，那么我们怎么来抓紧时间传承文化？

我们讲传承，首先要知道传承什么东西。我认为节日文化建设最重要的就是传承节日的精神。中华民族五千年生生不息，靠的是什么？靠的就是这些全民共同认可的精神力量，这是节日最重要的、最需要传承的因素。所有的节日都有它的精神。清明节有两个主题，一是认祖归宗、怀念亲人，另一个重要主题就是对大自然的亲和，所以就有了扫墓、祭祀、蹴鞠、踏青、插柳一系列的风俗。我们下一代人、下两代人不一定像我们现在这样过清明，他们会有所发展，但他们不能丢下清明真正的含义，即它的文化精神。实际上，中国所有的节日都包含两个方面：一是对人际与生活的期望，二是对人与自然关系的理想。这两个关系都期望和追求和谐。清明是很美的，踏青，寻根，这是多美的词，人们像寻找恋人一样寻找春天。所以我说，我们的节日最重要的就是精神、情感，是我们共同的心灵生活。清明，体现了这个季节老百姓对祖先、对大自然的情感，人们需要在节日里享受生活、享受自然、感悟心灵。我们的职责就是要挖掘节日文化，弘扬节日文化，这需要政府、专家和企业的共同努力，让人们在节日中享受我们的节日文化。

可以说，只有人们享受着我们的节日文化，节日就传承了。

节日是我们的集体记忆。如果我们的孩子在一个缺少节日记忆的环境下成长起来，对节日符号一无所知，这只能怨我们没有尽到自己的责任。所以我建议，我们的节日文化要进入小学课本，但同时我反对节日文化教育应试，不能再给孩子们增加负担和压力了。美好的东西，应该像在博物馆欣赏藏品一样，重要的是让他们享受，在观赏、娱乐的同时理解，自然而然地流入他们的血液，形成文化记忆。没有这个记忆，就没有这样的节日情怀，节日建设是不可能的。节日跟一般的假日不一样，礼拜六、礼拜天可以踢球、游泳、睡觉都没关系，但是节日有特定的文化内涵，政府、社会、旅游部门要给公众特别是我们下一代搭建这样一个平台，创造这样的一个文化环境，让他们有文化记忆，我觉得这是一个非常重要的问题。节日文化重建最重要的就是对下一代负责。

传统节日放假到现在不过三年时间，还处于政府、专家和社会各界通过呼吁、旅游、报道等各种方式进行宣传和引导的阶段。但是我们永远不要忘了，最重要的一点是传承，是唤起每个人对节日的情怀和情感，去享受我们的文化，为我们的后一代留下美好的文化记忆，这样我们的中华文明才能传承下去。

2010 年 4 月 4 日于山西绵山

为了中华文明的传承

——在中国民协成立 60 周年纪念大会上的讲话

今天,全国民间文艺工作者喜笑颜开。我们共同的、值得自豪的专业团体——中国民协,迎来了它的甲子大寿。

在这个日子里,我们首先想到的是中国民协创业的岁月和它的发起者;想到郭沫若、老舍、周扬、赵树理、郑振铎、钟敬文、贾芝、冯元蔚等闪光的名字和他们做出的非凡的贡献;想到漫长的六十年中一代代民间文化的学者、专家、工作者默默而艰辛的努力和他们留下的沉甸甸的成果,这些成果可以装满一座图书馆和一座博物馆。

任何崇高事业的历史都是一种精神的薪火相传。对于民间文化事业来说,这种精神就是为了我们中华民族灿烂文化的发扬光大和传承。

20 世纪 80 年代以来,中国进入改革开放的时代;同时,人类社会正在经历由农耕社会向工业社会日益深刻的转型。我们长期面对的民间文化,骤然发生松动、瓦解和消散。我们文明的核心发生了动摇;文明的磁场出现了干扰;文明的传承产生了障碍。

然而,具有强烈文化责任感和学术敏感的我国民间文化工作者没有失职。先是在 20 世纪 80 年代启动的超大规模的"中国民间文学三套集成"的普查与整理,继而是进入 21 世纪后发动的更广泛的、涉及所有民间文化领域的"中国民间文化遗产抢救工程"。在中宣部和中国文联有力的领导和支持下,这两项工作连接成一条红线,贯穿着中国民协后三十年辽阔又昂扬的行程。这先后两项工作共同的特点是坚持与时俱进的学术精神,始终站在时代前沿和现实生活中积极思考并付诸行动,主动承担社会和文化的使命,还有我们常常引为自豪的一种可贵的奉献的精神。

正是这种精神，使我们对事业充满神圣感；正是这种精神，使我们中国民协的同志们跋涉于山川大地、田野乡村，特别是那些文化积淀厚重却十分艰苦的地方；正是这种精神，使我们在抢救民族民间文化遗产、整理文化家底，唤起社会文化自觉，弘扬中华文明传统，增强国家精神文化核心体系等方面，发挥了强大的作用，得到了党和国家领导的称赞，受到社会各界与公众的认可与称许。

同时，文化遗产抢救带来了历史上空前规模的田野普查，点燃了我们对民间世界的文化情怀，以及思想活力和学术想象。当我们与民族的文化命运紧紧融为一体时，我们便重新发现自己的价值，并获得协会存在之根本——专业思想的高度与深度。

站在我们六十岁的生日里，最重要的是着眼于未来。为了让文化遗产生生不息，并在未来大放异彩，我们必须冷静地思考和客观地审视现在。应该说，尽管收获累累，却犹然忧患重重。我们总是在一边充满信心，一边忧虑缠心地工作着。尽管普查工作做得相当宽广和深入，但我仍然坚信，我们未知的仍然大于已知的。虽然已有一千余项文化遗产进入国家名录，数千项文化遗产进入省级名录，但由于缺乏专家和专业的指导与参与，有可能在市场中陷入茫然，甚至失却自己；再有，我们现今的保护方式是否符合民间文化的本质，仍然没有明确的答案。也就是说，我们的理论还不能有力地洞悉和把握纷纭的现实。

应该说，当民间文化遗产进入了当今的全球化时代，它何去何从，在所有国家都是一个新问题。比如"非物质文化遗产"和"传承人"这两个当今最时髦的词汇，都是近十年才闯入我们的学术领域的。然而，我们中国的知识界和文化界并没有落后于世界。在2003年10月联合国教科文组织颁布《保护非物质文化遗产公约》之前，在中宣部、中国文联直接领导下，我们中国民协就发动了中国民间文化遗产抢救工程。这表明我们不缺少文化眼光与文化自觉，我们在文化保护国际领域中没有缺席。但这并不表明我们做得很好。因为，我们的民间文化太博大、太丰富、太灿烂了。多民族的中华文化的本质就是多样性的，我们很难一下子把它们全弄清，并抓在手里。再有就是我们的生活变化太快，有些文化转瞬即逝。我们面临的困难在世界上也是领先的。

然而，中国民协没有被这些巨大的困难所阻遏，相反把它视作历史使我们能够更加大有可为和大有作为的一个机遇。历史总是把困难交给能够胜任它的人，我希望这就是我们中国民协。

因此，我希望将中国民协这个大喜的日子，作为我们为之奋斗的事业的一次再启动。就像八年前，中国民间文化遗产抢救工程启动时——也是在人民大会堂这里——当时我们心怀抱负，踌躇满志，雄心勃勃，心中溢满神圣的文化情感。

今天我们依然故我，我想，如果生命让我们倒回八年之前，我们一定还会选择中国民间文化遗产抢救工程，而且会干得更好。我们不会因为获得一些成绩就停下来歇一歇。我们没有权利懈怠，因为五千年文化正经过我们这一代人的手传给后人。我们不能让它们丢失，或者成为仿制品。我们做的事是要向历史交卷的。我们要让明天满意。

愿我们中国民协的八千名会员齐心合力，永怀文化的使命与责任，永不放弃学术良心，永远传承我们协会几代人的传家宝——奉献精神，为了中华文明的发扬光大，为了我们伟大祖国真正强大，再接再厉。

2010 年 6 月 12 日于北京

让灿烂的口头文学永远相传下去

——在中国口头文学遗产数字化工程启动仪式上的讲话

今天，我们要启动中华民族的口头文学的数字化工程。

我们之所以选择年前最后一天做这件事，是因为这件事实在过于重要，过于庞大，过于紧迫。好像拖过今天，就拖过了一年。

口头文学包括史诗、神话、故事、传说、歌谣、谚语、谜语、笑话、俗语等。数千年来，像缤纷灿烂的花覆盖着山河大地；如同一种神奇的文化的空气在我们的生活中无所不在；并且代代相传，口口相传，直到今天。

一个文学大国的文学总是分为两种：

一种是用文字创作、以文字传播，这种文本的文学是看得见的、确定的、个人化的。这是文人的文学多采用的方式。

另一种是用口头创作、以口传播，这种口头的文学是无形的、不确定的、在流传中不断改变和加工的，而且是集体性的。这是民间百姓的文学方式。

可以说，口头文学是数千年来老百姓自己的精神创造。它最鲜明和最直接地表现中华民族的精神向往、人间追求、道德准则和价值取向。中国人的气质、智慧、审美、灵气、想象力和创造力，充分彰显在这种口头的文学创作中。

我们的一代代先人就用这种文学方式来传承精神，表达爱憎，教育后代，传播知识，愉悦生活，抚慰心灵；农谚指导我们生产，故事教给我们做人，神话传说是节日的精神核心，史诗记录文字诞生前民族史的源头。

由于我们历史悠久、地大物博、地域多样、民族众多，故而我们的口头文学其样式、其种类、其内涵、其风格、其数量之大之深之多之广，无法估量。

更别说它是无以数计的戏曲名作和小说名著的源头。

不少没有文字的少数民族的文学史都是一部纯粹的口头文学史。

然而，这种无形地流动在民众口头间的口头文学，本来就是生生灭灭的。在社会转型期间，很容易被忽略，从而流失。特别是当前这种从农耕文明向工业文明的"文明转型期"，前一个历史阶段的文明必定要瓦解。这之中，口头文学最易消亡。一个传说不管多么美丽，只要没人再说，便会转瞬即逝，而且会消失得不知不觉和无影无踪。所以说，最脆弱的非物质文化遗产是口头文学。

中国知识界凭着文化的敏感与责任感，很早就开始了口头文学的搜集整理工作。中国民协成立于 1950 年，前身是"中国民间文学研究会"，表明口头文学由始就是我们的学术重点。六十年来，大规模的口头文学抢救性调查共三次。第一次是 1957 年的民歌调查运动，第二次是 1984 年中国民间文学三套集成（故事、歌谣、谚语）普查编纂工作。第三次则是始自 2002 年实施的中国民间文化遗产抢救工程。

六十年来的普查成果，有一大批填补了中国文学史、文化史的空白。如少数民族鸿篇巨制的三大史诗和众多斑斓多姿的神话作品，华北、中原与西北地区活态神话群的发现，江南和中南地区汉族民间叙事长诗的发现并记录下的口头作品百余部之多，再有则是少数民族的叙事长诗与抒情长诗已发现和记录的达千余部之多。

六十年来，中国民协调动数十万人加入这支口头文学的抢救与普查队伍中。有一份材料是上海市民间文学集成办公室的《捐赠上海档案馆资料目录》，上边说，单是上海当年投入民间口头文学抢救与普查队伍的人员就达 5 万人。各街道、乡、镇资料共 209 卷 451 册。

中国民协各省、直辖市、自治区上报的口头文学普查资料乡、镇、县卷本，现在保存我们手中的共 5166 本，总字数超过 8.4 亿字。而现今，第三次口头文学抢救还未结束，这个字数还在与日俱增。

上边说的这些材料全是第一手的，它们直接来自田野。其中 1000 多册是手抄本和蜡版刻印的油印本。其本身已具有珍贵的文物价值。

这是多么巨大而珍贵的文化财富、文学财富、精神财富！然而，更重要的工作摆在我们面前，就是将它数字化，建立中华民族的口头文学数据库。这一工程得到文化部和中国文联的有力支持。并且列入文化部国家资助的项目。我们要用数字化的方式使这些失不再来的文化财富可靠地保护起来。我们要给古代文明安一个现代的家。这个家必须是：严格的学术分类，科学的程序编排，完善和方便的检索方式，以利于确切的保存、传播、使用与弘扬。

有人问我它到底有多珍贵。我说将来它就是另一部《诗经》，或者说是无数部《诗经》。大家都知道，2500 年前，我国历史上第一部文学作品《诗经》中最精华的部分——"国风"和"小雅"，就是当时采集的民歌。那么这个集中国口头文学之大成的数据库将有怎样的价值？我们为什么称它将是"中国民间口头文学的四库全书"？

这次将被数字化的民间口头文学，是五千年来农耕社会流传到近半个世纪的最宝贵的口头遗产。它的原始性、原真性、文献性、整体性、资源性无可比拟。可以说，历史上大量的传说故事、谚语、歌谣只能在这里找到。因为六十年来，许多口头讲述它的人早已不在，连收集整理者不少也已辞世。这使我们想起半个世纪前中国民间文学普查时，提出的"忠实记录，慎重整理"。那几代人就是本着这样的原则一字一句地进行收集与整理的工作。这8亿多字里，凝聚着多少前辈文化工作者的心血？

每每面对这8亿多字，我们对那些曾经在田野大地默默劳作、不计报酬的前辈学者和文化工作者，真是心怀着深深的感激与敬意。如果没有他们的努力，今天恐怕连一半也无从得到了。

我们会接过他们的工作，实现他们的愿望，将人类这一宗无可比拟的文化遗产保护好，并让这无比灿烂的口头文学流传下去。

最后我想说，经过长期的、千头万绪的田野普查，一项不能或缺的阶段性的工作已经摆在面前，那就是对普查成果进行学术整理。一方面，我们必须为每一项遗产建立科学和严谨的档案，这档案是一个国家必须拥有的。另一方面，遗产的保护更需要科学依据。特别是在非遗进入当今的市场化的时代，如果没有经过学术认定的、原真性的科学依据，没有专家指导，没有清醒的自觉，就会丧失文化的本色与个性的本质，致使非遗迷失在花花绿绿的市场中。

近期我们启动的"中国古村落代表作项目"和"口头文学的数字化工程"，都是在这样的思考中展开的。

对前人的文明创造负责，对后人真正的文化传承负责，是我们这一代人文知识分子的使命。

我们一定做好，希望领导和社会各界支持。

2010年12月30日于北京

我们为中华文化做了一件事而尤感欣慰

——在中国木版年画抢救与保护工作成果发布暨总结表彰会上的讲话

今天有一种很美妙的感觉,我们在春天里,有一种秋天那样的收获的感觉、收获的气息和收获的喜悦。我们历时九年的对中华民族宝贵的文化遗产——全国木版年画的抢救、普查和科学整理工作,终于画上一个圆满的句号,这便是摆在我们面前的这二十二卷的洋洋巨著。

20世纪末,中国社会面临空前的、急剧的转型。这个转型是急转弯式的,甚至有时是翻天覆地的,它给我们古老的文明的当代传承带来巨大的冲击。但是中国人在文化上从不滞后,我们的知识界有清醒的文化自觉和敏锐的文化先觉。在21世纪初,我们的知识界、我们的文化界,特别是我们的中国文联,及时地发起一场强有力的文化应对——中国民间文化遗产抢救工程。2002年,这一场空前的、全国性的、地毯式的、超大规模的文化抢救和保护工程,得到了中宣部的批准和有力的支持。

多年来,我们党和国家的领导人给我们很多的鼓励、关切和支持。文化部等其他国家部门,还有民进中央,给了我们很大的支持。我愿意代表中国的民间文化界向我们的领导同志、领导部门和支持我们地方的相关单位和相关人士,表示衷心的感谢!

在我们这次各地区、各民族千头万绪的文化抢救和保护工作中,我们当时把木版年画确定为龙头的项目。现在我们可以想一想,我们为什么把它确定为龙头的项目?因为在农耕的社会,生活和生产的节律和大自然春夏秋冬的轮转是同步的。春节作为除旧迎新的一个节日,它最强烈、最鲜明地表现人们的精神理想、生活愿望和审美需求,以及终极的价值观。

在春节里，年画是一个重头戏，也是春节的必需品。一千年来，别的画儿老百姓可以不喜欢，对别的画种，甚至可以拒绝，但是年画是必需的，是所有中国人必不可少和喜闻乐见的画种。它人文蕴涵之深厚，民俗意义之鲜明，信息承载之密集，民俗心理表现之深切，是其他民间艺术很难比拟的。当时我们选择年画作为龙头项目首先是这么考虑的。

其次，它遍布全国各地，由于我们的文化板块儿不同，历史、自然环境的不同，民族的不同，地域的不同，各地年画形成了多元、灿烂的风格，而且都鲜明地反映各个地方独特的人文特征。

再有，它是绘画艺术、雕版印刷、民间文学、民间戏剧等多种文化和艺术的融合。它制作手段的高超，它历史上所到达的高度，也是很难有其他的艺术跟它相比的。

另外，在传承的形式上，它既有个人的、家族式的传承，也有村落的、集体的传承。它的传承样式是最多样的。

最重要一点，它是濒危的。在我们动手做民间文化普查、做年画普查的时候，不少产地实际上都处于风雨飘零的状态，甚至都到了灭绝的边缘。所以我们当时有一个观点，就是我们的抢救工程强调以濒危优先。

因此，我们当时选定了年画。我想，跟我们做了九年、十年这些工作的同志，都能想到当时的思路。

选定了之后，很重要的问题，我们需要总结的，就是科学设计。因为我们历史上从来没有对我们自己的文化做过这种时代性的、全面的总结。我们虽然有举国体制的优势，但是先人没有更多的经验供我们凭借。这是我们需要解决的问题。还有，过去我们把年画、剪纸这些艺术，一般来讲都作为美术来普查，很少作为一个文化来调查。但是这些艺术里面所包含的被我们称作非物质文化遗产的，具有一种无形的和非物质性的成分，极为重要。比如说年画遗产。年画遗产相当一部分表现在传承人的两个 jìyì（记忆、技艺）里边，一个是大脑的"记忆"，一个是手工的、技术的"技艺"。这部分是非遗的关键，却又是看不见摸不着的、不确定的、流动着的、随时可以变得无影无踪并消失的。我们怎么样把它转化为一个确定的方式保存下来，这是我们需要设计的。我们怎么把它设计出来？

还有一个更重要的——年画大普查是一个龙头项目，它对民间文化遗产抢救等其他项目还承担着示范性的任务。如果我们做得好、做得科学，它可以给别的项目的抢救做一个标准。

我们当时做了几个工作，第一个就是采样普查，第二个是专家论证，第三个是制定统一的标准、规划程序和要求。

这是2003年，当时我们专家做的整个民间文化普查的标准化手册——《中国民间文化遗产抢救工程普查工作手册》，学术含量很高。这是历史上从来没有过的。

这是我们当时转年又做的《中国民间文化杰出传承人调查·认定·命名工作手册》。

我们把这次的年画普查内容分为以下几部分：第一是村落人文，第二是代表作，第三是张贴习俗，第四是题材和体裁的分类（分类是重要的，因为马克思讲过，任何学科的建立，分类是第一位的），然后是工艺流程、工具材料、艺人和传承谱系、画店的历史状况、经营方式和覆盖的地区，还有相关的民间传说。这样我们才能立体的、整体的把我们的文化遗产全部普查到了，全面做到底了。

这样一来，就需要我们不能用过去那样的简单的美术或民俗的调查，必须是多学科的交叉的方式。它必须是用民俗学、人类学、美术学、历史学等多学科交叉的方式。

在普查的手段上，我们还运用了现代科技提供的新的工具、手段和方法，我们当时讲"四合一"，即文字的、拍照的、录音的、录像的，四合一的方式进行立体调查。

这些创造性的、切实有效的文化普查方式，后来在文化部做中国文化遗产名录时被采用了。因此说，这是我们这一次年画普查首先做出的贡献，应该讲是科学的设计，它和我们专家的努力分不开。所以说，文化遗产的抢救和保护，有几个角色特别重要：第一个就是政府，政府是文化遗产的第一保护人；第二个是专家，有专家参与才是科学保护，没有专家参与，不可能成为科学的保护。

这次年画普查中，我们把全国各地上百个产地都翻了一个个儿，之后，抓住了二十个大产地和二十个小产地。这个数量一开始是没有规定的，它二十一个就是二十一个，它十九个就是十九个。当时凑巧了，刚好二十个大产地和二十个小产地。这些产地遍布全国，是中国现在所有活态产地的最后的遗存。

另外有两点特别重要：一个是我们把台南米街的年画和澳门纸马纳入这次全国木版年画普查里边。台湾学者杨永志先生为此做出了很大的贡献，包括在漳州年画的普查中他也做了很多的工作。所以我们要对杨永志先生表示感谢。这样就达到了我们最早的目标——将中国木版年画"一网打尽"。第二，我们中国木版年画在海外有很多遗存，在我们中国人自己还没有把木版年画作为文化的时候，外国学者从异域文化的角度看到了木版年画所蕴涵的特殊的人文价值和艺术性。当时有两个国家是中国木版年画的钟情者，一个是俄罗斯，一个是日本。大家可能都知道俄罗斯像阿列克谢耶夫这一批19世纪末20世纪初的木版年画专家，他们在中国收集了大量的年画。他们等于替我们预先保护住了一大批文化遗产。至少六七千件年画的珍品现在保存在俄罗斯众多的博物馆里边。还有日本学者，在清代早期到中期，就是由康熙到乾隆年间，把特别重要的姑苏版年画保留下来了。我们国内的博物馆基本上见不到姑苏版。我们必须要请俄、日两国的学者帮助我们，使我们这次遗产普查成果得以全面地、充分地呈现，得以将中华民族先辈留下的这些宝藏一揽到手。这两国的学者为我们做出了非常大的努力，他们几乎跑遍了俄罗斯和日本的博物馆，还有两国不少学者的参与与协助，才有了《中国木版年画集成·日本藏品卷》和《中国木版年画集成·俄罗斯藏品卷》这两项重要的沉甸甸成果的面世，这在世界上还是首次。

我们的普查是全方位启动的，从2002年到现在一共九年。我们第一次做，没有经验，也缺少专家，因为大多数的产地是没有专家的。然而，九年的文化实践却使我们在全国各地锻炼出一支队伍，现在可以讲，这支队伍对自己的乡土文化了如指掌，而且充满情感、富有责任感。这支队伍的骨干现在就坐在我们的会场里边。

上周，中华书局的宋志军给我打了一个电话，当时我正坐在来北京开会的汽车里，他说冯先生我告诉你，《中国木版年画集成·平阳卷》出版了，这是最后一卷。我当时听了这句话，真感到肩上一块石头掉下来，人一下子轻起来了。我是作家出身，记忆里总是有很多事件，有很多人物，有很多画面，有很多细节，这些都是很感人的。一时间我想了很多很多。想到九年间风里、雨里、雪里、烈日底下，我们这些同志翻山越岭，在大地之间穿行，来寻访我们先辈留下的遗存。如果没有我们这些人，我敢说，现在你再去找，这些东西已经没有了。另外还有我们中国民协的抢救办出色、坚韧的统一协调，他们进行了数不清的论证、启动、交流、研讨、推动等会议及工作，并不停地调配专家帮助各产地整理档案。当时中央电视台的主持人王志问了我一句话——王志向来的问话都是质问式的："你说中国民间文化抢救很困难，你们有报酬吗？"我说："没有报酬。"他说："如今没有报酬——谁干？"可是现在我们可以很骄傲地回答，我们这些同志干！

经过我们这些同志的努力，现在成果出来了，我们实现了预定的目标——就是我们完成了农耕时代中国年画终结式的总结。

三百万字、一万幅图片、数千分钟录像，还有大量珍贵的年画遗存发现和产地发现，以及全面的盘清家底的普查与总结，我们终于将中国年画这一磅礴的历史遗产，井然有序地整理为我们国家与民族的文化档案。特别将活态的可变的不确定的非遗，转化为文本与音像档案之后，它将得以牢固与永久地保存。

因此，今天我们除了将这一成果赠送给一直支持我们的中宣部、中国文联、民进中央、中央文史馆、联合国教科文组织，还要特别赠送给国家档案馆与国家图书馆，使之永久存藏。

我们还特意将它呈送给文化部，不仅是因为文化部支持我们，我们要兑现当初的一句诺言——我们这件事是为国家做的。

我们今天要以表彰方式感谢每一位为这项工程付出辛劳的人。从每一位专家、工作者、传承人，到编辑、出版、设计和印刷工作者。他们全然不计个人的辛苦，他们完成这一巨型的文化工程凭着的是一种奉献精神和对文化最真实的情感。请让我们用真诚的掌声赞美他们，感谢他们。

同志们，虽然我们在为文化的保护和文明的传承努力工作，但迅急发展和变化中的现实，不停地对我们提出新的挑战。当前，在日益强化的城镇化的热潮中，原有的村落生活发生解体，愈来愈多刚刚整理好的非遗，又陷入新一轮可能会失去的危机。

然而，积极的、主动的应对是当代文化人的文化姿态。前沿的坚守是当代文化人立身的位置。把历史文明传承下去是钉在我们心中的目标。

责任永远是我们文化行为的原点。

为了中华文明的本色和永葆其强大的生命力与魅力，为了建设新时代、新文化，让我们共同地努力、努力，再努力！谢谢！

2011 年 4 月 16 日于北京

中国当代生活中的文化传统

——在芬兰赫尔辛基大学演讲提纲

一、我的题目有两个关键词

1. 当代生活；2. 文化传统。

○一般认为当代生活与传统文化是有一定冲突的；

○像中国这样一个文明古国，在高速现代化中，一定发生激烈碰撞。冲突是必然的，不可避免，甚至是正常的。

○但在中国城市已看不到历史街区。高楼大厦、酒店、超市、广告。人们会怀疑还有传统吗？这也是人们常常忧虑的。

二、但是，请注意我这里用的是：

文化传统——不是传统文化。为什么？

传统文化不同于文化传统。

○传统文化是历史积淀下来的既定的文化形态。

看得见，摸得着。

○文化传统是依然保存在我们生活中，代代相传的历史精神。

看不见，摸不着。

外在的、既定的传统形态逐渐从生活中淡出，人们还会保持自己的文化传统吗？

三、举例（汶川地震）

2008年5月12日。我在欧洲。捐款。我给民协打电话说我们要做什么。

羌族。羌族的损失。成立专业工作组。前沿工作基地。

在北川、德阳、绵竹,感受强烈。

北川的文化损失。八一帐篷小学。羌族文化读本。保护羌文化建议书。

〇给我内心极大冲击的是各地的支援和志愿者。

当时是有危险的。当时灾区的景象,废墟之外的两种帐篷。

〇最强烈的印象是一些久疏的词汇突然出现在眼前。

一方有难,八方支援。

众志成城,救死扶伤。

生死与共,义重如山。

这些传承了数千年的字眼变得充满激情。

它们平时在哪儿?夜总会上、超市里看不到。

但它并没失去,而是在人们的血液里——DNA——这就是文化传统。是真正的文化传统的力量。

这种传统精神就像世界杯上的国家荣誉感一样。平时看不见,但它决不会被轻而易举地扫荡掉的。

四、中华文化的传统来自两个系统

或说由两个体系建立起来的。

1. 精英的、自觉的方式。个人化的。通常靠文本。是物质性的。

2. 民间的、自发的方式。集体化的。通常靠口头。非物质性的。

我们习惯了偏重精英的传统，容易忽略民间这个传统。

但是别小看了民间。

比如儒家真正在中国大众的影响，主要是通过被民间化体现出来的。

它不是靠四书五经的条文，而是靠着被演义成的民间戏剧、民间故事、民间艺术、民间谐音图案以及民俗，来普及与传承。这是一种活生生的传统。

○民间的传统是，人们通过自己的文化方式建立的文化传统，它根植心中，进入血液，成为全民族共有的精神元素。

○佛教的中国化恰恰是民间接受与再创造的结果，才使佛教在中国的文明中立足。观音是民间的创造。

基督教和天主教就没有立足。没有被中国化。中国接受外来的文化是靠同化方式。吃牛肉不会变成牛，吃草却能变成牛肉。这是生命的方式。任何强大的文化个体与生命个体都不会被强迫地接受外来文化，而是选择自己适合的文化。并把它变成自己传统的一部分。

传统是自然形成的。传统不是一种学问，而是一种个性的文化生活，一种生活是一种自发的情感。

春节。春运。手机。

我上边要说的是，传统在中国当代生活和中国人血液里依然活着。它不会因社会更迭轻易泯灭，不会轻易消失。

五、但在文明转型时期问题就严重了

文明是更替性的。这种冲突包含着对传统文化的破坏。文化传统的消弱在传统文化的消亡中。

比如七夕。我们不能听之任之。

自发的文化，自学的文化，文化的自觉。

中国知识界有这种文化自觉。十年来——

1. 学界重视国学研究。

2. 学界重视民间文化遗产保护。

六、民间文化保护现状

1. 中国文化遗产面临的困境。

○急转弯式转型，没有文化准备。

○从应用文化转变为精神文化过程，很难使全民先知先觉。

○经济利益的驱使。

2. 知识界率先自觉与积极应对（举国规模的抢救工程）。

3. 国家政府保护体系的形成。

4. 困难仍然巨大。

○经济利益的强势介入。

○文化的博大与专家的缺乏。《亚鲁王》。

七、我们明白自己的使命

1. 中华文明是未开发的人类宝库。

2. 保护自己的传统，也是保护人类文明的多样性。

3. 历史经我们的手，到达下一代人手中。如果它从我们手中漏掉，既有负先人，也有负后人。不能让文化在我们手里中断。

4. 未来需要历史。人类的脚步太快了，人类的物质欲太强了，人类太自私了。我们的工作，是减轻当代人类的自我过失。不使人类在未来的绝望里觉醒之时两手空空。

2011 年 6 月

中国文化遗产保护现状

——在芬兰图尔库大学演讲提纲

一、非遗的传承特征

1. 非遗的传承从来就是不自觉的。
2. 非遗的概念来自人类的一种文化自觉。
3. 非遗保护是当代人类文明传承中的大事。

二、中国文化遭遇前所未有的冲击与困境

1. 文明转型与社会转型都是急转弯式的。
2. 物欲魅力与破坏。
3. 作为生活文化的非遗从来没有清理过,心无底数。
4. 急速现代化过程中,每一分钟都有一部分文化消失(千城一面)。

三、文化自觉从知识界开始

1. 始自21世纪初的"中国民间文化抢救工程"。
2. 为什么做、做什么、怎么做。
   首次全民族民间文化的抢救性大清点(日韩没做过)。
3. 科学设计、采样与统一规范和标准。培训。
4. 2002年启动,2003年铺开。
5. 十年的成果。

四、政府保护

1. 官员是第一保护人。

2. 政府保护工程和专家角色（普查融入名录）。

专家—抢救；政府—保护。

3. 保护体系的形成。

（1）非遗法和法律保护。（2）名录保护。（3）传承人保护。

（4）博物馆保护。（5）村落保护。（6）教育保护。

（7）教育保护（遗产学）。（8）节日保护最重要的是专家保护（科学保护），最终目标是全民保护。

五、新问题与新应对

1. 文化遗产的产业化。

传统模式与产业模式。

手工方式与大规模生产模式。

2. 文化的政绩化。

文化政绩的曲解与纠正。

3. 文化的城镇化。

　　城市化的世界潮流。载体的消失与非遗的突然死亡。

4. 缺乏专家指导。

六、不会放弃的使命

1. 南乡"临终抢救"的方式。

　　源头记录。

2. 再抢救。

2011 年 6 月

2012—2016 年

传承人面临的新问题

——在呵护传承人 关注守望者——非遗后时代民间文化传承的实践与思考会议上的讲话提纲

一、传承主体的新困境与问题

今天会议主题是当前（非遗后时代）的文化传承问题。传承是我们多年来进行的文化抢救与保护的终极目的。因此我们不约而同把关注的焦点放在传承人身上。

传承人是非遗主体。非遗怎么样就看传承人怎么样。因为，非遗活态地保存在传承人身上。

传承人在非遗在；传承人干得好非遗好；传承人不干了（或去世了）非遗就消失了。名录里的这一项便立即就变成空白。在传承人和文化传承之间就是这么一个简单、直接、因果的关系。传承人的状态决定着传承的状态。

因此说今天这个会的目的是：通过对传承人当前境况的了解与认知，找出问题的根由，寻求办法去帮助与支持传承人，以保证非遗顺畅与良好地传承。

二、我们已经为传承人做了什么？

21世纪初前十年，即非遗（即民间文化）抢救和保护工作开始时，我们就把传承人的认定与保护作为核心工作之一。

自2003年，中国民协启动的"中国民间文化遗产抢救工程"将民间文化杰出传承人的认定列为专项。2007年认定口头文学、艺术、手工技艺和民俗技能四大类164名杰出民间文化传承人，出版了"中国民间艺传承人口述史丛书"。仅中国民间木版年画一项就对所有产地的代表性传承人进行了口述调查，出版了档案性的年画艺人口述史。并通过大量的、各门类的文化活动广泛传播传承人高超和独特的技艺，得到社会的认知与赞赏。

国家文化部自2006年公布了非物质文化遗产名录，下一年即认定与公布了国家非遗代表性传承人。目前已公布四批：

第一批，2007年，226位。

第二批，2008年，551位。

第三批，2009年，711位。

第四批，2012年，498位。

总数为1986位。对于上述传承人国家有明确的认定标准和要求，并对传承人予以年度万元的资助。非遗法对传承人有专门的保护条款。应该说在国家层面上，我们对非遗传承主体有了较完备的支持体系。

但不是因此就算大功告成，文化传承就可以高枕无忧。

三、非遗后时代的新问题

非遗后时代是指经过十年的抢救、保护、整理与建设，基本摸清非遗家底，建立了初具规模的保护系统。但随着时代快速发展，城镇化、工业化、现代化的加剧，生活方式的迅速改变，传承环境与传承主体都发生变化。新问题出来了，有些是始料未及的。

1. 城镇化加剧。一天消失80个村庄。大量农耕人员与劳力进城，造成乡村空巢，传统生活文化空间正在瓦解甚至消失。传承失去人文土壤与环境，失去需要。

2. 传承人离开本土，进入城市或旅游景区寻找出路。其文化失去原有的地域民俗和精神情感的内涵。目的的改变带来了形态的商业的变异。谋生成了最重要的，传承难以顾及。实际上进入另一种消亡。

3. 传承人认定后，我们的关注只在传承人身上。群体传承转变为代表性传人的个人传承。这种单线的传承十分脆弱，成败存亡全在一身。

4. 不少地方政府对文化遗产及其传承意义仍缺乏应有的认识。往往在完成申遗进入名录后，不再承担必需的管理与帮助。把国家对传承人的传承资助当作经济补贴，使国家的支持无助于传承本身。实际上，我国人大通过的《中华人民共和国非物质文化遗产法》有一整套有利传承的条例、标准和法规，但至今没有执行非遗法的案例。说明相关政府部门的失职和不作为，缺乏文化自觉，更多是文化政绩。

5. 从市场角度看，当非遗进入名录，便成了天赐的名牌商品，有了市场含金量。民间文化的市场能力有限，大力开发和产业化使非遗变异。

6. 专家缺位。民间文化本来在各自封闭的环境下创造生成，文化的拥有者不完全知道自己价值的所在。需要专家的帮助，需要科学的把握。但专家人数有限，与非遗距离太远，甚至缺位。

以上是大家今天都谈到的问题。这些问题都是新的、遭遇性的、挑战性的，但都是必须去解决的。

四、应对的设想

民间文化本来是自生自灭的，但在时代性巨大的全线的冲击下，不能任其自生自灭，使我们的传承载体烟消云散。

1. 政府的管理是第一位的。

2. 要与传统村落保护结合起来。

3. 不要把非遗全推进市场。科学管理，专家认定。要一对一制定底线。

4. 非遗专家不是书斋学者，要永远在田野，与传承人在一起。

5. 传承人要有所承担，履行义务。代表性传人不只是光荣称号，还有义务承担传承任务。比如日本114名人间国宝，均致力于保存与传承本国的传统文化及工艺。

6. 教育与传承。

最后回到传承人。我们都是传承人。传承方式有多种：

1. 个人传承，家族，单线。以泥人张为例。

2. 地域群体，产地，集体性。以绛州锣鼓、华州皮影、地方庙会为例。这是团体传承。

3. 全民传承（节日）。

时代转型期的文化的传承需要自觉。

认识它的意义，承担它的使命，想方设法推动传承。

2013年6月6日于北京

关于传统村落评定工作的几个关键性问题

——在第二批传统村落名录审定专家委员会上的讲话

这次的会是我们关于第二批中国传统村落名录的评定,经过这次评定,又一批农耕文明的历史创造进入国家的保护范围,这是特别重要的事情,也是历史性的事情。我们现在这个时代处于农耕文明向现代工业文明转型的期间。前一个历史时期的文明创造,必须经过总结与认定,才能进入自觉的保护与传承的范畴,后代才能看到和享用,所以大家的工作特别重要;特别需要严格性,需要学术性,需要科学性,需要严谨性。因为我们做的事要对后代负责。

刚才听了五个专家组的意见、想法及有关评审的过程,觉得很好。住建部、文化部非遗司、财政部这些国家的主管部门,一年多来一直是非常紧张又稳健地工作。紧张与稳健都非常重要。首先,不紧张不行,按照国家的统计数字,现在一天我们就消失80个村落,如果我们放松一天,80个村落就没了。当然这80个村落不见得都是传统村落,但是里面一定有传统村落;因为历史上我们没有对村落进行过普查,对村落的内涵不知道,没有文字的村落史,现在村落消失了,我们便不知道究竟消失了什么,这事太可怕了,所以我们必须紧张起来,在第一批传统村落评定之后又紧紧地抓住了第二批。还有一个就是很稳健,稳健也特别重要,因为传统村落的评定是一个新的课题,全世界都没有做过。我今年3月份在巴黎的科学院谈到传统村落的普查与认定,他们说法国也没有做过。我们翻遍了联合国教科文组织关于文化保护的文件,里面只有不多的一些村镇保护的个案,没有村落的全面的普查与评定。但是我们中国必须要做,因为我们五千年的历史基本上是农耕史,村落是我们根性的家园。

同时，我们又赶上一个急转弯式的转型，村落大量消失，所以我们必须做全面普查，就像非物质文化遗产的全面普查一样，必须要做。

但是，这件事很难。因为它是一个新的事物。村落不同于物质文化遗产和非物质文化遗产，它不仅仅是物质和非物质文化遗产的综合，还有村落本身的记忆，有宗族的文化，有乡规乡俗，有它自己的历史以及与自然环境相关的非常完整的村落文化。村落保护是一个全新的问题，而且缺少更多的国际的借鉴，缺少十分清晰的理论把握，所以确实是一个难度很大的事情。必须诸位专家共同努力。一边仰仗大家的经验、学识和创造性，还要一边总结一边摸索，一边实践一边进行法规建设和学术建设。

这次我们开会评定传统村落。刚才我在想，最好的评定应在哪里？实际最好的评定应是专家到村落里。村落是活态的，专家只有面对村落才好评定，这是最好的方式。但是这样做有难度，因为我们现在剩下的村落最起码有250万个，每天要消失80个，如果我们现在屋里的人分成几个组下去，跑三个月评定的还没有一天失去的多。所以我们采取了由地方政府向上申报的方式，这也是政府的工作方式之一。也就是先由下边把调查与初步认定的工作做了，报上来再由我们评审。这是一种符合实际的方式，但也存在问题。就是政府申报往往跟政绩，特别是跟经济挂钩。最近习近平同志还特别讲，不能以 GDP 论英雄，但是地方一些官员的政绩观不是那么容易改变的。如果他力争申报是为取得政绩，要保护经费，那么就会夸张、添加水分和佐料，就会谎报。如果他想拆这个村子，想在城镇化的政绩上得分，就可能瞒报。面对这样一个问题，怎么办？一边是 200 多万村落，称得上是巨量海量，而且遍布全国各地，特别是有一些地区交通艰难；一边是我们没有那么多的专家下去。我做非遗工作很了解专家的情况，我们现在国家非遗是 1219 项，省市一级的非遗是 8000 多项，但我们 90% 的非遗后面是没有专家的，这点跟日本、韩国是不一样的，日本、韩国每一项非遗后面都是一群学者在那儿做研究，帮它做档案，帮它想办法，但是我们非遗后面基本上没有人，只有自生自灭。村落的专家更少，该怎么办？我想今后，是不是多利用地方的专家？比如各个省市的大学与相关的研究所，建筑学院和人文学院的专家，利用他们的力量和团队去做基础普查，跟地方政府结合起来做科学的调查，这是第一个。

第二个就是对调查的人应该做培训。最近我们在做一个项目，就是对西藏、青海、四川这三个省和自治区的藏族唐卡做调查。我们先请藏学和西藏美术史的专家，对相关的一些大学的研究生进行培训，然后由教师、专家带着研究生做调查。培训特别重要，培训不仅统一方法，更重要的是统一标准，我们依靠的是科学标准而不是专家的个人经验。

第三个是申报材料的科学性。在经过地方专家调查和审定之后，政府申报的材料，应该由专家小组来写，这样就确保了我们材料的科学性、真实性和规范性。专家写好后，由专家小组和政府负责同志签字，必须有专家小组的组长签字。这样的材料就有保证了，到我们这儿工作也有根了，我们不再会觉得这个材料怎么不够充分，是不是得留到下一回？下一回如果是地方政府再报，还是稀里糊涂的，因为它没有科学标准和规范。我们必须有一个比较可靠的、学术上的确保。

此外，我想还要注意几个事，第一个就是刚才方明同志讲的地域性的问题，今年中央"一号文件"也特别用了这个词——"地域元素的传统村落"，就是某个地域独有的代表性的村落。在建筑上可能不精美，但有特点和代表性；少一个，我们文化的多样性就受到了损失。这需要一种全局性的眼光，不能叫它漏掉。

第二个就是少数民族的村落，这是一个特别重要的问题，因为少数民族的文化基本上是在村落里，如果村落没有了，少数民族就消失了，所以对于少数民族的核心聚集地，特别是历史文化积淀深厚的那些村落、有代表性的村落，必须要严格地保护好。这里还有一个重要的环节不能忘掉，就是我们必须要结合少数民族的一些学者，他们比我们对少数民族的文化更在行，必须请他们参与进来。

第三个就是要重视非遗，特别要重视省级以上的非遗。因为我们的非物质文化遗产，至少一半以上是以村落为载体的，如果村落消失了，非遗就彻底消失了。皮之不存，毛将焉附。特别是国家1219项非遗，是必保的，更坚决，我想文化部肯定也重视这个问题。

在此之外呢，我觉得还有几项工作。那些列入了国家的名录之后的村落该怎么办，也很重要，必须要做好，不能得而复失。

第一个就是凡是列入了国家传统村落名录的村落和它的上级单位，必须要签署承诺书，就是保护承诺书，联合国就这样做，只要你被批准成为了世界文化遗产，必须由遗产所在地的政府签承诺书。你不能光要我一个名义，你申报，我给你一个名义，但从此没人管不行，你必须承诺严格管理。首先是村落的法人要签署承诺书。还有，县一级的政府也要承诺。最起码这两级单位必须签承诺书，省里必须备案，省政府相关部门还要负责监督。具体方式可以讨论，但必须做。不能申报成功，万事大吉，必须要有保护承诺，承诺特别重要。

第二个就是承诺的时候，我们同时要给它一个保护标准的文件，村落保护的标准是什么，必须明确告诉它，将来要按照这个标准来检查。如果你要利用村落发展旅游，必须报你的规划，得到批准以后，才能够去做，得不到批准不能去做。我们的依据也是这个标准。把握和执行这个标准必须是非常严格的。

  第三个就是监督机制。最近文化部非遗司有一件事做得十分好，就是对 105 个非遗项目做了调整，有几项非遗干脆就让它退出了，这也是专家们多少年来一直在提的一个建议。我也曾提出"要把申遗变成审遗"，不审就坏了，有很多非遗都已经变味了。我们传统村落刚刚评定，还没有进入这个阶段，但是现在应该开始考虑监督的程序、监督的机制、监督的标准。实际上我们的认定标准、保护标准、监督标准是一致的，但是在监督上，还得多一个惩罚，当然那个惩罚绝对不像足球那样，输一场球不发钱，用钱惩罚达不到目的，惩罚就是要让你退出，退出时要在网络和报纸上正式公布的。联合国要是把某个国家某一项世界文化遗产除名，就是对那个国家的文化的一种羞辱，一个不重视文化的国家是让人瞧不起的。同时它也表现了文化本身的尊严，所以我特别希望专家委员会帮助政府做好这几方面的研讨，比如承诺书的内容、保护标准、监督机制和监督的办法等，我觉得这实在是一些太大的事情。我们民族和五千年文化的根就在我们的村落里面，所以我们要有一种高度的文化的责任与精神，真正的知识精神与学术的精神，把该做的事情抓紧做好。

2013 年 7 月 12 日于北京

传统不仅代表过去，更应代表未来

——在天津皇会文化展暨当代社会中的传统生活国际学术研讨会开幕式上的讲话

今天，各位朋友，特别是海外朋友远道赶来，使我感动；突来的一场冷雨也没有浇掉我们对文化的激情。我们聚在一起，为的是讨论一个话题——当代社会和传统生活。在高速发展的现代科技和全球化的背景下，这是一个人们并不关心的话题，不关心当代的社会和传统的关系。实际我们每一个人，每一个国家，每一个民族，都是从昨天进入今天，我们每个人身上都带着历史，也带着传统，并且有意或无意地从历史和传统中选择我们的生活。但是我们的选择多半是不自觉的。因此我们必须思考，在社会转型期间以及全球化的时代背景下，我们应该如何对待传统、对待历史，我们为什么选择和选择什么。我们需要这种自觉。我们所谓的传统并不等于历史，传统是文化。传统并不在我们的过去，更应该在我们的未来，所以我们要关切现在的生活还有多少传统？它有什么价值？在我们生活中应是什么位置？我们怎样评价自己的传统？这个需要自觉，首先需要我们学界的自觉。

为此，我们为这次研讨会找了一个切入点，这个切入点就是天津皇会。天津皇会源于妈祖的祭典形式，它包含多项国家非物质文化遗产，包括妈祖祭典和数道法鼓，这是天津人民卓越的历史创造。天津是一个从码头发展起来的城市，人们逞强好胜、热情义气，崇尚市井的英雄主义和民间精英，这是天津这块土地上特有的文化，它强烈地表现着天津地域的独特性。地域的独特性实际上是人类文化的多样性。

我们选择天津皇会作为切入点还有一个重要原因，是因为它至今还

没有旅游化，没有商业化，也没有被官员政绩化，它依然是一个民间自娱自乐的纯文化，依然信由自己的性情来发挥自己的艺术的才能，依然运用这个活态遗存发挥他们的传统精神。为此我们这次精心布置了一个天津皇会文化展，向大家展示传承了几百年的天津皇会。我身后就是天津的两道皇会使用了几百年的仪仗执事，其中挂甲寺庆音法鼓銮驾老会是国家非物质文化遗产；这些执事都是康熙、乾隆年间的，它们经过几百年的风风雨雨，经过了义和团运动，也经过了"文革"，全凭老百姓的精心呵护传承到了今天。这里只是两道皇会的执事，实际上天津依然存在着大大小小的会数十道，这反映出皇会文化本身的丰厚与辉煌。我们会场左边这个小小的展厅，我希望大家特别重视一下，这是一个黑色的空间，这个空间里展示了本地历史上一道名会——中营后同乐高跷老会的历史遗存。这道会拿手的"拉骆驼"曾是天津妇孺皆知和喜闻乐见的绝技。但是这道老会传承无人，人亡艺绝，失去活态，只剩下遗物。它警示我们，如果我们不重视活态的传统的生活本身，天津皇会的未来就会陷入这样的绝境。

在今天的开幕式上，还有两项事情要进行。一项是我们学院为天津皇会的十道老会做了文化档案，就是把那些记忆在人们心里的、无形的、不确定的"文化遗存",通过口述方式变成文字的、确定的、有依据的档案。我们一向认为,给非遗编制档案的工作当务急需,许多保存在人们记忆中的遗产去不再来,这项工作必须抓紧做。今天我们要把这套《天津皇会文化档案》奉送给各会会头。

还有一项非常重要的事情,是我的好朋友,也是大家熟知的,称得上当代文化的视觉符号之一的绘画大师韩美林先生,当他听说我在这里今天要举办这个展览,他的基金会向天津皇会慨然捐赠50万元。这使我特别感动,韩美林今年已经77岁了,他把用心中的金银绯紫创造出的艺术精品献给社会,然后把社会给他的回报再次奉献给社会,这是一种双倍的奉献。

这是一位让我们尊敬的艺术家!这个捐赠活动是今天开幕式上的高潮。我们要感谢韩美林先生。

最近十年来,我国在非物质文化遗产的保护方面做了大量切实的工作。我们已经有了一整套的保护体系。国家有了非遗法和国家级非物质文化遗产名录,有非物质文化遗产保护协会,不少大学都建立了研究所,另外在大学、在学界,开始建立非遗保护方面的学术体系;我们在非物质文化遗产田野普查方面已有一套自己的完整的经验,同时,不少地方都建立了非遗博物馆,举办着形式多样、旨在弘扬民间文化的文化节庆活动。这是可喜的一面。

但是我们必须清醒地看到,它仍然还是濒危的。我们的现代化速度太快,非遗保护还没有完全成为社会的共识,人民对文化遗产保护的热爱才是文化遗产保护的最根本的保障,所以我们前边的工作非常之多。我希望社会各界共同努力,为了我们民族为之骄傲的历史创造,为了我们今天文化的传承和弘扬,也为了未来我们的文化振兴与繁荣,大家一同努力。

2013年10月13日于天津

为唐卡文化留下一份文化档案

——在《中国唐卡文化档案》项目论证会暨2013全国各卷主编联席会上的讲话

我们今天召开这样一个论证会，主要对建立中国唐卡文化档案这一学术工作进行再论证。这是一个重大项目，是我国唐卡文化研究史上一个划时代的举措，已经被列为国家社科基金的特别委托项目，得到中宣部领导的重视和支持。这项工作也是中国民协未来三到五年的重要工作。

借此机会，我想讲三个问题，这三个问题都在我们这个项目的题目里——《中国唐卡文化档案》。这里一个是"唐卡"，一个是"文化"，还有一个是"档案"。

先说说"唐卡"。从宗教意义上说，唐卡是藏族人民非常重要的、神圣的一个法物；从美术学来说，唐卡是中华民族一宗无比珍贵的绘画遗产。汉族绘画的主流，到了宋代的画院后，就从民间画师渐渐转化为文人画家，而唐卡始终在民间，始终保持了非常高超的工笔重彩的技艺；从文化学和人类学角度来讲，唐卡是藏族人民表达精神情感的非常重要和美丽的一种方式。藏族是一个极具绘画才能的民族。绘画对于他们来说是一种广泛通用、通行的审美语言。他们对佛国的想象，对于生活的种种感知，都用绘画的语言来表达。藏族人民的绘画不仅表现在唐卡上、寺庙里，在他们的日常生活的居室里、各种器物乃至服装上，也都有非常充分的、充满才情的表现。其中唐卡是藏族人民绘画才能与技艺的极致。唐卡在国际上也广受关注，广受喜爱，既是重要的艺术藏品，也是藏文化研究的重要对象。因此说，为这样重要的文化遗产建立档案，是有着非常重大意义的。

再说说"档案"。唐卡是一种民间文化,民间文化与精英文化最大的不同是它们大多都是自生自灭的,在历史上唐卡是没有完整的档案的,物质性的唐卡极易流失,非物质的唐卡极易失传。为了保护传承好唐卡文化,我们就必须为唐卡建立档案,这是我们的职责,也是我们的本分。在这点上我们有比西方国家更好的条件,因为西方学者做研究的时候,基本是个人化的,往往为了个人的学术目的做调查,而我们可以发挥"举国行动"的优势。现在,国家高瞻远瞩,对唐卡项目十分重视,拨专款支持这个项目,这是我们的幸事,我们要抓住这个难得的机遇,给唐卡这个中华民族的宝贵遗产、藏族人民伟大的艺术创造,建立一套完整、科学的档案。

最后说"文化"。我们这次要建立的不单纯是唐卡艺术档案,而是唐卡文化档案,这两者有很大区别。过去研究唐卡,大多研究唐卡作品本身,研究历史遗物。这次不同了,我们研究唐卡的文化,它的整体,它依然活着的生命。这包括唐卡的历史与宗教内涵,它的自然环境、人

文环境和文化空间，它的画派、画法、画技、风格、程序、工具、材料、使用方式，它的传人与传承，它相关的传说，等等，所有这些都是唐卡的文化。所以，我们这次要做的调查是整体调查，是把唐卡作为一个文化对象来调查。要做好这项工作，需要有关各方紧密配合，运用多学科方法和多种技术手段。为此，我们邀请了有丰富田野经验的专家，经过半年反复研究讨论，确定了调查的范围、指导思想、工作原则、方法与标准等，形成了今天拿到大家手中的《唐卡文化档案田野普查工作手册》，为大家工作提供了调查之本，希望大家一定要熟悉它、掌握它。

建立唐卡文化档案不是个人的著作，而是集体合作的学术项目；不是局部的单项工作，而是全国性的科学性很强的一项工程。为了做好这项工作，我想再强调几点：

一是调查中要重视文献的收集，哪怕是零碎的文献与线索，都不放过。民间文化一个很大的问题就是缺乏文献，所以，收集唐卡文献的工作特别重要，一定要高度重视并做好。这也是做历史档案必须遵循的原则。

二是要做好口述调查。对于非遗调查，口述史方法是最关键的，因为非遗主要承载在两个方面，一个是人的大脑的记忆，一个是体现在人身体上的技艺。唐卡也是如此。这两方面必须通过传承人的口述表达出来，传承人消失了就意味着"人亡艺绝"了。再有，口述不仅是个人口述，还要重视集体口述，因为个人的记忆往往会有错误，需要通过集体口述来反复印证。所以，我们的调查要不怕费事，多了解、多问，确保档案的真实性。

三是要尽可能多收集资料。我们的调查不是为了写一本书而收集资料，我们调查得到的很多成果不见得都放在档案里，就像电视工作者一样，毛片拍了十多个小时，最后用到电视片里的可能只有30分钟或者20分钟，剩下的那些素材到将来可能会是重要的资料，所以，不要以为有些材料不会写到书里就不收集。

四是要为我们的工作本身立档。我们开展的这项工作可以说是史无前例的，会记入我们的文化史。所以，我们要有档案意识，记录好我们的工作。这并非自我树碑立传，更重要的目的是为明天反省今天。比如反省我们今天的学术构想与采用的调查方法到底如何。

五是加强对参与人员的培训。培训的目的就是要统一标准、规范与方法。加强调查的科学性。

我们已把上述想法体现在这本工作手册中了，希望大家对此进行论证。以确保我们这一重大的文化行动设计合理，目标无误，方法得当。以实现我们共同的一个理想：为我国宝贵的唐卡文化留下一份科学、确切与周详的文化档案。

2013 年 12 月 28 日于天津

行动起来，盘点我们文明的家园

——在"留住乡愁——中国传统村落立档调查"启动仪式上的讲话

一个文化史上空前的文化行动今天在这里启动——我们将通过全国规模的田野调查，盘点我们文明的家园，为我国传统村落建立档案。

这一行动由中国文联的两大协会联合举行，即中国民间文艺家协会和中国摄影家协会。

从今天起，在未来的数年里，将有成千上万的文化学者和摄影家为这一重大的文化使命付出辛劳，贡献力量。

我国五千年的历史基本上是农耕的历史。村落是我们最古老的家园。由于历史悠久，民族众多，地域多样，文化多元，我们的村落千姿万态，无比优美；更由于我们的文明最初是在村落里养育成的，我们中华文明的大树最绵长的根在村落里。我们难以数计的物质的、非物质的文化遗产在村落里，少数民族的文化基本上都在村落里，中华民族文化的基因、根性和多样性在村落里。

有现代眼光的人都深知，传统村落的价值不只是历史价值，更重要的是它的未来的价值。

正是为了未来，我们保护我们的遗产，传承我们的文明。

近来，我国在国家层面上，表现出鲜明的高度的文化自觉。中央领导同志一系列重要讲话和政府文件，都深刻阐述到保护文化遗产与弘扬中华文明优秀传统密不可分的关系，明确强调保护传统村落是中国社会全面发展之必需。对于乡镇化的乡村，一句"望得见山，看得见水，记得住乡愁"，切中了传统村落最深切的精神意义与存在价值，彰显了力

保不失的决心，在社会上引起了强烈和热切的反响。

从国家文物局的"历史文化名村保护"，到2012年住建部、文化部、国家文物局、财政部联合进行的"中国传统村落"和建立名录的项目，以及近期财政部公布将投入100亿的专项基金支持传统村落的保护，都表现了国家对传统村落保护力度的日益加大、加强。

然而，我们也必须看到，由于种种原因——片面追求经济效益，对传统村落价值的无知，缺乏法律化的保护制约，过度的旅游开发，还有自身的空巢化，致使传统村落仍在大量瓦解与消失。令人尤为担忧的是，遍布中华大地的村落一直没有科学、完整、详备的档案。致使在近十年中消失的近百万个村落中，究竟哪些村落具有重要价值，或者说究竟我们失去了哪些重要的有价值的村落无从得知，无人能说。

为此，盘清村落的文化家底，为传统村落建立档案——这个历史性的、紧迫的，又是庞大的使命，就落到我们这一代人，这一代知识界的人的身上。

只有我们知识界文化界，能够科学地发现、判断、甄别、认定那些有价值、必须保护和传承的传统村落；只有我们能够对这些传统村落进行科学的调查、记录、整理与建档。从而使传统村落真正拥有确切的身份、履历和档案化的图文依据，使保护工作有所凭借，使国家确凿地掌握这一无比珍贵的历史遗产的文化存根。

这次田野调查将在全国各省各民族地区同时进行。中国民协的文化学者和专家与中国摄协的摄影家们将联合组成无数调查小组奔赴大地山川，入村进乡，进行田野调查与图文记录，一方面为列入国家的"中国传统村落名录"的传统村落建立档案；一方面去发现尚未列入名录的有重要历史文化价值的村落，向国家相关部门提供信息。

从今天开始，我们将工作多年。我们的足迹将踏遍祖国的山河大地。这次行动的规模之大，面对境况之复杂，问题之多，可以想象又难以想象。

为此，科学性、严谨性、精确性、规范化和有序的进行是我们要始终坚守不懈的。我们不能让任何一个错误信息进入档案和数据库。对此，我们已经做了充分准备：

1. 我们在两个协会专设了工作机构负责组织、协调和推动各方面工作。

2. 我们成立了由文化学、建筑学、遗产学、人类学、历史学与摄影家组成的专家委员会，保证工作的科学性。

3. 我们制定了此次调查各项工作具体内容与要求的表格与文件。编制了《中国传统村落立档调查田野手册》和工作计划。统一标准，统一要求，统一程序。

4. 我们建立了工作网站——中国传统村落网，与广大调查人员保持密切的动态的联系。这个网站今天会上就要开通。

5. 我们已经建立了"中国传统村落数据库"，并已进行信息的存储。

6. 我们成立了中心工作室，负责图典编撰与数据库的建立。

我们调查成果将归结为：

1.《中国传统村落图典》。

这项工作由国家住建部委托编制。

2. 中国传统村落数据库。

具体的工作方法、程序与构想，今天下午另一个工作会议上，我会详细表述。

同志们，十二年前我们开启了中国民间文化遗产抢救工程，对中国民间文化进行全国普查与抢救，并帮助文化部与各级政府进行非遗名录的审定与整理，现在列入我国各级政府保护范畴的非遗已经超过万项，基本上盘清非遗的家底。

十二年后的今天，我们又启动了更为广阔的文化行动——对我们农耕时代根性的家园全面的调查和立档。我们依旧激情不减，责任仍在肩上。

我要特别强调，此次建档，并非只是传统意义上的文本档案，这次分外重视图像方式。摄影的记录性、直观性和见证性，将使我们的传统村落档案更加全面、具象、客观、确凿。王瑶主席带领的人才济济的中国摄影大军的加入，一定会大大加强我们村落档案的质量、分量和水平；可以确信，我们将完成的，这样一份自己文明家园的图文档案，是世界上任何一个国家都没有的。

比起十二年前，我们有了更为强有力的支持。这包括国家高度的文化自觉和明确的思想，政府相关部门的鼎力相助，中国文联各部门的坚强后盾，社会各界的热心参与。当今，全社会都愈来愈关注中华民族自己优秀的文化传统。

这些天，已有许多志愿者与我们联系，踊跃地要求加入这一行动中来。为此，我们的网站已经专门设立与志愿者联通的热线。我们预料，行动全面展开后，一定会有愈来愈多的志愿者投身到这个事关自己文明家园兴亡的义举中来。

只有广大人民主动的参与，只有全民族的文化自觉，中华民族才能进入真正复兴的时代。

我们两大协会联合的超大规模的文化行动今天打响。

这项工作是前人没有做过的。它充满挑战性，需要开创性，也极其艰巨。但我们是以中华文明为自豪的一代，是有文化良知和使命感的一代，是敢于担当的一代。

我们知道国家需要什么，民族需要什么。

伟大的中华文明源远流长。它的精髓是一代代生生不息的传承。

我们不能让传统村落——这祖国大地上灿烂的文明之花枯萎凋落，相反我们要让它们更加夺目，世世代代永远绽放。拿起我们的笔，背起我们的相机，行动吧。

2014 年 6 月 10 日于北京

后沟村，有我们的文化乡愁

——在中国民间文化遗产抢救工程巡礼活动上的讲话

此刻，站在后沟村老戏台前，我感觉自己好像钻进时光隧道里，回到 21 世纪初。

十几年前，我还在自己生命的五十年代。当我走进这个小小的依水环山、人文深厚、世外桃源般的小山村，便深深地爱上这里。这个深藏在黄土高原皱褶里的小山村，不声不响地经历了六百年以上的岁月，不经意地成了农耕历史和人文的经典。

于是，我们中国民协决定把即将举行的"中国民间文化遗产抢救工程"的采样考察放在这里；将那年在北师大一次会议上，由季羡林、启功、于光远等近百位学者签名的关于抢救民间文化的"紧急声明"，从这里付诸实现。最初来到这里的一批志同道合者——在今天到会的代表中——有乌丙安、向云驹、潘鲁生、乔晓光、樊宇、李玉祥等。至今我们每个人都会清晰记得那次考察的经历，当时的惊讶、兴奋、激动，种种动人的细节，还有有声有色的故事。这个小小的五脏俱全的村落文化几乎应有尽有。我们用这次考察资料为基础，写出了《中国民间文化遗产抢救工程普查手册》；这本小书十多年来一直被我们使用着，成为我们进行旨在"盘清文化家底"的全国性田野普查的科学工具。

后沟村一开始就帮助了我们。

这里也是我们的一个起跑点。

人生也好，事业也好，有无数次的起跑。这次起跑是非凡的。它是中国文化界一次集体的、自发的起跑，是为抢救自己濒危的文化遗产而发起的一次义不容辞的集体行动。近百年来，这种集体的文化行动有两次。

一次是1900年首都文化界知识分子为保卫敦煌藏经洞宝藏而发起的可歌可泣的集体抢救行动；另一次是2000年社会转型期间，农耕文明受到空前冲击时，有历史责任感和文化眼光的知识分子及时向自己母体的和根性的文化伸以援手。每个时代的知识分子都有自己特定的时代使命。我们与上一代知识分子不同的是，到了我们这个社会转型的时代，民间文化有了遗产的性质。性质变了，我们就要重新认识它。因此，我们必须启动民间文化遗产的全面普查。这次普查历时十余年，参加者数以万计。这在中国文化史上是空前的。这一行动的意义已超出其遗产抢救的本身，一方面，它得到国家和政府的支持，成为国家的文化方略；一方面，它得到公众的理解与呼应，唤起了全社会的文化自觉。在今天，文明的传承已成为全社会的共识；人们坚信，它是中华民族伟大复兴的根基。

十余年来，我们无论身在何方，手做何事，都不曾忘却对后沟村的一份思念。事物的原点总是最具魅力的。我们渐渐感到——后沟村就像自己的一个故乡。我们总想回去看看。去年编制传统村落图文档案的样本时，我们还是情不自禁地把后沟村列入，并严格地为后沟村制作了一份档案。我们对后沟村也有一份乡愁，一种文化的乡愁，文化人集体的文化乡愁。它寄托着我们一种集体的深挚的文化情怀与眷恋。文化人之本，一方面是文化的真知，一方面正是这种对文化的爱恋。

今天我们回到后沟村，不只是感物伤时，不只是怀念难忘的、迷人的风物，更是为了重寻自己留在这原点中的足迹，重寻与重温昨日的激情。我们怀念往日的激情，怀念那个困难重重的时代身心犹然发烫的感觉。我们怕丢掉昨天的自己，那种自己对文化的赤诚，我们自己身上的正能量。因为我们的道路永远像一篇长长的写不完的文章，只有逗号，没有句号。

当然，作为时代性的文化大普查已经基本结束，民间文化家底已经心中有数。但是科学的文化保护工作却刚刚开始。遗产所面临的永远是挑战。而我这一辈人已经进入了生命的六七十年代，我们希望看到更多年轻人的身影与面孔，希望他们也像我们当年的伙伴们那样——全身心地奉献，自觉地担当。

会前，罗杨叫我为村里的戏台写一副对子。不知为什么碰到后沟村就特别有灵感，情不自禁冒出《红楼梦》中宝玉和宝钗那玉佩和金锁上的两句话，每句各改二字，正好适合，而且再恰当不过。上联是"不离不弃，文明（原文是芳龄）永继"，下联是"莫失莫忘，古村（仙寿）恒昌"。意思是：不要离开不要抛弃，永远继承我们的文明；莫要失去莫要遗忘，叫我们的古村落永远昌盛。

2015年6月3日于山西榆次

十三年来，我们想了什么？

——在中国民间文化遗产抢救工程巡礼座谈会上的讲话

我把今天下午的会议看得特别重要。

实际上今天上午的会议是一个仪式，是一个纪念，是我们对十三年来全国的民间文化普查的一个结束性剪彩。我上午没有用"结束"这个词儿，但实际上这个全国性民间文化（非遗）的大普查基本上结束了，因为我们国家已经掌握了全部的非物质文化遗产；国家名录1219项，省级名录超过8000项，还不包括市级和县级的。可以讲，我们对中华民族大体上五千年农耕文明的文化创造心有底数，做到了我们十三年前在后沟村提出的承诺。当时我们说：要进行地毯式的普查，要盘清家底。这件事儿我们基本做完了。

今天上午中央电视台记者问我，你们下一步做什么？我说我们从2012年就把工作重点转移到中国传统村落的调查认定和保护上。那么今天下午的会议，要做的是一个梳理和总结。这个总结现在有了一部"档案"（《中国民间文化遗产抢救工程档案2001—2011》），是由祝昇慧博士整理完成的。它特别重要，最重要的是它包含着文化界十三年来的思想。在整个文化遗产抢救中，我最看重的是思想，只有思想才能穿破时空。这思想就是这一代有良心的文化人对我们文化命运的一种责任性的思考、思辨、认识、发现；有了这思想，然后才是行动上的承担。在这部"档案"中，包含着这些思想，还有相关的文献、各种理性的表达、无数的观念，以及科学的田野的方法。上午我所说的是我们这十三年做了什么，下午要说这十三年中我们想了什么。

我曾经写过这样一句话，"人的一生，不在乎你都做了什么，主要

在乎你都想了什么",反过来还有一句话,"人生不在乎你都想了什么,还在乎你都做了什么"。这是一个悖论,但要想这个问题。刚才几位的发言对我有很大的触动,乌丙安先生所讲的"文化情怀"的话题特别令人感动。前两天在河北省召开的全国传统村落立档调查经验交流会上,我说文化人的本质只有两点,一个是文化的真知,一个是文化的情感。乌老之所以是个大家,是因为他有这个文化情怀。文化不完全是一个学术概念,还是一种情感,这对于民间文化尤其重要。因为民间文化跟精英文化最大的不同在于它是自发的,是情感化的。它无不表达着人民对生活的感情、敬畏与虔诚,对生活的热爱和期许,这些都在他们的文化里。这也是民间文化的全部。我们从事民间文化的工作,怎么能对这样的文化没有情怀?

我与向云驹搭伴儿进行了十年民间文化抢救,当时我们俩一天至少通四五个电话,讨论各式各样的问题,后来跟罗书记也是这样,我们都是同一个战壕的战友!他们比我年轻,但是我们一起做事情。云驹有很多思考,有一点说到我心里了,就是当年到后沟村做采样调查的一批人,还有开始做文化遗产抢救的一批干将,现在都是大家。什么培养人?我觉得事业培养人,责任培养人,只有大事业才培养人,小鼻子小眼儿的自己关着门儿做点个人化的小东西，出不了大家。

我讲几个想法。

第一点，当年从后沟村做起的这个事情不是一个偶然的事件，不是我们听到耿彦波的一个消息，就心血来潮地跑来了，我们是有备而来的。那个时期，这一代的知识分子正赶上了这个时代的转型，小的来讲我们是从计划经济向市场经济转型，大的来讲我们是从农耕社会向工业社会转型，这个转型是整个人类的转型。它给中国社会带来翻天覆地的变化，我们都是亲历者。所以在北师大的民俗学会议上，我就说现在有些人是乐呵呵地破坏我们的文化，因为我们要住进带卫生间的、有电梯的、窗明几净的新房子，在这样的生活渴望中，我们自然乐呵呵地把原来的生活抛掉了，我们不知道原来那里边有文化，有我们的历史，有我们的传统，有我们必须要坚持的精神与准则，人们没有来得及思考。那么谁先思考？知识界。

在当时一个会议上我讲过，知识分子有三个特点。第一个，知识分子必须独立思考；第二个，他是逆向思维的，顺向思维是没价值的，逆向思维提供思辨；第三个就是前瞻性，就是我们要提前看到问题。那时候我们文化界看到我们的生活出现了一个巨大的、可怕的问题：我们的文化在濒危。这个濒危还不是一些美好的古建拆掉了，而是我们的文明断裂，年轻人对传统节日没有兴趣了，我们中国人大过洋节。这个时代性的痛点不是人人都感到的。也不完全是我们眼睛看到的痛点，还有精神上的痛点，就是文化的断裂。在社会转型的时候，我们的文化传承出现了问题，当然我们必须对自己的文明、传统、传承，以及文化本身进行全面思考。

我接着要说的第二点，我们对民间文化的思考就发现了一个问题。在我们这个时代里，民间文化多了一个性质，就是它的遗产性。遗产这个概念过去没有，刚开始做民间文化抢救的时候，我跟向云驹通了个电话，我说不能叫"民间文化抢救"，民间文化始终是活态的，还在不断地发展着、变化着，被人们运用和享用着，怎么能叫民间文化抢救呢，所以我们加了一个"遗产"的概念，就成了"民间文化遗产抢救"。这是这个概念的来源。向云驹问我遗产的界限怎么划，怎么界定？我说，我得回去好好想。第二天，我说我有一个概念我们俩探讨一下，拿"农耕文明"画一条线，凡是农耕文明时代的创造并且还活态保留着的是遗产，工业文明时代新产生的不是遗产，他说同意我这个观点。于是，我们就叫作"中国民间文化遗产抢救"。因为你对它的本质的认识不同了，你就要重新认识它。那么我想，民间文化包含的很多概念也改变了，比如过去说的民间艺人，现在又多了一个传承人的概念，传承人成了我们民间文化遗产的代表人物，没有传承人的话民间文化就消失了，原来我们不这么认识民间文化，这个认识的改变特别重要。这个认识的改变来自我们的思考，后来又上升到学术理论，这说明思想的重要性。如果我们没有这样的思想和认识，我们就不会有这样有价值的行动。另外，过去我们认为遗产就是过去的，比如老祖奶奶留下了一个戒指，一张老桌子，一幅古画。但是民间文化遗产不一样，它是属于未来的，因为它要传承，而且我们要用未来的眼光挑选我们的遗产，所以我的一个历史观点是：历史不只是站在现在看过去，更重要的是站在明天看现在。这就是历史的眼光。巴尔扎克、马尔罗等人有历史眼光，所以巴黎由于他们奋力地保护而至今依然闪烁着历史和文化的光芒。我们留下来是为了未来，我们传承是为了我们中华文明的发展绵延，上述的这一切是我们从后沟村发起中国民间文化遗产抢救的背景。既然我们这么思考了，我们要做的可不是一两件具体的事儿，而是关乎国家民族的事儿，这个事儿关乎我们民族的命运。中国民协主席团经过讨论决定要做这个事情，我在"两会"提交了提案，之后中宣部就叫我去讲我的想法。于是，中宣部决定支持做这件事情，并于2002年将其列入国家社科基金特别委托项目。这件事就不一般了。

抢救工程一开始只有30万启动费用，现在我们要300万都很容易，现在中宣部批准的一个唐卡的项目就有400万启动费用。那时候国家的钱还不多，用30万来启动全国的事情，我们没有做过，但是我们没有太多想过钱。我们想问题的思路是我们要做这个事儿——我们就一定想办法找到这个钱，而不是我们先把钱要来再做这件事情。我们当时确定了一个概念，我们要做民间文化遗产抢救，必须把普查作为首要的任务，就是要盘清我们民族的家底。我们是毫无功利的。

历史上，人们就生活在自己的民间文化里面，我们就过这样的节日，贴这样的年画，窗户上就贴这样的剪纸，就唱这样的民歌，说这样的谚语，听这样的戏。我们在这样的文化生活里边，民间文化不是精英创造给你看的，是老百姓为了自娱自乐给自己创造的，民间文化是一种生活的文化。在历史上怎么可能做过调查、盘点、统计，怎么可能建立档案。谁也说不清中华大地上的民间文化究竟有多少，都是什么。所以我们普查手册里面第一部分是分类，分类是最重要的，马克思说过一句话，任何学科分类是第一位。就分类学来讲，分类学做得最好的可能是生物学，但是民间文化的分类是太困难了，我曾经组织过一次民间美术的分类，在座的学者有的参加过那次讨论，我们只讨论到二级分类就讨论不下去了。只是苏州地区民间美术就有上千种，无法分，而且往往一项民间艺术包含很多元素，比如皮影，包括民间雕刻、美术、戏曲、音乐，你把它归到哪一类？而且我们从来没有调查过，没有底数，所以我们必须首先做——采样调查，制定统一的调查标准。采样必须选择一个点，我们就选择在后沟村。这是历史的机缘，我们之所以选择一个村落，是因为我们的农耕文化大部分都在村落里面。我们必须选择一个村落，各类民间文化应有尽有、五脏俱全。这时，正赶上彦波给我打了一个电话，我过来看了一下，正是我们要找的村落。我回北京就向民协主席团通报了情况，经过讨论决定把采样调查放在这儿，当然还选了其他几个采样的点，比如剪纸我们选择祁县，蓝印花布选择在山东；后沟村是最重要的，是起点。

开始时，我们把古村落调查和保护列为重点，但真正做下去是最难的，后来一段几乎陷入停滞，前两天在河北邢台的会上我讲过，村落之所以难做，由于三点，村落和其他文化不一样的，村落是一级政府，有生活问题、生产问题、户籍问题，还有和上一级政府对口的各种行政问题，特别是生产问题，老百姓不能够乐业怎么能安居呢。这些问题都不像一般非遗那样单纯。我在《人民日报》上写了一篇文章，说村落是另一类遗产，应该用另外的方式对待它。多年来我们开了一系列关于古村落抢救和保护的会，在浙江西塘开了古村落村主任的座谈会，在江西婺源开了古村落村主任的座谈会，但古村落保护问题一直没法"下手"，无法启动。然而我们始终锲而不舍，直到2012年，国家决定立项保护古村落，四部委来做。去年在"两会"前后，国家就决定对第一批传统村落拨款，拨了100亿元。全世界传统村落没有像我们国家这样进行战略性保护的，我们确实是文化的大国，我们的最高领导有文化的远见。我们要深入地体会国家的文化眼光里看到了什么，比如说习近平同志说乡愁问题，什么是乡愁？为什么提乡愁？他说"望得见山、看得见水、记得住乡愁"，为什么要说"记得住乡愁"？因为乡愁是一种感情，是对故乡的眷恋、怀念，他这样说，是更深刻而鲜明地指出传统村落承载着我们民族的精神需求，他所强调的是传统村落的精神功能，传统村落最高的价值是它的精神价值，所以不是开发可以解决的问题。我今天上午在后沟村演讲时用了一句话："不要把我们的历史经典变成了一个个景点。"

在我们选择了后沟村做了采样调查，制定了普查手册之后，就开始做了一系列工作，做了全国民间文化（非遗）的普查，当时的工作重点首先是普查，我们的工程和文化部的保护工程是一体的，我也是文化部保护工程的副主任，我和乌老都是专家委员会的主任，我们很了解国家做的非遗名录的重要性，我们号召各地民协帮助各地政府做好非遗名录的申报工作。我们的专家学者为各地政府的非遗申报贡献巨大。这件事情我觉得刚才云驹用的那个词很好，这是政府和群众团体合作的一次典范，一个正面的、积极的典范，应该坚持。

还要强调，我们把普查作为时代性的文化使命做了十三年，现在总结起来，特别重要的一点是，一开始我们就把普查标准化，因为我们做的是举国的，只有我们这样的体制才能做这样的调查，任何国家都没有。我觉得我们的调查必须是标准化的，全国统一标准。下去调查统一标准，上来的资料全部标准化，比如我们现在已经做成的年画的数据库，是全部标准化的。传统村落的立档调查也都是标准化的，专家把村落包含的各类内容全部确定了，详细注明。比如这次对古村落的立档调查，河北省做得很规范，53个进入国家名录的村落档案全部做完，名录外还做了160多个村落。郑一民主席这里掌握的文字调查资料是500多万字。我们的民间口头文学、民间的史诗、叙事诗、神话、故事、歌谣、谚语、传说等等，进入汉王数据库的是8.87亿字，整个口头文学做完40亿字。由于这件工程超大规模，又史无前例，我们做的方法必须科学。在田野调查中我们创造性使用了口述史方法，在村落立档调查中我们还采用了视觉人类学的方法，这表明我们一直努力把先进的方法使用到工作中，使我们的工作更富有成效。这些都是现代的、科学的方法。前两天邢台政府领导同志提到的一个概念，我一直在思考，我要找机会和专家们讨论，就是"古村落的保护区"，不一定全部采用一个村一个村孤立的保护，有些村落共同在一个区域，自然条件比较相近，历史彼此相关，地域人文一致，作为区域保护，可以互相支持，各种人文力量相互支持，以保持文化的整体性，这个提法很符合村落实际，有创造性，需要我们思考。

现在我们做的许多事是前人没做过的。我们这一代人赶上了这个特殊的时代，这个时代对我们这代人的智慧挑战，对我们的传统挑战，也是对我们文化责任的挑战。同时我觉得我们是幸福的，因为我们可以发挥智慧，发挥对生活与文化的激情，发挥自己的知识能量，这也是学术界的巨大机遇，以前的学术界从来没有出现过这么多的学术空间。今天来了很多学生，乌丙安老师说得很好，要对生活充满激情，要到生活里面去，要在生活里感受人民对生活的热爱及情感方式，我们做的事情虽然从小小的后沟村开始，但不是一件小事，是这个时代的大事情、民族的大事情，我们永远不会放弃我们做的事情，也不会放弃我们的思考。我说了，我们的事业是一篇写不完的大文章，没有句号，只有逗号，我们只要一步一步做下去，还会不断面临挑战。但我们永远要用责任用激情，用科学的方法态度去面对它，应对它。

我们对后沟村的明天充满希望。十三年了，我们又回到后沟村来了，这次我们带来很多想法，我们说出来——是向后沟村的汇报。我们感谢后沟村给我们那么多启发和帮助。我们将和后沟村百姓，和山西各界一起努力，不仅把后沟村继续做好，还要把关乎中华文化的事一件件做好，这是我们共同的心甘情愿的责任，说完了，谢谢诸位。

2015 年 6 月 3 日于山西榆次

知识分子与人民政协

——在全国政协第 75 期地方政协干部（委员）培训班上的讲话

我已经连任七届政协委员了，从 1983 年到 2016 年，33 年的时间。我算了算，仅在政协开会，按照最短的 11 天会期来算，大概用了整整一年时间。这么长的时间，我在政协做了什么，体会到什么，值得想一想。

我是在报纸上看到自己被推举为政协委员的，到了政协，萧军、巴金、吴作人等老先生们还都在。那时候开会有个特点，老先生们爱"诉苦"，诉十年"文革"之苦，希望国家帮助落实政策，解决工作中的困难、专业上的问题。这些老艺术家们认为，党和国家给了他一个很高的荣誉和待遇。但政协是什么？政协委员该做些什么？很多人也还没有弄得十分明白。

有一个很有意思的事。开会时，我和张贤亮一个房间，他给我分了一个任务，每天吃完饭"偷"一个馒头。张贤亮为什么"偷"呢？因为他在牛棚的时候饿出毛病来了，他老饿，但又爱面子。他把这任务交给我，我也不好意思，怎么办？我就拿一个馒头假装吃，然后放旁边，再掏出手绢来擦汗，顺手就把手绢绕馒头上了，等走的时候拿起手绢把馒头顺着带走，回来就给他。

回想一下，那个时期，最快融入政协的，应该是作家们。为什么是作家？"文革"之后，我们国家往哪里走？那是一个反思的时代。而那个时候，文学是时代的中心、是关键的地方，作家们要"作人民的代言人"，要表达人民的呼声，大家都在思考这些问题，自然会在政协会议上表达这样的思想，所以作家们最快融入政协，最早开始体会"参政议政"的含义。我们一到政协会上，都是滔滔不绝的，而且还要把中央统战部请去，作家们都要表达自己的看法，不仅仅是揭露、哭诉者，更多的是改革开放的拥护者，最热情、最激情的拥护者，每次开会都是酣畅的、都是尽情表达的，我体会到，政协是最适合知识分子提出意见建议的地方。

记得有一次江泽民同志到政协参加讨论，我曾经表述了自己的看法：希望国家鼓励知识分子在同党和国家的最终目标保持完全一致的情况下，在发展的过程中可以提出不同的看法、意见和建议来。

因为知识分子是有独立立场的，是有逆向思维和思辨能力的，是有前瞻性的。知识分子应该站在科学的、客观的知识立场上说出真理，需要站在未来看待现在，站在明天看待今天，这是需要勇气的，因为可能跟现行某些做法是不同的，但知识分子必须直率地提出来，这样决策人才能听到意见，才可能思辨这个意见对和不对，这是政协的特点、政协的优势。

比如建言文化遗产问题。在文化遗产发展的几个关键阶段，都体现出知识分子的思考和建议。

文化遗产问题是 20 世纪 90 年代文化界的知识分子最先提出来的。我们发现，20 世纪 90 年代，在第二次改革开放浪潮中，在城市大规模建设之中出现了一个巨大问题，就是历史遗产、城市特征大量消失，历史记忆被抹去，城市失去特色，城市变得千篇一律。

记着刚一开始呼吁的时候，崔永元找我在中央电视台做节目，他问，冯骥才你最担心什么？我说最担心以后在城市里会迷路。城市变化太快，有的时候在城市找不到原来的道路了，特别是新的城市，看来看去跟自己家差不多，文化历史记忆没有了、城市没有个性了、文化没有多样性了。

可当时人们并没有意识到中国发展的特殊性，一直到"文革"结束，我们所有城市都是不变的，然后突然变化了。这个变化有两个背景：一个背景是从计划经济突然变成市场经济；还有一个背景就是全人类的变化，从农耕文明进入工业文明，进入新的时代，原来的形态一定要瓦解，但是中国面临的利益诱惑太大了，有一个不恰当的比喻，什么是 GDP，把一个罐子打碎是 GDP，把这个罐子重新做起来又是 GDP。所有中国人

包括我自己都希望做蛋糕，都希望改变环境，年轻人都希望改变自己物质条件，这个时候我们已经进入消费社会。而消费社会是什么？是一个物质化的社会，也是一个物质欲望不断扩大甚至无限扩大的社会。在这样一个社会里，生态一定遇到威胁，文化一定受到冲击，这是大家没有重视到的。各个地方热衷于"旧貌换新颜"，随便拿出一个城市，再也找不到一点历史痕迹，非常可悲。2010年，在关于传统村落的会议上，我对温总理说，把600多个城市变成千城一面，是文化悲剧，也是我们这代人对文化的无知，我们没法面对后代。习近平总书记讲，城镇化要"望得见山、看得见水、记得住乡愁"。为什么是"记得住乡愁"？为什么不说"留得住古村落"？就是他认为古村落作为中华民族历史的、传统的家园，它的重要意义是中国人对于家乡、对于故土的一种情怀、一种怀念，说明古村落的价值不仅仅是一个旅游景点，它实际是精神性、情感性的，是土地的凝聚力、大地的凝聚力。所以知识分子们听到这句话，都非常感动，社会需要文化，需要重视我们民族的精神。

而做好政协的事情，知识分子首先要有文化自觉。就是习近平总书记讲的：先觉者、先倡者、先行者。2000年，在北师大组织的一次民俗学研讨会上，我听了很多学生发言，都说自己学了很多民俗文化的理论。当时我很不客气地发表了自己的看法，我说你们是做民俗文化、是做民间文化研究的，但是民间文化在风雨飘零，在被世人逐渐淡忘，而你们就像医生一样，病人快死了，医生还在这里研究各种理论。你们的主要工作是抢救病人，抢救文化，你们的书桌应该搬到田野上，应该到大地里工作。

2001年，我提了一个提案，是关于中国民间文化遗产抢救工程的，核心意思是要用十年左右的时间，把中华大地上56个民族一切民间文化盘清家底、调查清楚，这是历史上从来没有人做过的。我提完这个提案之后，没过多少天，丁关根同志把我叫去，想听听我的想法，我讲了快两个小时，讲得汗都掉下来了。丁关根同志说，这个事重要，我们必须做，必须要留住我们的传统，必须要把家底搞清楚。

这是一个太浩大的工程了，一开始国家确实没有钱，国家社科基金特别委托项目启动费只有30万。想起来真令人感动，中国民协当时有4000名会员，加上文化界、知识界所有关心这件事情的，全动员起来了，没有目的、没有报酬。我记着王志在《面对面》节目里还问我："冯骥才你做这个事有报酬吗？"我说："没报酬。""没报酬谁跟你干呢？"他问我第一为什么做这件事，第二怎么做成的这件事。我说这是整个知识界做成的，是我们这代知识分子必须做、下一代想做也做不了的事情。比如一个村落没有保护好，下一代没有了，抢救历史是一过性的，必须要做。我们无权让后代人无从了解、让子孙不知道自己的传统。我们做的事情，就像火炬传递一样，从上一代人手里把火炬接过来，在这一代手里不让它灭，它燃烧着中华民族文化和精神之光，还得让它熊熊不熄地交给下一代，这是每一代知识分子的责任。

而这些知识分子，大部分都是默默无闻的人，不计任何报酬，就是他们把中国民间文化遗产抢救工程做出来了，把中华民族五千年农耕文明创造的家底搞清楚了。

这一切，始终离不开政协，离不开知识界在政协的不断呼吁。除了政协，没有哪一个平台可以让知识分子直接和国家领导人对话，而且政协也是领导认真倾听知识界声音的地方。你要认为是对的，就要坚持讲，可以一遍一遍讲，一定会被采纳。这些年来，我也做了太多的提案，比如建立国家文化遗产日、传统性节日放假、少数民族民间文化保护等。总的体会是，只要政协委员能提出有见的、有深度的意见，上下都关注，下边老百姓关注，上边国家决策人关注。这么一个伟大的政治创造，有优秀的传统，对知识分子来说，这个组织、这个平台太重要。当然我也曾提过一些意见，比如我说在整理小组讨论会议简报的时候，应该尽量原汁原味保留委员的意见和建议，让决策层能听到好的、有价值、有水平的建言。但如果没有政协，文化界很多大事是做不成的，尤其是涉及国家大事，需要举国行动的时候，政协的功能和作用是无可替代的。

反过来讲，政协给了知识分子什么？思想视野。在政协提的意见应该站在国家层面考虑问题，这样才有价值。知识分子应该自觉站在国家层面做先觉者、先行者、先倡者。继而在这样一个可以使知识分子的想法表达出来，可以把事关国家文化前途的、事关中华民族伟大复兴的大事做起来的平台上发声，最后变为人民的自觉。文化工作谁干？不仅仅是文化部，最终还得全体人民去做，因为只有人民做的才是真正的文化，要支持一个地方的繁荣，必须先支持老百姓的文化自觉。

由知识分子的自觉转化为老百姓的文化自觉，政协是个非常好的平台，知识分子的自觉能比较直接、迅速转化为国家决策者的自觉，成为国家的自觉，进而形成各个层面的管理部门的自觉，最终形成全民的自觉。

我的日常工作，可以说劳顿不堪，因为经常有全国各地的老百姓给我写信，请我帮助、请我解答、请我伸以援手，我不能拒之门外，这是知识界的责任，也是政协委员的责任。我也相信，国家的文化会繁荣起来、复兴起来。

2015 年 11 月 2 日于青岛市黄岛区

传承是非遗的生命

——在第十二届"山花奖"获奖代表、传承人代表座谈会上的讲话

一、开场白

首先,祝贺大家获奖。同时借此机会,开这个座谈会,主要是想和大家谈谈传承的问题。

对于非物质文化遗产(民间文化)来说,传承是关键,是根本。非物质文化遗产与物质文化遗产有一个重大的区别:物质文化遗产要保护得好,是保护好物质文化本身;保护的主要目标是遗产的原真性,这是物质文化保护的一个标准。非物质文化遗产的保护就是保护非遗的原生态,原生态主要表现在哪儿?主要在民间。在民间什么地方?主要表现在传承人身上。因为非遗是通过传承人代代相传下来的,传承人这一条线索断了,非物质文化遗产立刻就不存在了。因此说,非物质文化遗产有它的脆弱性,相当脆弱。而且非物质文化遗产在历史上很少有文字记录,它跟精英文化不一样,精英文化是有记录的。一个没有文字记录的、保留在人身上的、不断变化的文化遗产,是不确定的、脆弱的,对它的保护就特别重要,最重要的还是对传承人的保护。因此,今天借这个机会跟全国各地的获奖者见面,聊一聊传承的问题。

有这么几个题目希望你们考虑,请你们说。第一个题目,你们从政府的主管部门得到了哪些帮助?你们的主干部门——你们省的文化厅、市县的文化局,给你们哪些帮助?除代表传承人国家是给一些补贴之外,还给了哪些帮助?这是第一个问题。

第二个问题,你们从专家那获得了哪些帮助?你们可千万别表扬民

协，你们要谈问题。我举个例子，日本、韩国每一项非遗的后面都有一个专家团队，这个团队可不是政府派来的，是专家志愿者团队，这些志愿者主动找你，帮助你，帮你做你的档案、做口述史，帮你出主意，帮你分析你所掌握的这门技艺哪些重要。你们有没有得到这样的来自专家和民协的帮助？有就有，没有就没有，你们直率地说，这样便于我们纠正、研究工作方向和方法。

第三个问题，你们对自己所掌握的技艺有没有做过总结？梳理总结，哪些东西是自己的传统，是代代相传的，是经典，是自己最拿手的东西，这是一个问题。

第四个问题，你们有没有接班人？有没有下一代接班？谁接你们的班？是徒弟还是儿子，还是没有接班人？

第五个问题，你们今后打算怎么办？

这都是我心里最关切的几个问题，现在我就不说话了，请你们说，我们希望你们多给我们提一些问题，便于我们思考和研究解决方式。我的话完了，诸位谈吧。

二、讲话

今天的座谈会，是让传承人说话的一个会。开这样的会，主要让传承人说话。大家谈了很多情况、很多意见，使我们从中获得了很多新信息，并深受教益，这非常重要。

我谈谈个人的感受与一点想法。

对于非遗，首先，专家团体做的是抢救，政府部门做的是保护。政府部门是与联合国教科文组织的文化遗产保护工作相对应的。"文化遗产"的概念是政府概念，学者的概念是"民间文化"，这两个不是完全一样的概念。民间文化的概念是一个整体的文化的概念，但政府保护就必须把遗产项目化，这两个概念是不同的，角度有些不同，但目标是一致的。我们国家从2006年开始建立中国非物质文化遗产名录，到现在已经有1372项进入国家名录，8500项进入省级名录。这种规模的目录，其他国家都没有，我到非常多国家去看过，包括欧洲国家，大多数都没有艺术类文化遗产的保护，像芬兰国家非遗做得比较好，但只是口头文学。现在我们已经做了"中国口头文学的数据库"，包括我们的史诗、神话故事、歌谣、谚语、歇后语、传说、小戏等，总共8.878亿字，正在做总目，12月份出来。还有《中国唐卡文化档案》，包括青海、西藏、云南、四川、甘肃5个省和自治区的16个产地也在做。国家对200多万个村落，已经评选了三批，共有2555个村落进入国家保护名录，今年拨了100个亿支持传统村落的保护。我们的工作是帮助政府进行审定，制定保护标准与规划。学界和政府合力做这个事，实际上是两个"自觉"结合，国家的文化自觉和知识分子的文化自觉的结合。我曾经写过一篇文章，我说过知识分子的自觉不应该叫"文化自觉"，应该叫"文化先觉"。因为知识分子本来是做这个文化工作的，它的特点是前瞻性，就必须是先觉的，先觉了以后，如果能转换为国家的文化自觉是中国文化的幸事。当然，我们的国家和政府是有这个历史高度和文化高度的。2011年的时

候我曾经在《人民日报》写了一篇文章，我们可以骄傲地说，对中国这一块大地上所有非物质文化遗产的家底基本上弄清楚了，我们用了十年，基本查清楚了，这在一个社会急剧转型中是非常重要的。现在社会急剧转型，社会生活变化，城区改造，农村大量城镇化，村落大量空巢，人民生活方式迅速转变，审美方式转变，传播方式改变，造成很多传统文化的急剧消失。如果查清了，抓住了，这个太重要了。如果这十年不抓，再过十年，一半就没有了。

知识界现在要做的，是我们这一代人必须要做、下一代人想做而做不了的事。其中一件十分重要，就是要把非遗抓住。国家已经评定的传承人是1986人，但形势严峻，已评定的传承人已经故去了8%，在世的传承人年龄大多在花甲之上。如果再过十年有50%以上的人过了80岁，我们往下传承就是非常大的问题。如果我们不把传承抓好，再过十年，一半的技艺传承就没有了，就是现在定了传承人，明天也没有了。非遗的特点是活态地保持在传承上，传承是非遗的生命。传承没了，非遗就没了。所以，我们是从国家文化命运的角度来考虑这件事的。今天的座谈会意义不一般，虽然会议很小，参加人不多，但是我们的宗旨关切到了国家文化的命运，就是中华民族文化的传承。别看你们每一个人只是搞一个专业、一个技艺，但你们聚在一起就体现了中华文化的多样性。联合国保护非物质文化的一个宗旨就是保护文化的多样性，中华民族文化的灿烂就表现在文化的多样性上。每一位传承人，在我们做文化工作的人心里都是重要的，都同等重要，你们的问题就是我们的问题。从这个基础上我说几条：

第一，政府拨给传承人的补贴，不是生活补贴费，主要还是帮助你传承，用于弘扬民族文化。另外政府还有别的补贴，专项的保护经费，实际每年国家拿出非常多的钱，N个亿的钱来做非物质文化遗产保护。习主席十分重视文化遗产的保护，把文化遗产视作中华民族的精神的血脉。中央发布的"繁荣发展文艺的二十五条意见"也特别强调了对民间文化的保护与传承，国家在这方面很明确。财政部给文化部的经费，文化部全部发下去了，这个也没有问题。关键是发到地方以后，怎么监督，怎么执行。这个需要认真对待。国家的想法必须贯彻到底。

第二，传承人认定问题。刚才几位传承人也提了传承人认定出现偏差的问题。政府部门的做法是由下往上报，专家们在各个地方帮助地方政府认定，但决定权往往是在地方政府，地方政府水平有高有低。坦率地说，水平高的尊重专家的意见，低的呢，找专家走过场。这个意见我们会认真向主管部门反映。

第三，刚才王丽敏说的一句话我觉得很好，实际上有些事情不能全指望国家。我们对自己的文化热爱才是最重要的。我们是搞文化的，搞艺术的，首先要热爱自己的艺术。搞艺术的人有两方面，一个是艺术中的自己，一个是自己心中的艺术。但比较起来，爱艺术中的自己不如爱自己心中的艺术。爱自己心里的艺术才是最重要的，也是幸福的，这跟钱多少没有关系。你挚爱你心中的艺术，为它就可以献出一切。这样的艺术也会放出光彩。现在国家有了文化自觉，国家帮助你，是好事，国家是为了民族文化发展，为了全民素质的提高，为了中华民族的复兴——这是从国家战略考虑的。可是我们每个人热爱我们自己的艺术，才能真正投入到这么伟大的事业中去。

第四，我们热爱我们自己的艺术，更要认识自己的艺术。你是不是整理好自己的东西了？如果自己整理不了，可以请专家帮你整理。有困难可以找中国民协帮助，民协有一个专家队伍，几千名专家在我们这儿。你们求助于民协，民协可以给你们找到专家。帮你们做什么呢？帮你们梳理档案。现在民协做了很多的档案，比如年画档案、剪纸档案、唐卡档案。我们做档案都有科学的、标准化的一套方法，比如口述史调查、文字记录、音像记录、文献整理等。比如说你们的技艺，要把你们的技艺非常严格和全面细致地记录下来，这个文化将来即使发生中断，历史也留存下来了。

我们当代的民间文化有一个很大的特点，民间文化在学术化、精英化。古代没有"传承人"的概念，传承是自然的，他只是一个田野的豪杰、民间的英雄，在我们村里头一个人手艺特别高，大家都知道他是叫"石刻赵""木雕黄""泥人张"，只知道这个而已，没有"传承人"的说法，更没有大师的说法，民间没有这个概念。但我们现在时代转型了，社会要转型，文化要传承，就要认定传承人，让有代表性技艺的传承人做领军人物，把文化传承下去。但是，如果你没有理论、没有档案，只有技艺，进入了工业时代也还是站不住脚，所以档案是很有必要的，传承人自己也要有这种文化自觉，热爱自己的文化，整理和梳理自己的文化，提升自己。要知道哪个是自己的经典，你不知道经典就去创新，就会变味儿，会把精华丢掉。

今天大家谈得非常好，但艺术的东西最终还是靠艺术本身的魅力吸引人，我们的传承甭管想多少办法让孩子继承，但是如果没有魅力吸引他，孩子就不会被吸引，也不愿意传承。想叫孩子们参与传承，靠的还是你的艺术和文化有魅力，这样你就要提高你的艺术，总结你的技艺。你们身上手上的技艺之所以会形成传统，被一代代人认同，一定是有好东西的。希望大家在这些方面多动脑子，我们之间今后还要多联系。谢谢大家今天的意见，我们会把大家意见反映给相关部门，大家以后有什么意见和要求，还可以通过各省民协随时告知。

谢谢诸位！

2015年12月2日于浙江海宁

传统村落何去何从

——在中国传统村落保护（鸣鹤）国际高峰论坛上的讲话

很高兴，能跟大家谈一谈共同关心的文化问题。宁波慈溪是我的故乡，到了故乡来谈自己特别关切的问题，有很多感情纠结在里面，可能谈得动感情。但是传统村落还不能太动感情，现在的村落问题已经从初期感性阶段进入到一个理性阶段了，我们需要思考很多重要的问题。今天我讲什么呢，我想讲古村落何去何从。

西塘会议十年了

为什么讲这句话？首先说西塘会议，西塘会议是 2006 年召开的。最早 2002 年我们做全国非物质文化遗产普查，那时候不是叫"非物质文化遗产"，而是叫"民间文化"。我们的全国民间文化普查，当时提出要把 960 万平方公里土地上 56 个民族的一切民间文化做一个盘清家底的调查。从 2002 年开始启动，启动的时候做了一本普查手册，很多学者也参加了，那时候我们还没有"传统村落"这个词，用的是"古村落"，我们谈到村落民俗、村落文化提到这些词汇，并没有提到村落问题，村落问题是慢慢提出来的，一开始因为它很难办，跟一般文化遗产不一样，它是传统的生活社区，是一级政府管辖的生产基地和生活社区。作为知识分子和文化人插不进手。但是我慢慢感到，特别是 21 世纪初期的时候，村落问题开始出来了，大量的村落整体历史文化在瓦解。

2002 年我们做中国民间文化遗产调查，2003 年我国加入了世界保护非物质文化遗产公约，那时候把民间文化改称为非物质文化遗产，这是政府的概念，学术概念是民间文化。政府要把这种承载于活人身上的民

283

间文化，区别于物质文化，就称为非物质文化遗产。物质文化在中国传统叫文物。对于传统的民间文化，我们当时可以用的词有好几个，一个是口头文化遗产，一个是无形文化遗产。日本人、韩国人都叫无形文化遗产，我们当时选择了非物质文化遗产这个词汇。做全国文化遗产调查的时候，我们不停地在全国各个地方的村落走动，发现我们村落在迅速地瓦解，非遗的基础在瓦解，所以我们把村落问题提出来了。首先提出来的，第一个比较重要的会议就是2006年4月的西塘会议。后来很多年以后，我才认识到它的重要性。比如我到湖南隆回，隆回县委书记把我拉去让我去看他的非遗，他跟我讲，他们原来没有这样的自觉，就是因为参加了西塘会议。因为西塘会议实际上是一个全国县长工作会议，全国各地来了一百多个县的负责人。中国两千多个县（级行政区），我们明白首先要盯住的是县长，县长是最具有实职性的一层官员，直接管着农村的官员，所以我们说要开一个县长会议。这位隆回的县委书记说那个会议对他触动很大，他从而有了文化自觉，回去以后就把他们那里的非遗一项一项整理出来。后来我到长沙演讲，他带了四十几个干部赶去听。我曾经到好几个地方，见到县委书记都说那个会对他有触动。我们研究了一下，又把这个会在婺源开了一次，开了一批村主任会议，开始对这样有作为和意识的村主任做工作。当时我还想，应该做两个读本，分别是非物质文化遗产县长读本和村主任读本。西塘会议和《西塘宣言》当时起了很大作用。

只宣言不行，光呼吁不行，有了意识也不行，必须还得有进一步的行动。所以，我们后来在2008年4月份，开始做中国古村落紧急调查的策划，当时想在全国对中华大地所有的村落做一次地毯式的调查，当时想做四件事：第一，做中国古村落编码；第二，做档案和数据库；第三，做中国古村落地图分布；第四，把"代表作"提出来。当时我们做了好几个方案和一个普查手册，选择的地点是河北省，当时跟郑一民主席商量选择在邯郸和安阳中间，因为那地方的北边是河北省，南边是河南省，西边是山西省，东边是山东省。我们想把那里作为一个原点，向中华大地全面进发，进行调查。2009年年初，国务院公布了一个《历史文化名城名村名镇保护条例》，我仔细看了这个条例，我觉得做得非常好，当时我和民协一些领导干部说，跟专家说，如果按照国务院这个方式做的话，政府做比我们更有力量，因为整个村落是政府管的，行政管辖体制是政府的，如果政府做会有力得多，也好做得多，我们希望政府做。对于文化遗产保护来讲，知识分子应该先自觉，因为你是做这件事情的，政府没做时，你应该做，不能只说不做。可是政府如果做了，那么我们应该支持政府做，民协决定把这个事情放下，让政府做起来。政府做了一两年之后，我们发现有个问题，因为这件事主要是住建部和国家文物局一块儿合作，大部分是从村落的物质性，村落的建筑、格局这个角度做，不包括非遗这一部分，像民俗、民间信仰、民间文化等这些方面，不是作为村落整体做的。同时，在那段时间村落的问题愈来愈紧迫。第一，新农村建设在那个阶段提出来了。那年"两会"的时候王蒙跟我说，大冯你看电视里新农村设计图都出来了，房子设计得都一个样，像兵营，这事你们得说说话了！当时我马上在主流媒体说"新农村不应该是洋农村",我还写了几篇文章。后来村落开始改造,我们提出反对使用"旧村改造"这个词,就是把城市的"旧城改造"那一套挪到农村去。那时候基本上是一个思想争辩、思想战斗的时代,但我们还没有拿出一个办法来,我们更希望政府拿出一个办法来。一直到2012年,在国务院参事室和文史委员会开会的时候,我提出"古村落保护非做不可了",国家接受了这个想法。2012年4月份国家就做出一个决定,我觉得这个决定是一定要写到文化史上的,就是由城乡与住房建设部、国家文物局、文化部和财政部,这四部委联合做一个中国传统村落保护的项目。我还记得很清楚,项目决定下来以后,住建部一批领导到天津大学来看我,希望我给出意见。我也是"有备而来",提前准备了一份很长的材料给他们,我认为首先要做一件事,就是先做中国传统村落名录,跟非物质文化遗产当年做法一样,先把名录定下来,把那些好的古村落评选出来,把必须保的确定下来,怎么保以后再说。先确定,确定了以后就进入了国家的视野,进入了国家的保护范畴,被国家认可。这个项目经国务院决定确定了。这件事,国家做得好。

我国传统村落的状况

那么现在这件事情是什么状况呢?

第一,我认为,从2012年到现在,三年多进行了三次评审,现在刚完成第四次评审但没有公布,三次评审国家认定的传统村落是2555个。所有的省都有,有的多,有的少。最多应该是云南和贵州,浙江是中间的,但浙江还有一些好的并没有纳进去,有的第四批进入了。这次审批的村落,我估计最后确定的应该在500到1000个之间,那么至少4000个村落可以确定下来。中国传统村落现在遗留到今天的,最重要的村落,我们基本上把它们抓在手里了。这是一件非常了不起的事情。第四次评审会议之后,我讲话的时候很激动,我说我们非常了不起,我们国家非常了不起,我们知识界非常了不起。为什么说国家了不起呢?因为世界文化遗产就是这几种，一是文化遗产，二是自然遗产，三是文化景观，四是非物质文化遗产，主要是这四部分，没有村落遗产。所以我们在做村落保护的时候没有世界上村落保护的借鉴，我们没有范本，跟非遗不一样。当然，非遗名录我们国家也是做得最好的，我们确定的非遗名录，不管现在暴露出多少问题，有的问题还很严重，但我们非遗的家底摸清楚了，五千年的文明直到今天中华大地非遗的状况根底弄清楚了，国家级1372项，省级8500项，一万多项中华大地遗产我们全知道了。我在《人民日报》写了一篇文章，我们进入了非遗后时代，基本把家底搞清楚了，做这件事情对一个民族来说是多宏伟的一个文化眼光，多大一个文化魄力，并由此进入了国家的文化方略，现在国家一系列重要文件、每年中国政府报告都会提这些，而且我们对它的认识还在不断地加深。这项工作我们是骄傲的，世界哪个国家也没有这样的一个完整的文化遗产保护体系：我们在物质文化遗产方面有文物保护法，有国家重点文物保护单位；我们在非物质文化遗产方面有非遗法，有非遗名录；我们在村落保护方面有村落名录，有村落保护法规，这个体系的建立是非常不容易的。中华民族对自己文化有认识，我们是农耕大国，我最近半年两次去河姆渡，我认识到河姆渡是中国现存的最古老的村落，我们说村落保护，谁是祖爷爷呀？就是河姆渡。七千年，有那么高度的文明，音乐、美术、雕刻这些文化，那种干栏式的建筑，榫卯的建筑技术，而且凿木为舟，挖井取水。我们中华民族地大物博，自然条件不一样，地域条件不一样，文化更是多样，民族又众多，造成了村落的多样性。我们村落的确是一笔伟大的财富，但它更深的意义是我们民族最深、最古老的家园。我们现在认识到了，把它整理出来了。这是一件大事，是我们这些年做的一件大事。

　　第二，保护工作已经开始了。只要一项文化遗产进入了国家保护的视野，不是保护工作的结束，而是保护工作的开始，因为你已经列入国家的文化财富了，保护工作就要开始了。有三条：第一条，保护规定有了，希望各个地方注意国家的保护规定。保护规定是经过专家们反复不断地推敲，做了好几年的研究，确定了一个保护的标准，方方面面必须遵循的尺度和要求，我觉得这是第一个。第二条，我们已经开始写村落史，这个很重要。国务院在去年发了一个文件，就是要求各个村落写村落史。我曾经跟温总理讲，我们中国村落很大一个问题就是没有村落史，地方方志就到乡一级，很多村名都不在地方志里面，更不要提村落史。我们现在有这个自觉了，国务院农村工作会议提出，各个地方农村都要有自己的村落史。第三条，我们开始建立保护规划，而且经费已经到位了。去年我们国家拿一百多亿元给村落保护，第一批村落保护每个村庄拿到三百万元，首先的工作就是制定保护规划。这也是非常难的，世界上没有一个国家这么做过。

第三，百姓开始有了觉悟。当然这个觉悟跟专家的觉悟不一样，老百姓的觉悟还没有认识到村落的文化价值，但他已经知道有价值了。当然"有价值"，价值的概念不一样，他可能认为值钱了，或者这东西人家当一回事了，但是起码他认为有价值了，他就不会随便把它丢掉。民智开了，这是很重要的事情。

两大难题难以破解

我刚才说的这一切就算都具备了，就可以相安无事了吗？我们的问题就可以解决了吗？没有。现在还是形势严峻，我认为村落保护仍然面临很大的压力、有很大困难，而且还不断遭受冲击，我认为最起码有两个难以破解的难题，特别想把这两个难题提出来，大家在会上讨论。

第一，空巢化。村落的空巢化是目前难以解决的问题。原来说最近十年，2000—2010年消失了90万个村落，平均一天消失80~100个村落，现在仍然如此。我说的话你可能会惊讶，就是这个速度！但是消失还不可怕，比消失更可怕的是消失前的空巢化，村落人大量减少。我前几年在河南开会，开完会我选择从河南新乡乘一辆小车穿过太行山到山西长治，中间想看看太行山村落的情况，这一看非常惊讶，我看到60%~80%的村落是空的。有的村落村民走的时候，不要的东西扔在屋里，树洞里面供的土地爷还在那儿摆着呢。在那些村落里，我感到很悲凉，每个房子里都有大量的叶子，刮风的时候把干的叶子吹到屋里，没有风可以把叶子吹出来，所以四分之一的房屋里都是干叶子，好几年的干叶子，很凄凉。它历经沧桑，但是我们不知道它的历史，不知道它的文化，村民把它零散的记忆一个个带走了。大量的村落就是这样消失的，在山西平顺一个地方叫谢家大院，我看到一个明代建筑为主的村落，建筑就像被炮轰过了一样，残垣断壁，到处是野树荒草，当地人问我怎么开发这个村落，我说不用开发，做一个"中国古村落消失博物馆"就行了，让现代人看看，我们的村落在我们这个时代消亡是一个什么状况。那个村落，你看起来是触目惊心的。

现在就是已经列入了中国传统村落名录的这些村落，也在空巢化，人也越来越少，这是源于两方面的压力。一方面来讲，我们国家跟世界任何一个国家都一样，一定要走城镇化和城市化的道路，这个没有问题，必然的，是历史的必由之路，必须要走这个路。走这条路的时候，村落就要瓦解。这是两面的，一个角度看它是一个破坏力，从某一个角度来看，它也是社会进步的自然体现。这是外力。还有一个内力，老百姓不愿意在设施陈旧、破旧的、硬件非常原始落后的村落里生活，他要选择城镇舒适的生活，他每天也用手机了，他要选择城镇去生活，你没有权利阻止他，这是人们对美好生活的追求，是正常的。因而他们要放弃自己的村落。他们的孩子要在城镇上学，上学以后熟悉了城市的文化和生活方式之后，一定不愿意再回去了，只有在春节的时候回家看看，村里还有老人，如果过多少年以后没有老人他就不会再回去了。

一方面是外力在摧毁它，一方面是村里原住民要放弃它，这是我们村落面临空巢化的必然，这就是钱钟书先生写的《围城》，一部分人要进去，一部分人要抛弃他。这是历史的命运。你又不能让原住民不离开，农耕生产收入很微薄，无法获得更多生活来源，也无法改变它的设施，有的村庄建在石头上，你怎么样安装自来水系统，怎么样解决村落里的硬件？而且村民也有权利享受现代文明给他们带来的恩惠。我们不能说我们要保护古村落就让他们过比较困难的生活，这些问题谁来解决？空巢化是我们的一个大的问题。

我在住建部等七部委开会的时候讲过，从政府角度要考虑三个问题：第一，一定要把传统村落保护从理念上、国家方略上，列入城镇化建设的内容中来。我们国家的城镇化建设一定要加上传统村落保护的内容。传统村落保护远远要比建设一个村落困难得多，但一定要把它列进去，把它作为一个难点列进去，把它作为一个必须解决的难点列进去。第二，必须要改善农民的生活质量。记得当年在西塘开会时，西塘当时的领导跟我说，他为保护西塘做的第一件事就是把居民的污水排水问题先解决了。我非常赞成，我说房子修先不着急，先把排水解决了，让老百姓生活舒适起来。婺源也是这样，村落建设的时候提供几种选择，都是徽派式的建筑，如果村民要想翻盖新房可以，必须是青砖灰瓦马头墙。新设计的图纸中，厨房和卫生间跟以前不一样了，都比较宽敞、舒适、宜人。如果你要保住村落的根，你要先把解决老百姓的生活放在第一位，而不是只把它作为景点做好。第三，传统村落必须要给老百姓解决的问题，就是村落原住民住在那里要能通过劳动得到比较充裕的经济来源。就是说必须要有生产资源，如果没有，人们是不会留下的，他们一定要到城市里打工、赚钱，如果原住民走了，村子空了，保护什么呢？这是政府必须解决的，不是专家讨论的。

关于村落的空巢，还有一个问题就是文化的空巢。由于长时间对文化的漠视，历史的沧桑变迁，很多村落文化被腰斩了、中断了，实际上也被忘却了。往往到了这些村落开展旅游时，连几个历史故事都找不出来，很多故事是编出来的，你找不到村里的历史内涵。如果没有多少历史内涵，你的村落又要开展旅游，是不是很尴尬？

第二个难题，是大家都碰到的过度旅游化问题。也许有人会误解，认为冯骥才你是不是反对旅游化，我说世界上所有的历史名镇、名村、好的村落，都是旅游的好去处。我们到欧洲去，沿着阿尔卑斯山看到很多很古老的村子都有人去旅游，这些村子都在人们的旅游视野中，但并不在开发商的视野中，开发商恐怕没有权利把村落作为一个资源随便开发，村民会把他赶出去的。所以，西方村落能保持原生态，我们的村落问题在哪呢？特别是传统村落，我们国家一旦确定传统村落了，村落里我们确认有物质、非物质文化资源，有优美的历史形态，有自己的地域特色，那就是历史留给我们的一块肥肉，我们就要开始对它进行打造，进行商业打造。

我特别想谈一下乡愁。习主席原话说："让居民望得见山、看得见水、记得住乡愁。"为什么没有说看得见水、望得见古村落呢？为什么说记得住乡愁呢？乡愁是什么？乡愁就是对故乡的一种眷念，就是一种怀念，一种情怀，这不是我说的，这是习近平主席说的。古村落对我们的意义是什么？首先是精神性的，是土地情感的磁性，是土地的根，是中华民族五千年生生不息的家园。当然它有旅游价值。然而任何历史事物的价值是多方面的，比如一个历史建筑，首先有历史研究价值、有见证价值、有审美欣赏价值，也有旅游价值，但是不能把旅游价值放在第一位，村落是可以旅游的，但不是为了旅游才保护的，如果我们把旅游摆在第一位，我们一定首先考虑经济效益，就是利润的最大化，旅游的人越多越好。我们要更多地吸引人来，就会把村落尽量做得很漂亮，不在乎是不是会失去了历史的原真性，村民也认为我们自己的村子不过就是一个发财的地方、可以赚钱的地方，如果不能赚钱了我们还是要抛弃的。还有一个，村落里的文化是一个整体，如果旅游一进去，旅游一定要把可利用的那一部分拿出来放在前边，什么能赚钱，民俗表演、民俗服装、民间手艺就拿到表面，民间文学呢，没有旅游价值就被扔在一边了，这个村落的文化就被瓦解了。这是非常大的问题。

现在的有些旅游化，实际上应该加一个定语"粗鄙的旅游化"。今年向国家申报传统村落的，数量大增，申报了七千个村落，大量申报资料堆在住建部，大批专家在那里翻阅资料，很多地方的目的我明白，如果传统村落定下来，旅游的品牌就有了，这是一个挺大的问题。现在乡村旅游的热潮已经开始兴起了，旅游如果真做得好，如果真像欧洲那些村落做得这么好，做得这么精致，那么尊重村落文化，老百姓又那样以自己的村落感到自豪，向未来年轻人展示我们的传统、我们的家园，这确实是一个好事。但反过来，如果是粗鄙化的，游客是蝗虫式的、扫荡式的这种旅游，我对未来的村落是忧虑的。我觉得是这样。如果你问我对村落旅游是不是乐观？对我来讲，应该说两句话：第一，喜忧参半；第二，忧大于喜。无论是知识界、官员，还是村落的当家人村主任，这些问题必须思辨。如果这些问题弄不清楚，我们可能到手的传统村落会得而复失。

我觉得心里仍有忧患，千万慎重。因为这个东西是一次性的，原来没有动放在那儿，到了今天只要一动，动成什么样就是什么样，回不去了，所以千万要慎重。我们要解决哪些问题呢？首先，学者先要想到国家确定传统村落保护仍然有巨大的问题，因为我们现在三千多个村落遍布中国，有些村落基本上是没有人管的，有的村落其实挺重要的，当地也很重视，那就比较好；当然重视也有另外的问题，但总是比较好的。就像非遗一样，我们非常期望，每一项非遗后面都有一个专家团队，这个专家团队应该是自愿的。日本做得比较好，他们叫无形文化财，有很多非遗后面有一些专家盯着这个无形文化财。我们非遗后面是没有专家的，这些艺人怎么样认识自己的文化遗产，他们将来往哪走，今天我们不讨论。

传统村落确定了。做什么？

第一，做档案。家底没弄清，不能搞旅游。

第二，改善乡村的生活质量。这必须是一对一的，用统一的办法是不行的。

第三，要解决他们的经济来源。

第四，开启民智。启发村民的文化自觉，我记得21世纪初期，联合国教科文组织的一个代表参加民协活动，我说很感谢你的支持，他说了一句话："你们的文化关键不是别人支持，而是你们自己爱惜它，如果你们的文化再好，自己不爱惜，谁也没有办法。"这句话我觉得刺痛了我一下。我们的文化自己是不是爱惜，是不是当作我们自己的命一样，这是最根本的问题。

乡贤作为村落保护的主力

村落的保护跟文物保护不一样，文物的保护只要这个东西不损失就是保护好了。村落保护跟非遗的保护，都要保护它的活态和生命性，这个保护是非常困难的。而且村落保护是复杂的，因为它是一个生产的基本单位，而且还是一个生活的基本单元，是一个传统的社区，这个保护是复杂的。但是这个保护依靠谁？最重要还是依靠原住民。现在我们的保护主要是依靠政府和专家，政府和专家文化自觉已经有了，但是原住民是最大的问题。昨天到新昌去了一个地方，我非常有感触，我马上要写一篇文章给一家主流媒体。新昌县有一个胡卜村，那里要修一个水库，水很快会把很多村落淹了，像当年长江三峡一样。那里有个村，选址非常好，背靠青山，前面有一条河，一千年的历史，家谱往上倒有一千多年，家谱、祠堂齐全，村民不愿意迁，但是村民无奈，村民无法选择。村里出了几个乡贤，是企业家，在新昌县非常著名的企业家，企业家出资把村落都买下来，屋子里面生活细节，包括算盘、灯等所有细节物件都买下来了，这个方法有一点像西方的露天博物馆的方式。他们还把这个村里所有古树也拯救出来了，还挖了一些土出来，准备在一个高地上把这个村落复建起来。真挚的情怀！他们做得非常细致，跟学者的想法是一样的，很庆幸，这几个乡贤中间有一位在天津大学学土木工程，他们把一些重要的古建测绘了，各类构件都编号了。我还是希望，他们是怀着留住自己根的想法做这个东西。精神的、乡土的、有故乡情怀地去做，只要做好了，当然有人看，千万不要拿这个东西作为旅游资源。现在他们的确没有！他们是一种纯精神情感地在做这个东西。

我整整一下午跟他们研究下一步怎么做，我给他们介绍了荷兰、丹麦乡村露天博物馆的做法。这个事情对我触动很大，村民的自觉是第一位的，所有村落保护，千万不要把我们作为主体，还是要把村民作为主体，把唤起民众的自觉作为第一位，只有老百姓文化自觉了，整个社会文明才进步，跟历史文明才能衔接上。老百姓文明了，我们社会才是真正进步了，我们中华民族才是伟大复兴了，社会进步的最高的标准是文明。所以我想，还有一个启示是"乡贤"，我看慈溪还有一个乡贤报纸，乡贤这个概念越来越热，这是一个特别好的事。过去我们的农村，皇家权力一般不进乡村，乡村管理靠乡贤，现在所谓乡贤就是村落里有实力同时又有文化情怀、文化觉悟的人，在村里找找这样的人，让他们作为自己传统村落保护的主力。让当地老百姓成为文化保护的主体，这样才能真正保护好村落，因为他们是村落的主人，他知道哪个东西重要，他们保护才是最可靠的，才能一代代相传，同时还能促使文明的传承。

村落是说不尽的话题，也是今后几十年中国重要的文化课题和社会课题。很高兴今天来了很多我熟悉的同行、知音，有机会大家探讨，我还是抛砖引玉吧，我把我想到的问题交给大家。我们今天讨论的问题，当然，一个会是解决不了的，但是我们的思考是重要的，因为我们的思考、研究、理念非常重要，一个社会发展过程中，非常重要的冲在最前面的还是思想。一个会能不能开得成功，是看能不能有更多的思想贡献出来，希望我们的会也相信我们的会能贡献出更多好的想法、好的思想，来推动国家、民族非常重要的事业。

谢谢各位！

2016 年 4 月 26 日于慈溪鸣鹤